KB067862

올 댓 닥터

All that Doctor

올댓 닥터

나는 의사다

스토리텔링콘텐츠연구소 지음

이야기공작소

일러두기

1. 이 책은 <스토리텔링콘텐츠연구소>가 취재 및 집필한 글들로 이루어졌습니다.
2. 이 책의 주석들 중 본문과 병기된 것은 저자주이고, 따로 편집된 것은 편집자주입니다.

책을 펴내며

초·중·고등학교 재학생들의 장래 희망을 분석한 보고서를 보면 의사는 언제나 선호하는 직업의 상위권에 포함된다. '빛나는 직업'으로서 의사의 이미지는 공고하다. 과연 사람들은 의사의 어떤 점을 선호하는 걸까? 하얀 가운을 입고 병원 복도를 걷는 모습? 죽음에 이른 사람을 살려 내는 모습? 많은 사람들이 선망하고 일상에서 빈번하게 만나지만 의사들의 세계는 여전히 일반인들에게 멀고 낯설다. 『올 댓 닥터 : 나는 의사다』의 기획은 그런 점에서 출발했다.

사람들에게 몹시 익숙한 직업이지만 자세히 알려지지 않은 의사들의 세계, 그들의 치열한 일과 삶, 내면의 풍경을 보여 주고자 했다. 단순히 선호하는 직업인의 이야기가 아니라 다른 사람이 가지 않은 새로운 길을 열어 온 의사들의 도전과 성취, 그리고 그 과정에서 보여 준 고투와 감동을 취재와 인터뷰를 거쳐 생생하게 담아내려고 노력했다. 단순한 직업인으로서의 의사가 아닌, 의술을 행하는 사람으로서의 모습을 읽고, 그것을 통해 평소 알지 못했던 '의사'의 삶과 일을 이해할 수 있게 된다면 이 책이 갖는 의미는 충분하다고 생각한다.

우리는 쉽고 생동감 넘치게 이 책을 쓰려고 했다. 그러나 여기에 실린 글은 꾸며낸 이야기가 아니다. 대상을 의도적으로 미화하지 않고 실제 의사들의 세계를 정직하게, 정면으로 다루고자 했다. 이 책에 감동과 힘이 있다면 바로 이것으로부터 나온 것이다. 의학의 기본이 되는 기초의학을 포함하여 외과, 내과, 치과, 산부인과, 성형외과, 한의학은 물론 새롭게 관심을 모으고 있는 재활의학, 통증의학, 법의학 그리고 바다 위를 누비는 병원선의 모습까지 신념과 열정을 가지고 활약하는 의사들의 세계를 다채롭게 다루었다.

17명의 의사들 가운데는 세계적인 권위자로 의학의 발전에 앞장서는 사람도 있고, 타인의 행복을 위해 자신의 재능을 기꺼이 기부하는 사람도 있으며, 삶을 들여다보는 것만으로도 가슴이 뻐근해질 만큼 감동을 주는 사람도 있다. 의학에는 다양한 전공이 있는 만큼 의사들 역시 각각의 표정으로 오늘을 살고 있다. 그들이 일하는 병원이라는 공간은 무겁고 침울한 곳이 아니라 열정에 넘치는 사람들의 호흡으로 가득 찬 역동적인 삶의 현장이다.

이 책이 평소 '의사'라는 직업을 멀게만 느꼈던 사람들에게는 그들을 이해하는 마음을, 무한 잠재력을 가지고 진로를 고민하는 청소년들에게는 세상을 향한 시야를 넓혀 주고, 인생을 뜨겁게 살아가려는 마음을 안겨 주는 인문 교양서가 되기를 바란다. 살아 있는 롤모델을 통해 현재진행형의 과거와 미래지향적인 현재가 만나 그것이 의사가 아닌 어떤 길일지라도 자신의 꿈을 향해 담대하게 도전하는 계기가 될 수 있으면 좋겠다.

〈스토리텔링콘텐츠연구소〉는 다양한 직업 속에서 인문학적 자원으로서의 가치를 살피고, 그것이 갖은 의미를 이야기로 풀어내는 작업을 진행하고 있다. 이 책은 그 첫 번째 결과물이다.

여러 번의 사양 끝에 우리의 기획 취지에 공감하고 취재와 인터뷰에 응해 주신 의사들께 깊이 감사드린다. 이분들만이 아니라, 생명을 다루는 사람의 마음가짐을 잊지 않고 이 시간에도 진료와 연구에 몰두하고 있는 많은 분들이 있다. 우리가 이분들을 만나면서 그랬던 것처럼, 이렇게 뛰어나고 아름다운 분들이 병원과 연구실을 지키고 있다는 사실이 독자들을 든든하고 행복하게 만들어 주기를 기대한다.

차례

제3부 의학의 최전선에서

제4부 의사, 세상을 치유하다

제 1 부

아름다운 만남

하루 한 끼도 먹지 못해 뼈만 앙상한 사람들을 보는 순간 내 몸이 전기에 감전된 듯했다. 사람이 저렇게도 가난할 수 있구나, 저렇게도 죽음 가까이서 살 수 있구나…… 여기가 내가 있어야 할 곳이구나.

이태석 신부 1987년 인제대학교 의과대학 졸업 | 1991년 살레시오회 입회 | 1992년 광주 가톨릭대학교 입학 | 1994년 첫 서원 | 1997년 로마 유학(교황청립 살레시오대) | 2000년 종신서원(로마) | 2000년 부제서품(로마) | 2001년 사제서품(서울 구로 3동 성당) | 2001년 아프리카 수단으로 출국, 톤즈 마을에서 의료 · 교육 봉사 시작 | 2005년 인제 인성대상 수상 | 2008년 한국 입국 후 대장암 3기 판명 | 2009년 한미 자랑스런 의사상 수상 | 2010년 1월 14일 선종 | 『친구가 되어 주실래요?』, 〈울지마 톤즈〉

취재 및 집필 **이윤설**

가장 보잘것없는 이들에게 하는 것이 내게 하는 것과 같다

2009년 12월 17일. 한미 자랑스런 의사상 시상식. 유난히 박수 소리가 커지고 있었다. 사제 복장을 한 가톨릭 신부가 조금씩 발을 옮겨 단상 위로 올라서고 있었다. 말기 암으로 투병 중인 그는 병색이 완연했지만 애써 환하게 웃으며 청중을 바라보았다. 오래 서 있지 못할 정도로 몸이 야위었으나, 그의 눈빛은 더없이 평화롭고 따뜻했다.

"불치의 환자를 고친 것도 아니고, 특별한 백신을 만들지도 않았는데 이렇게 영광스러운 상을 주시니 부끄럽습니다."

사제이자 의사인 이태석 신부. 의대를 졸업하고도 장래가 보장되는 의사의 길을 포기하고 신부가 되어, 내전의 땅 아프리카 수단의 가난한 사람들에게 헌신한 사람. 사람들은 그를 '한국의 슈바이처'라고 불렀다.

그로부터 채 한 달이 안 된 2010년 1월 14일, 그는 하늘나라로 돌아갔다.

이태석 신부는 1962년에 부산에서 태어났다. 십 남매 중 아홉째. 홀로된 어머니가 자갈치 시장에서 삯바느질을 하며 생계를 꾸려 가는 어려운 형편이었지만, 그는 늘 전교 1등을 하는 아이였다. 집 근처의 성당은 어린 그에게 놀이터이자 공부방이었다. 자연스럽게 성당의 신부들이 '소년의 집' 고아들의 몸과 마음을 보살피는 모습을 지켜보며 자랐다. 그는 막연히 나중에 커서 고아원을 짓고 고아들을 돕는 신부로 살고 싶다는 꿈을 갖게 된다.

그의 손위 누나는 어릴 적 그에 관한 일화를 이렇게 이야기한다.

"어느 추운 겨울에 실과 바늘을 달라고 해서 주었는데, 그것을 들고 나가길래 따라가 봤더니 어떤 거지의 찢어진 바지를 꿰매 주고 있었어요."

어릴 때부터 따뜻하고 착한 심성을 가졌던 소년 이태석, 그는 음악적 재능도 뛰어났다. 악기를 보면 가슴이 뛰고 기타, 아코디언, 팬플룻 어떤 악기라도 한번 잡으면 식음을 전폐하고 독파해서 며칠 안에 연주를 할 정도였다. 중학생 때부터는 각종 경연 대회에서 성악과 작곡 부문에서 수상을 할 만큼 음악에 두각을 나타낸다. 그러던 어느 날 그는 처음으로 피아노 소리를 듣고 그만 반해 버린다.

"피아노의 경쾌한 소리는 입안에서 살살 녹는 솜사탕 같았고 깊은 베이스 건반 소리는 마치 피아노의 나무망치가 나의 어린 영혼 깊은 곳의 현을 두드리는 느낌이었다. 피아노를 배우고 싶은 마음이 너무나도 강렬했다. 하지만 십 남매의 학교 공납금을 대기도 빠듯했던 집안 형편을 뻔히 알면서 부모님을 조를 수는 없었다."

결국 어린 그는 떼 한 번 못 쓰고 피아노를 포기하고 만다. 대신 성당에 가면 풍금이 있었다. 성가 책을 교본 삼아 건반을 뚱땅거리며 혼자 연습하고, 수업이 끝나면 곧장 성당으로 달려가 몇 시간씩 풍금을 치고 또 치며 독학으로 풍금을 배워 나간다.

"풍금 연습을 위해 오후 대여섯 시쯤 성당에 가곤 했는데 풍금은 진노랑 오후 햇살이 내려앉는 그런 곳에 놓여 있었고, 묘하게도 제대 위 십자가의 예수님 시선도 풍금이 있는 곳에 닿아 있었다. 풍금을 치면서 내 얼굴을 강하게 비추던 오후 햇살을 자주 의식하곤 했고 때로는 내 얼굴을 비추던 것이 햇살만이 아니라 십자가 위에서 바라보던 예수님의 따스한 시선이기도 했던 기억이 난다. 가난하여 피아노를 짝사랑만 하며 풍금을 치던 한 소년을 달래며 지켜봐 주시던 아버지의 따뜻한 마음 같은 예수님의 시선을 느낀 소중하고 은혜로운 순간들이었던 것 같다."

어린 시절부터 남몰래 음악에 대한 사랑과 신부의 꿈을 키워 오던 그에게 그 꿈을 포기하게 만든 사건이 생긴다. 그가 고등학교 1학년생이었을 때, 바로 위의 친형이 신부가 되기 위해 프란체스코 수도원으로 들어간 것이다. 어머니는 독실한 신자였지만 그래도 아들이 사제가 되겠다고 하자, 평생 독신으로 힘든 수도자의 길을 가야 하는 것에 대한 충격과 상심이 너무나 컸다. 그 모습을 곁에서 지켜보며 그는 어머니를 위해 결국 신부의 꿈을 접는다.

대신 그가 택한 삶은 의사였다. 일찍 돌아가신 아버지를 대신해 바느질로 십 남매를 키웠던 어머니, 그리고 많은 사람들을 도울 수 있다는 생각에서였다.

인제의대 81학번. 그는 바빠진다. 엄청난 과제와 수업은 신부가 되고 싶었던 꿈을 잊게 한다. 그리고 의대 6년 인턴을 마친 뒤, 그는 군의관으로 입대한다. 정신없이 공부에 열중하던 의대 시절에 비해 그는 비로소 생각할 시간이 많아진다.

군의관 시절, 그의 부대 앞에는 작은 시골 성당이 있었다. 어린 시절 성당은 그에게 놀이터이자 공부방이 아니었던가. 어느덧 그는 그 작은 성당에 매일 드나드는 자신을 발견하게 된다. 자연스럽게 그는 성당의 식구가 되어 부대 숙소 대신 성당에서 살기 시작한다. 그 무렵 비로소 까맣게 잊고 있었던, 아니 잊었다고 믿었던 어린 시절의 이끌림이 그에게 되살아나고 있었다.

모든 것을 포기하고 아프리카 원주민들이 사는 마을로 들어가 의사로서 정신적인 지도자로서 평생을 바친 슈바이처 박사와, 어릴 때 '소년의 집'에서 가난한 고아들을 돌보던 신부님들의 모습과 일찍이 홀로되어 십 남매를 위해 희생한 어머니의 고귀한 삶, 이 모든 것들이 향하던 하나의 말씀이 있었다. 어린 시절부터 그가 가장 좋아하고 항상 마음에 지녔던 예수님의 말씀, '가장 보잘 것없는 이들에게 하는 것이 내게 하는 것과 같다'. 그것은 그의 삶의 나침반이었다. 그 나침반으로 향하던 이끌림이 다시 찾아 온 것이다. 어느 날 밤 성당의 사제관 작은 방에서 그는 깨닫는다.

"나는 잊고 있었지만 하느님은 나를 잊고 있지 않았다는 것을. 나에 대한 하느님의 뜨거운 사랑을 느꼈고, 너무 감사했다. 그리고 이 사랑을 다른 사람과 나누고 싶다는 생각을 했다."

그날 밤 그는 신부가 되기로 결심한다. 하지만 레지던트 수련의 과정을 앞둔 그는 집안의 자랑이자 기둥이었다. 어려운 가정형편에 6년 동안 장학금 한 번 못 받은 자식을 위해 어머니는 삯바느질로 의대 등록금을 대었다. 게다가 이미 신부가 된 형도, 수녀가 된 누이도 있었다. 프란체스코회 신부이기도 한 그의 형은 그 무렵을 이렇게 회고한다.

"군의관 제대를 앞두고 마지막 휴가 때, 나를 찾아왔을 때, 그는 수도원에 입회를 하겠다고 했고, 나는 의사로서 수도 생활을 하겠다는 것을 반대했었다. 신부가 아니라 의사로서도 얼마든지 사회에 봉사할 수 있는 길이 있는데 그래도 수도 생활을 선택하고 싶으면 의사직을 포기하라고 했었다."

그의 결심은 확고했다. 하지만 어머니에게는 차마 입이 떨어지지 않았다. 그는 성모상 앞을 서성이며 몇 날을 망설이고 망설인 끝에 마침내 어머니께 사제가 되겠다는 뜻을 털어 놓는다. 어머니는 눈물로 반대했다. 그도 또한 눈물을 흘리며 하느님께 자꾸 이끌리는 자신을 어쩔 수 없다고 대답할 수밖에 없었다.

그 길로 그는 의사로서 장래가 보장되는 길을 포기하고, 1991년 살레시오회로 들어간다. 살레시오회는 부모가 없거나 가난하고 소외된 청소년들을 교육하고 돌보는 수도회로 1854년 성 요한 보스코일명 돈 보스코가 설립한 곳이다.

그의 나이 서른 살, 신학생으로서는 늦은 나이였다. 첫 입회 했을 무렵의 그를 동료 신부는 이렇게 기억한다.

"어느 날 살레시오 근로 청소년 회관 아이들이 축구를 하다가 다쳤는데, 그가 얼른 구급약을 가져다 치료를 하는 모습을 보았습니다. 그래서 제가 농담으로 '의사가 싫어서 수도원에 들어 왔을 텐데 여기서도 의사 노릇을 하느냐'고 했더니, 그는 '무슨 말을요. 의사로서 배운 것을 좋은 일에 쓰기 위해 수도원에 들어온 걸요' 하더군요."

1991년 광주 가톨릭대에 입학한 그는, 신학생 시절에도 음악적 재능을 발휘하기 시작한다. 그는 동료 신학생들과 함께 '돈 보스코와 기타 부속품들'이라는 코믹한 이름의 그룹사운드를 결성한 것이다. 그가 키보드를 맡고, 동료 신학생들은 드럼과 기타, 베이스기타를 맡아 멋들어지게 〈젊은 그대〉를 연주할 때면, 청소년들의 여름 캠프는 그야말로 흥분의 도가니였다고 한다.

이듬해 그는 신학을 공부하기 위해 로마 교황청 살레시오 대학교로 유학을 떠난다. 사제로서도 촉망받던 그는 유학중에도 줄곧, '세상에서 가장 보잘것없는 곳의 사람들은 누굴까' 하는 고민을 했다. 1999년 케냐에서 여름방학 답사 중이던 그는 우연히 인도 출신 신부를 만나 톤즈를 알게 된다.

"수단 톤즈에서 20년간 선교 사업을 하시는 그분은, 6개월에 한 번씩 생필품을 사러 케냐에 나오시는데 때마침 나와 만나게 된 것이다. 내가 아프리카를 보기 위해 왔다고 하니까, 진짜 아프리카를 보려면 수단으로 가야 한다고 했다. 사실 그때 나와 함께 간 일행은 당시 수단이 내전 중이던 때라 걱정을 했다. 하지만 난 워낙 낙천적인 성격이라, 별 걱정 없이 그곳으로 들어갔다. 10일 정도 머물렀는데 정말 비참했다."

그는 남수단의 주민들을 본 충격을 이렇게 말한다.

"하루 한 끼도 먹지 못해 뼈만 앙상한 사람들을 보는 순간 내 몸이 전기에 감전된 듯했다. 사람이 저렇게도 가난할 수 있구나, 저렇게도 죽음 가까이서 살 수 있구나…… 여기가 내가 있어야 할 곳이구나."

수단에 다녀온 뒤 그는 말라리아에 걸려 몇 달간 고생을 하기도 한다. 그 모습을 보며 수련 동기 신학생은 다시는 아프리카로 돌아가지 않을 줄 알았다고 한다. 하지만 그는 로마에서 공부를 마치고 2000년 종신서원을 한 이듬해 사제 서품을 받자마자 아프리카 수단, 가장 가난하고 황폐한 그곳으로 자청하여 떠난다.

떠나기 직전, 다시 그 사실을 가족들에게 말하는 것이 그에게는 고통스러운 일이었다. 의사를 버리고 신부가 되겠다더니, 이제 신부가 되니까 이번에는 다시 내전 중인 아프리카 오지로 떠나겠다면 어머니의 심정이 어떠할까. 그는 다시 성모상 앞을 서성이며 망설이고 망설였다. 결국 그는 가족들 앞에서 그의 뜻을 밝혔다.

10년 전 의사를 포기하고 신부가 되겠다고 했을 때처럼. 가족들 사이엔 무거운 침묵이 흘렀고, 누나 한 명이 그에게 물었다.

"왜 꼭 아프리카로 가야 하니, 어려운 사람은 우리나라 산간벽지에도 많은데 왜 꼭 그런 곳으로 가야 하니?"

그의 대답은 짧았지만, 더 이상 가족들은 그를 말릴 수 없다는 것을 알았다.

"내가 가 본 가장 가난한 곳입니다. 그곳에는 아무도 가려는 사람이 없기 때문에 저라도 가야 합니다."

2001년 그는 경비행기를 타고 흙길 비행장에 내려 남수단 톤즈에 도착한다.

남수단은 어떤 곳인가. 섭씨 50도를 넘나드는 더위와 가뭄, 전화도 전기도 없다. 물도 없어 흙탕물을 마시고, 하루 한 끼 옥수수 죽이 전부인 사람들. 한센병나병과 결핵, 말라리아와 온갖 질병들이 창궐하고, 200만 명이 죽어 간 내전으로 팔다리가 잘리거나 가족을 잃어 정신적인 상처를 입은 사람들이 의료 · 교육 시설 없이 살고 있는 곳. 세상에서 가장 가난한, 도저히 상상할 수조차 없이 처참한 아프리카 남수단 톤즈.

"너무 불공평했다. 아무런 잘못도 없는 저들이 왜 저토록 고통스럽게 살아야 하는 건지. 영양 상태만 좋으면 쉽게 이길 수 있는 말라리아나 홍역으로 죽어 가고, 배앓이로 죽고, 지뢰를 밟아 죽고, 아이들이 열병에 걸려 신음하면 부모들이 할 수 있는 거라곤, 마당에 물을 뿌려 놓고 열이 내리길 기다리는 것뿐이다."

막상 믿음과 용기로 도착했지만, 가만히 있어도 땀이 줄줄 흐르는 뜨거운 기후와, 먹을 것조차 구하기 힘든 열악한 환경, 거기에 피부색만 다른 게 아니라 문화와 사고방식의 차이들…… 그는 어디서부터 시작해야 할지 막막하기만 했다. 톤즈 정착 초기에 친구에게 보낸 편지에서 그의 인간적인 마음을 읽을 수 있다.

"처음 이곳에 도착해 진료소라고 준비된 움막을 보자마자 눈앞이 캄캄했단다. 이곳에서 환자들을 보아야 한다니 막막하기도 했고 서럽기도 했다. 창고보다 더 지저분한 진료실, 최악의 열악한 환경, 역겨운 냄새를 풍기는 지저분한 환자들, 먼지 쌓인 소독되지 않은 기구들, 예상은 했지만 어디서부터 어떻게 시작해야 할지 엄두나 나질 않더구나. 하지만 나의 작은 희생으로 적지 않은 사람들이 기쁨을 맛볼 수 있다고 생각하니 조금씩 힘이 나기 시작했다. 가끔씩 진료를 받기 위해 30~40킬로미터를 밤새 걸어 아침 일찍부터 진료소 앞에서 꾸벅꾸벅 졸고 있는 환자들을 보면 가슴이 뭉클해지면서 내 마음도 새롭게 추스를 수 있단다."

톤즈에서 그가 가장 먼저 한 일은 병원을 짓는 일이었다. 허리를 90도로 굽혀야 들어갈 수 있는 컴컴한 '진흙 움막 진료소'와 달랑 침대 하나뿐인 공간으로는 그 많은 환자들을 제대로 수용하고 치료할 수가 없었다. 그는 오전에는 의사가 되어 환자들을 진료했고, 오후에는 40~50도를 넘나드는 더위 속에서 직접 강에서 진흙을 퍼와 일일이 벽돌을 만들어 쌓았다. 건축자재가 없어 못 하나 나사 하나도 케냐의 나이로비로 주문을 한 뒤 족히 두세 달을 기다려야 했다. 그리고 1년여 후, 그는 열두 개의 병실을 갖춘 톤즈 최초의 병원을 완성한다.

병원이라고는 하지만 의료 장비도 약도 변변히 없었다. 높은 기온 때문에 환자들의 상처도 쉽게 낫지 않았다. 무엇보다 톤즈는 병이 생기면 무당을 흙에 파묻는 굿을 하는 등 원시 민속신앙을 그대로 유지하고 있는 곳이었다. 하지만 그는 그들의 풍습을 바꾸려 하지 않았다. 섣불리 종교를 강요하지도 않았다. 그 보다 먼저 그들의 아픔을 좀 더 잘 듣기 위해 톤즈의 말딩카어을 배우고 주민들과 허물없이 어울리며 병원의 문보다 먼저 마음의 문을 열고 그들에게 다가갔다. 그러자 점점 환자들이 몰려들기 시작했다.

하루 평균 300명의 환자가 찾아왔다. 잠잘 시간이 부족했다. 100킬로미터를 걸어서 밤에 문을 두드리는 환자도 있었다. 그에게 찾아가면 살 수 있다는 소문이 톤즈에 퍼진 것이다. 이른 아침부터 혹은 며칠을 걸어서 찾아와 그들은 치료를 기다렸다. 하지만 의사는 오직 그 혼자뿐이었다.

"수단은 열악한 생활환경 때문에 콜레라가 자주 생기는데 콜레라가 발병하면 한 달간 병원은 전쟁터가 된다. 설사와 구토로 고통을 호소하는 환자들의 신음소리와 링거액을 들고 바삐 뛰어다니는 간호사 수녀님의 긴장된 숨소리, 병원에 도착하자마자 수명을 다한 환자 가족들의 곡소리 등으로 처참한 아수라장이다. 그럴 때 '의사 한두 명만 아니, 혈관주사를 꽂을 수 있는 간호사 몇 명만 더 있었으면' 하고 얼마나 바라는지 모른다."

게다가 톤즈는 전기가 없는 곳이다. 홍역으로 1년이면 40~50명이 죽는데도 으레 일어나는 일로 받아들이는 사람들을 구하고 싶어도 백신을 보관할 냉장고가 없으니 예방접종을 할 수 없었다. 때마침 'KBS 한민족 리포트'라는 방송 프로그램으로 그의 활동이 한국에 알려지게 되면서 '수단 어린이 장학회'가 만들어진다. 십시일반 한국에서 보내온 후원금과 살레시오회 지원금으로 그는 병원 지붕에 태양열 집열기를 설치했고 냉장고를 돌렸다. 백신을 보관할 수 있게 되자, 결핵 · 파상풍 · 백일해 · 소아마비 · 홍역 · 볼거리 등 예방접종만 하면 살릴 수 있는 죽음의 질병으로부터 수많은 아이들의 목숨을 구할 수 있게 된다.

하지만 병원에 찾아올 수 있는 환자들은 그나마 형편이 나았다. 톤즈에는 팔다리가 곪아 움직일 수 없는 한센병 환자와 중증 환자들도 지천에 널려 있었다. 그는 트럭을 몰고 일주일에 한두 번 80여 개의 마을을 돌며 그들을 찾았다. 그가 한센인 마을을 찾기 전까지 그들의 삶은 너무나 비참했다. 한센인들은 톤즈 사람들에게조차 버려지다시피 한 사람들이었다. 먹을 물도 제대로 없는 상태에서 치료 같은 것은 꿈도 꾸지 못한 채 하루하루 썩어 가는 몸으로 죽고 있었다. 그들을 보고만 있을 수 없었다. 그는 그곳에 벽돌집을 짓고 지하수를 끌어올릴 펌프 시설을 만들었다. 그들의 목소리에 귀를 기울여 주고 직접 고름을 짜 주고 붕대를 감아 주며 발에 깊은 상처를 입은 한센인들을 위해 손수 만든 신발을 신겼다.

그의 이런 노력이 톤즈에 서서히 변화를 일으키기 시작한다. 한센병으로 불구가 되는 사람들이 눈에 띄게 줄었고, 차 소리가 나면 나무 막대기를 집고 팔다리가 성치 않은 한센인들이 몰려나왔다. 처음으로 누군가로부터 따뜻한 손길을 느낀 한센인들에게 그는 사랑 그 자체였다. 당시 그가 지속적으로 치료하고 돌보던 한센병 환자들은 600~700명에 이르렀다.

하지만 문제는 또 있었다. 오랜 전쟁으로 인해 아이들의 심성은 폭력적으로 변해 있었다. 자기 눈앞에서 폭탄이 떨어지고 가족들의 사지가 찢기는 걸 목격한 아이들이었다. 단순한 질병뿐 아니라 아이들의 다친 마음의 상처를 어루만지고 치료해 주고 싶었다.

그는 자신에게 묻고, 답했다.

"예수님이라면 이곳에 학교를 먼저 지으셨을까, 성당을 먼저 지으셨을까? 아무리 생각해도 학교를 먼저 지었을 것 같다."

그는 전쟁으로 부서진 옛 학교 건물을 다시 짓기 시작한다. 환자를 돌보는 것만으로도 하루 24시간이 부족했지만, 하루 종일 빈둥거리는 아이들에게 배움의 기쁨을 알게 해 주고 싶었다. 그는 초 · 중 · 고 11년 과정을 꾸렸고, 직접 수학과 음악을 가르쳤다. 한국에서 교복을 구해다 입히고, 케냐에서 교사도 데려왔다. 수업의 열기는 너무나 뜨거웠다. 거리를 헤매며 빈둥거리거나 싸움질을 하던 아이들이 학교로 몰려들었다. 비좁은 교실에 120명이나 꽉 들어차, 자리가 없는 아이들은 서서 수업을 들었다. 하루가 다르게 달라지는 아이들의 모습을 보며 그는 톤즈의 희망을 보기 시작한다.

당시 톤즈는 전쟁이 끝났지만 평화는 오지 않았다. 여전히 군인들이 점령하고 있는 그곳의 아침은 군대의 구호 소리와 함께 시작되었다. 전쟁과 가난으로 찌든 아이들의 영혼을 치유해야 했다. 그때 그는 음악을 생각했다. 가난한 어린 시절 그 역시 성당의 풍금을 치며 이를 지켜봐 주던 십자가의 따스한 시선으로 성장하지 않았던가.

2005년 그래서 그는 서른다섯 명의 아이들을 모아 남수단 최초의 브라스밴드를 만든다. 그의 요청으로 한국에서 트럼펫과 트롬본, 클라리넷 등 악기들을 공수해 온다. 어린 시절부터 음악적 재능이 뛰어났던 그였지만, 대개의 악기들은 실은 그도 처음 접하는 것이었다. 아이들을 가르치자면 그가 먼저 배울 수밖에 없었다. 그는 설명서를 보며 혼자서 하나씩 악기를 익힌다. 그렇게 해서 아이들에게 도레미파솔라시도부터 가르치기 시작했다. 그런데 기적처럼 놀라운 일이 벌어졌다. 음계도 모르는 까막눈이었지만, 아프리카 특유의 리듬감과 음감을 가진 아이들은 이틀 만에 제대로 된 음을 불어 내고 있었고, 다시 이틀 만에 〈주 찬미하라〉를 연주했다. 그리고 나흘째 되는 날 첫 합주곡을 다 함께 연주해 낸 것이다. 수십 년간의 총성 대신 클라리넷과 플룻, 그리고 트럼펫의 아름다운 천상의 음악소리가 처음으로 톤즈에 울려 퍼진 것이다. 너무나 감격스러운 순간이었다. 아이들의 눈에 진주 같은 이슬이 맺혔다. 이토록 아름다운 음악이 이 세상에도 존재한다는 것을 처음 알게 된 순간의, 천국을 맛본 순간의 눈물이었다. 그 역시 눈물을 멈출 수가 없었다.

"짧은 시간에 나의 삶이 하나의 파노라마처럼 스쳐 지나갔다. 어릴 적 피아노 레슨을 받고 싶어 했던 것, 가난 때문에 성당에서 풍금만을 쳐야 했던 것, 얼굴을 따갑게 내리비추던 성당의 오후 햇살과 십자가 위에서 따스한 시선으로 지켜봐 주시던 예수님의 모습도 스쳐 지나갔다. 그리고 이곳의 가난, 전쟁, 파괴 등이 하나의 영상처럼 지나갔고, 가난하지만 하느님으로부터 소중한 탈렌트를 받은 이곳 아이들의 모습이 나의 어릴 적 모습과 겹쳐지기 시작했다. 눈물이 주르륵 흘렀다. 주체할 수가 없었다. 모든 것이 이해되었다. 한국에서의 나의 과거와 수단에서의 선교사로서의 현재가 시공을 초월하여 하나 됨을 느낄 수가 있었다."

연주가 끝난 후 아이들은 말했다. 총과 칼들을 녹여 그것으로 클라리넷과 트럼펫을 만들면 좋겠다고. 총 대신 악기를 든 브라스 밴드는 곧 남수단의 유명인이 됐다. 각종 행사에 초청되기도 했고, 남수단 대통령수단 부통령 앞에서 연주하기도 한다. 오랜 가난과 전쟁과 전염병으로 무표정하고 난폭하던 아이들. 하지만 이제 톤즈의 아이들에게 순수한 눈빛과 맑은 웃음소리와 배움의 열기가 전염되기 시작한 것이다. 바로 그가 꿈꾸는 톤즈의 미래였다.

사람들은 그를 '쫄리 파더'라는 애칭으로 불렀다. 세례명 요한존에 그의 성 '이리'를 붙여 '쫄리'가 된 것이었다. 인간의 존엄성을, 삶의 아름다움과 고귀함을 되찾아 주기 위해 '쫄리 파더'는 쉼 없이 8년의 세월을 톤즈 사람들과 함께 보냈다. 그동안 그의 삶은 온전히 톤즈에게 바쳐진 것이었다. 새벽 5시 45분이면 일어나 미사를 드리고, 오전 중에 300명의 환자를 진료하고, 틈틈이 아이들에게 수학도 가르쳤다. 학교를 마친 아이들이 찾아오면, 함께 밴드 연습을 하고 그가 작곡한 노래와 율동도 가르쳤다. 밴드 연습이 없는 날에는 아이들과 축구, 배구, 농구를 하며 신나게 뒹굴고 뛰놀았다. 아이들은 너무나 행복해했다. 그도 아이들을 통해서 행복을 배우고 있었다. 그 자신이 그들에게 해 주는 것보다 그들이 돌려주는 행복과 가르침이 더 크다는 것을 깨닫고 있었다.

"처음에는 워낙 가난하니까 그들과 함께 이것도 하면 좋겠다, 저것도 하면 좋겠다 혼자서 계획을 많이 세우곤 했어요. 하지만 시간이 지날수록 물질적 도움보다는 같이 있어 주는 것, 함께한다는 것이 가장 중요하다는 것을 깨달았지요. 전쟁이나 어떤 어려움이 닥친다 해도 그들 곁을 떠나지 않고 그들을 버리지 않고 함께 있어 주고 싶습니다."

하지만 그는 아이들에게 다시는 돌아가지 못했다. 2008년 오랜만에 휴가를 얻어 한국에 왔을 때, 대장암 말기 판정을 받는다. 이미 간으로 암이 전이된 상태였다. 그는 계획이 많았다. 아직 톤즈 주민들과 아이들을 위해 할 일이 너무 많이 남아 있었다. 그는 하느님을 원망하지 않았을까.

"그냥 담담했어요. 삶과 죽음이 그렇게 다르지 않다고 생각해요. 아마도 이런 병을 주신 하느님의 뜻이 있겠죠. 그게 뭔지 계속 묻고 있어요."

투병 생활 1년 8개월. 그는 병원이 아닌 서울 대림동 공동체에서 지내기를 원했다. 투병 중에도 청소년과 신학생들을 위해 자신의 마지막 남은 재능을 바쳐 밴드를 만들어 음악을 가르치고, 후원금 마련을 위해 책을 쓰면서 항암 치료를 받았다. 하지만 죽음은 점점 다가오고 있었다. 그는 주변에 톤즈를 부탁한다는 말을 자주 하기 시작한다. 그리고 톤즈의 아이들을 위한 미주 후원회에 이런 글을 남긴다.

"저는 지금 항암 치료를 받고 있습니다. 그렇게 어렵지 않게 잘 견뎌 내고 있는 편입니다. 아프리카에서 못 먹었던 것에 대한 보충 심리 때문인지 환자답지 않게 식욕도 아주 좋은 편입니다. 이 모든 것이 여러분을 포함한 많은 이들의 눈물 어린 기도 덕분임을 확신하고 있고, 그에 감사드립니다.

만약 길을 가다 장애물이 있으면 여러분은 가던 길을 멈추고 다시 뒤로 돌아가시겠습니까 아니면 장애물을 치우고 가던 길을 계속 가시겠습니까? 지금 저의 작은 고통도 제가 가던 길에 갑자기 나타난 하나의 장애물이 아닌가 생각됩니다. 장애물을 치우기 위해 육체적으론 잠시 멈추어 있지만 저의 마음은 제가 가던 길, 즉 선교의 길을 계속 가고 있음을 느낍니다. 저를 기다리는 많은 아이들과 형제자매들이 있는 아프리카 톤즈를 하루에도 수십 번씩 다녀오곤 한답니다.

묵상 중에 하느님께서 주시는 '영광'도 특권이지만, 하느님께서 주시는 '고난'도 하나의 '특권'이 아닌가 하는 생각이 들었습니다. 물론 많이 힘들고 고통스럽긴 하지만 그 고통을 통해서 보다 가까이 하느님에게로 갈 수 있고, 보다 더 예수님의 십자가의 고통을 이해할 수 있을 뿐 아니라 더욱 더 예수님과 닮을 수 있는 좋은 기회라고 생각되기 때문입니다. 그래서 요즈음은 이러한 '고난의 특권'을 저에게 주신 하느님께 감사를 드리고 있습니다."

2010년 1월 14일. 사람들이 분주히 새해 계획을 세우고 달력을 새로 걸 때, 그는 끝내 톤즈로 돌아가지 못하고 가족과 동료 사제들이 지켜보는 가운데 선종한다. 엄마를 위해 아침밥을 해 놓던 착한 아들이었고, 유머러스하고 낙천적인 신부였으며, 환자를 사랑했던 의사였고, 직접 병원과 학교를 짓던 건축가였으며, 열정적으로 음악을 사랑하고 가르쳤던 음악가였고, 아이들을 위해 어떠한 어려움이 있더라도 곁에 있어 주고 싶다던 선생님이자 친구였던 이태석 신부. 한 인간으로 가난했고 또한 가난한 사람들을 위해 모든 것을 다 바쳐 살아온 일생이 하느님의 곁으로 돌아갔다.

그는 마지막으로 새벽 1시 반경 혼수상태에서 잠시 깨어나 상체를 조금 들고 "돈 보스코!"라고 말했다고 한다. 이어 "에브리싱 이즈 굿Everything is good"이라며, 모든 것이 잘될 것이니, 걱정하지 말라는 의미의 말을 남기고 눈을 감았다. 그의 나이 마흔 여덟이었다.

* 인터뷰에 응해 주시고 자료를 제공해 주신 살레시오회 신부님들과 수사님들, 그리고 수단어린이장학회에 감사드립니다.

의사라는 직업이 필요 없어진다면 참 좋을 것이다. 의사는 존재의 소멸이 존재의 궁극적 목표가 되는 직업이라고 생각하니까. 의사는 병을 고치기 위한 직업이 아니라 병이 없는 사회를 위해 노력해야 하는 직업이니까.

홍수연 서울 이웃린치과 원장 | 서울대학교 치과대학, 서울대학교 보건대학원, 단국대학교 의과대학 대학원 졸업 | 노스캐롤라이나(UNC) 보건대학원 수료 | 미국 교정치과의사협회 정회원, 런던 대학교(UCL) 연구교수 역임 | 건강사회를 위한 치과의사회, 베트남평화의료연대 활동 | 보건학석사 최우수논문상 수상

취재 및 집필 **정유선**

'나눔'의 다른 이름 'L-code'

토요일 오후, 치과 진료실 어디선가 고통과 불만에 가득 찬 고함이 들렸다. 대기 중이던 환자들이 놀란 나머지 일제히 소리가 나는 쪽을 쳐다보았다. 가장 안쪽에 있는 홍수연 원장의 진료실에서 나는 소리였다.

'뭔 치료를 하기에 저리 난리인지…… 되게 아픈가 보네.'

환자들은 걱정 반, 긴장 반으로 발을 동동 굴렀다. 아무래도 치과는 병원 중에서도 가장 무섭고 가기 싫은 곳이 아닌가. 소름 돋는 드릴 소리, 시큼한 소독약 냄새, 뾰족한 마취 주삿바늘, 무엇보다 시종일관 입을 쩍 벌리고 있어야 하는 진료 과정은 환자에게 두려움일 수밖에 없다. 차례를 기다리는 환자들의 얼굴이 점점 초조해졌다. 그러나 진료실의 사정 또한 결코 간단하지 않았다. 홍수연 원장은 설암舌癌으로 인해 혀는 물론 구강 기관이 모두 상실

된 장애인을 치료하느라 진땀을 쏟고 있었다. 설암은 혀에 발생하는 암으로 초기에 발견하면 방사선요법을 통해 쉽게 치료할 수 있지만, 환자는 장애로 인한 생활고와 주변의 무관심 때문에 적절한 치료 시기를 놓친 채 오랜 시간 동안 방치된 상태였다. 치아가 단 한 개도 남아 있지 않은 그의 입속은 고단했던 지난 삶을 고스란히 말해 주는 듯 실로 깜깜한 동굴이었다. 혀가 없어 말조차 할 수 없었던 환자의 유일한 반응이 바로 고함 지르기였던 것이다. 홍 원장의 머릿속에 많은 생각이 맴돌았다.

'지금 이 수술대 위에 누운 말 못 하는 환자가 나에게 원하는 것은 무엇인가. 서로에게 필요한 것이 과연 진료인가, 진료라는 이 행위 자체면 되는가…….'

불가능한 것을 가능하게 하는 어려운 수술일수록 환자와 의사 사이의 믿음이 가장 중요하다. 하지만, 이번 환자처럼 숱한 좌절 때문에 희망을 잃어버린 이들의 마음을 열기란 쉬운 일이 아니다. 잘못하면 치료에 대한 의심이 짙어져 원망만 듣는 경우도 많다. 하지만 홍 원장은 포기하지 않았다. 환자든 의사든 결국 끝까지 버텨야 둘 다 승리할 수 있다. 설암 환자는 일주일에 한 번씩 길고도 복잡한 과정의 치료를 받았다. 매번 온 병원이 울릴 만큼 괴성이 난무했다. 홍 원장은 먼저 틀니를 걸 수 있는 뼈조차 없는 환자의 잇몸에 티타늄으로 만든 인공 치근을 삽입하는 수술을 했다. 그 후 잘 아물기를 기다렸다가 위와 아래의 완전 틀니를 제작했다. 환자의 구강 구조에 맞게 본을 떠 맞춰 보고 성형하는 과정이었다. 틀니를 착용한 후에도 미관상 적합하게 되었는지, 씹는 데는 무리가 없는지 적응하는 기간이 필요했다. 총 6개월이라는 긴 시간이 걸렸다. 처음에는 깐깐하고 의심 많기로 소문난 환자도 홍 원장의 우직한 버티기 작전에 점차 마음의 문을 열었고 쩌렁쩌렁하던 괴성도 점차 잦아들었다. 이쯤 되면 환자가 치료를 버틴 것인지 의사가 환자를 버틴 것인지 알 수가 없게 되는 것이다. 음식물을 씹어 삼키는 기본적인 생활도 불가능했던 환자는 이제 깍두기도 와삭 씹을 수 있게 되었다며 행복한 미소를 지었다. 그러나 정말 행복한 일은 따로 있었다. 이 모든 과정에 소요된 비용 약 600만 원이 모두 무료라는 것이다.

"L-code 어때? Love의 약자 L을 붙여서 부르는 거야."

고심 끝에 선택한 호칭이었다. 장애인, 독거노인, 신용 불량자, 새터민, 한 부모 가정, 외국인 노동자 등 저소득층 생활보장수급자들은 너무나도 다양했다. 이들을 한마디로 부를 만한 호칭이 필요했다. 이럴 때, 'Love=사랑=나눔'보다 좋은 말이 또 있을까. 어려운 환경 때문에 제대로 된 치료를 받을 수 없는 'L-code' 환자를 대상으로 한 무료 진료는 홍 원장이 오래전부터 머릿속으로 구상해 오던 것이었다. 시작은 '인도의 아라반드 안과 병원'이었다. 아라반드 안과 병원은 일명 쌍둥이 병원으로 불리는데 최고급 병원과 일반 병원이 같은 시설과 의료진으로 구성되어 있다. 인도에는 신분제인 카스트 제도가 존재하기 때문에 쌍둥이 의사 중 한 명은 부유층을 상대로 고가의 진료를 하고, 바로 이웃한 다른 곳에서는 또 다른 쌍둥이 의사가 불가촉천민 등 최하위층의 가난한 사람들을 상대로 무료 진료를 한다. 홍 원장은 아라반드 안과 병원 이야기를 듣자마자 결심했다.

"바로 이거다! 이런 치과를 한번 세상에 내놓아 보자!"

생각처럼 쉬운 일은 아니었다. 처음에는 오로지 'L-code' 환자들만을 대상으로 한 병원을 만들고 싶었다. 뜻을 같이했던 세 명의 의사들도 있었다. 하지만 2008년 경제 위기가 오면서 어려움이 닥쳤고, 결국 혼자서 계획을 추진하게 되었다. 고심 끝에 결국 월요일부터 금요일까지 평일에는 일반 환자를 대상으로 한 정상 진료를 하면서 토요일에만 'L-code' 환자들을 대상으로 하는 무료 진료를 하기로 나름의 타협안을 내놓게 되었다. 그리고 우여곡절 끝에 2009년 1월, 두 얼굴의 치과가 문을 열었다. 동지가 될 네 명의 의사들도 생겼고 매주, 혹은 격주로 무료 진료를 돕는 객원 의사들과도 뜻을 모았다. 무료 진료에 힘을 기울일수록 좋은 시설을 갖추어야 한다는 고집으로 전국에 5대밖에 없다는 고가의 CT 촬영기도 들여 놓았다. 갓 2년이 넘은 신생 병원이지만 작년 한 해만도 70명이 넘는 'L-code' 환자들이 틀니, 임플란트, 잇몸 치료, 보철 치료 등의 무료 진료를 받았다. 대부분 씹는 기능만이라도 회복하여 제대로 된 식사를 할 수 있게 되는 것이 목표인 환자들이었다. 비용이 상당했지만 평일 진료로 얻은 수익을 몽땅 쏟아부으면 그럭저럭 운영이 되었다.

"일반 치과에서 진료받으면 그저 돈을 내고 치료받는 것이지만 이곳에 오면 내가 낸 진료비로 다른 사람을 도울 수 있으니 멀어도 일부러 찾아와요."

고마운 환자들도 많이 생겼다. 비로소 입소문이 나기 시작한 것이다.

홍수연 원장이 나눔을 실천하는 치과 의사가 되기까지는 큰할아버지였던 인권운동가 고故 홍남순 변호사의 영향이 컸다. 홍씨 집안에서 18년 만에 태어난 손녀딸로 가족 어른들의 귀여움을 독차지했던 그녀를 특히 아꼈던 분이 바로 큰할아버지였다. 명절 때나 가족 행사 때 시골에 내려가면 예쁨을 받느라고 바닥에 엉덩이를 대고 앉아 본 적이 없을 정도였다. 그 무렵 큰할아버지의 무릎에 앉아 그를 찾아오는 많은 민주 인사들의 이야기를 들으며 자연스럽게 생각이 자랐다. 중학생이 되었을 때는 '실존', '존재', '허무' 등에 심취했고, 고등학생이 되어서는 '혁명'이니 '개혁'이니 하는 것들에 매료되었다. 어릴 때 영세를 받았던 신부와 함께 철학 공부도 했다. 연구실에서 『자본론』을 읽으며 질문하고 토론하며 진보적인 사상을 접했다. 점점 세상의 불공평한 것들이 눈에 띄었다. 대학 진학을 앞두고 있던 어느 날, 아버지가 진지하게 물었다.

"어차피 이런 시대에 대학을 제대로 다닌다는 것은 쉽지 않은 일이다. 그래도 혹시 시대가 좋아진다면, 다른 사람들에게 도움을 줄 수 있는 직업을 선택하는 게 어떻겠니?"

1985년. 전국적으로 군사독재 타도를 위한 민주화운동의 물결이 몰아치고 있던 무렵이었다. 그녀의 생각도 아버지와 다를 바 없었다. 아버지의 말씀대로라면 문과 쪽에서는 변호사, 이과 쪽에서는 의사와 같은 직업을 택하는 것이 좋을 것 같았다. 고민 끝에 치과대학을 선택했다. 하지만 대학생활은 결코 녹록치 않았다. 공부다운 공부를 할 수 있는 상황이 전혀 아니었던 것이다. 대학에 입학해서 3년 동안, 매일 오전에는 아침 일찍 등교하여 책도 읽고 세미나 준비도 하고 명상도 했다. 오후에는 학교 안에서 각종 동아리를 전전하다 밤에는 세미나에 참석해 각종 문건을 썼고 해가 뜨면 거리 투쟁에 나섰다. 괴로운 마음만 잔뜩 쌓였다. 결국, 스물두 살 되던 해에 학교를 포기하고 인천 지역의 한 공장에 취직했다. 주로 용접이나 납땜, 혹은 품질 검사 등의 일을 하면서 지방에 있던 종합고등학교에서 온 여학생들과 동고동락하며 노동조합도 만들고, 파업하다가 구치소에 끌려가기도 했다. 다시 학교로 돌아가 졸업을 하고 의사가 될 수 있을 거라는 생각을 거의 접었을 때, 특별히 사면 조치를 받아 복학하게 되었다. 그녀는 다시 평범한 치과대학생이 되었다. 강의를 듣고 리포트를 쓰고 각종 실습을 하는 나날이 이어지면서 어수선했던 분위기도 점차 가라앉았다. 그러나 아픈 환자를 치료하는 것만이 의사의 역할은 아닐 것이다. 여전히 병들어 신음하고 있는 세상을 고치는 것도 의사의 몫이다. 그녀를 사회운동으로 이끌었던 열망과 지식인으로서의 양심에서 비롯된 치열한 분투는 다시 학교로 돌아온 그녀에게 실력 있는 치과 전문의가 되어야 한다는 다짐을 갖게 했다. 의사에게 가장 중요한 기본 조건은 실력이다. 실력을 쌓기 위해서는 멀리 돌아온 만큼 다시 힘차게 달려야 했다. 홍 원장은 치열했던 그 시절에 꽉 쥐었던 주먹을 기억하고 있었다. 주먹은 여전히 야무지고 단단했다. 건강한 사회를 만들기 위한 운동과 의사로서의 본분이 절대 다르지 않음을 다시금 확인하는 순간이었다.

"엄마 아빠가 다 치과의사인데 우리 집은 왜 이렇게 가난해?"

올해 6학년인 준이는 홍수연 원장의 둘도 없는 친구이다. 매일 밤 잠자리에 들기 전에 나누는 15분 수다는 하루 중 제일 즐거운 시간이다. 오늘은 준이 표정이 뚱하다. 친구들이 엄마, 아빠가 둘 다 의사인데도 부자 티가 안 나는 준이를 놀렸나 보다. 사실은 아직도 월세를 내며 살고 있으니 그럴 만도 하다. 준이에게 묻는다.

"준아, 의사가 왜 부자여야 해?"

준이가 눈을 동그랗게 뜨고 대답한다. 머리가 컸다고 제법 당당하다.

"병원에 가면 돈을 많이 내니까. 치과는 보험도 안 되잖아."

"그럼 이 세상 사람들이 다 병원 가서 돈 내고 치료받나?"

"전에 영국 가서 보니까 영국 사람들은 안 내던데?"

"그럼 준아, 병원에 가서 돈을 내는 게 보편적인 현상일까?"

준이가 한참 고개를 갸웃하다가 대답한다.

"…… 아닌데? 왜 우리나라는 돈을 내?"

"영국 사람들은 돈을 안 낼 수 있도록 긴 시간 동안 정부에 요구해서 받아들이게 만든 거지. 병에 걸리거나 아프게 되는 건 자기 탓만은 아니잖아. 스스로 나을 수도 없고."

"그럼 다 공짜로 해 줘야 하나?"

"아니지. 도움을 받아야지. 국가나 건강보험이나 이런 제3기관에서 도와줘야지."

그제야 준이가 만족한 듯 싱긋 웃으며 고개를 끄덕인다. 아무렴 엄마가 박사니까. 그래도 장난기가 발동하면 엄마는 넓을 박博의 '박사'가 아니라 금세 엷을 박薄 자를 쓰는 얄팍한 '박사'가 된다. 어렸을 때 준이는 지방의 분교를 다녔다. 시골 이 산 저 산으로 나들이하면서 각종 풀이며 꽃 이름 외우는 것에 재미를 붙인 준이가 엄마에게 퀴즈를 냈는데 엄마가 하나도 못 맞추는 것을 보고 엷을 '박'사라고 놀렸던 게 생각나는 모양이다.

준이한테 '엷을 박사' 소리를 듣는 홍 원장은 딸 진이한테는 '가짜 엄마'다. 초등학교 1학년인 진이는 공개 입양으로 얻은 딸이다. 홍 원장은 미혼모 시설에서 아기가 태어나기 전부터 기다렸다가 진이를 데리고 왔다. 당시 다섯 살이던 준이의 의사도 전격 존중해서 내린 결정이었다. 엄마 배가 안 불러도 동생은 생길 수 있다는 사실을 준이는 잘 알고 있다. 다만, 조금 아쉬운 것은 진이가 남동생이 아니라는 것뿐이다.

"오빠는 엄마 배가 뚱뚱해져서 세상에 나왔지만, 나는 하늘나라에서 우아하게 살다가 이 집에 왔어."

진이가 준이에게 곧잘 하는 말이다. 다소 소극적이고 시니컬한 준이와 달리 진이는 씩씩하고 천진하다. 가끔은 당돌하게 오빠를 놀리고 귀찮게 하면서 연년생 남자아이들 놀듯 사이좋게 지낸다. 엄마와 아빠가 모두 치과의사인 탓에 1년에 한 번뿐인 휴가도 학회 참석 때나 되어야 가능해진다. 작년 여름에는 스리랑카에 하나뿐인 치과대학에서 구강암 연구 프로젝트를 하는데 온 가족이 총출동했다. 푸켓에 갔을 때도 마찬가지였다. 매일 아침마다 전쟁을 치르듯 두 아이를 학교에 보내고 치과에 출근해서 차트를 검토하고 온종일 진료하고, 저녁엔 강의를 하거나 각종 모임에 나가는 바쁜 일상 때문에 엄마로서는 아주 '꽝'이라고 생각하지만 그래도 준이 생각은 다르다.

"준이 너, 커서 의사 될 거야?"

"흠, 의사…… 까지는 모르겠지만, 엄마 아빠랑 같이 일하고 싶긴 해."

솔직한 것이 제법 튕기기까지 한다. 그래도 그 깊은 속마음을 엄마가 모를 리 없다. 든든한 지원군이 하나 더 생겼다는 사실이 가슴 뿌듯하다.

2004년, 남아프리카에서 학회를 마치고 돌아오던 홍수연 원장은 인도에 잠시 들렀다. 인도 사람들의 삶에서 보이는 극단적인 빈부격차는 홍 원장의 마음 문을 거세게 두드렸다. 당시 여기저기에 붙어 있던 간디와 비노바 바베의 사진을 보고, 이름만 듣던 바

▶비노바 바베(Vinoba Bhave, 1895~1982)

간디의 수제자이자, 동료로서 간디 또한 그를 통해 많을 것을 배웠다고 한다. 때문인지 간디는 생전에, 인도가 독립한다면 가장 먼저 인도 국기를 게양해야 할 인물로 비노바 바베를 꼽았다. 비노바 바베는 탁월한 성자이자 봉건주의 인도를 변혁시키기 위해 몸으로 실천한 인물이었다. 그는 10년 넘게 인도 전역을 걸어다니며 지주들을 만나 "만일 당신에게 아들 다섯이 있다면 가난한 이들의 대표자를 여섯째 아들로 생각하고 당신 땅의 6분의 1을 달라"며 토지를 공유하자고 호소했다. 그가 헌납받아 땅이 없는 사람들과 공유하게 된 땅은 4천만 에이커로 스코틀랜드 넓이만 하다고 한다.

베의 사상과 삶이 궁금해진 그녀는 여자들만 산다는 낙푸르 근처의 아쉬람에 들렀다. 그곳은 바베가 만든 여성수도공동체로 30여 명의 여성들이 모여서 노동과 기도로 자급자족 생활을 하고 있었다. 바베에게 깊은 관심을 두게 된 그녀는 한국에 돌아와서 그에 관한 책을 열심히 찾아 읽었다. 비노바 바베는 간디가 자신의 진정한 계승자라고 인정한 제자였다. 인도의 최상위 카스트인 브라만으로 태어났지만 스스로 계급을 내려놓고 평생을 최하층 사람과 생활했던 그는 20여 년 동안 맨발로 인도의 여러 곳을 찾아다니면서 인도의 독립과 가난한 자들의 지위 향상에 힘썼다. 인도의 독립 이후 지주들에게 땅이 없는 사람과 6분의 1의 토지를 공유하자고 호소하여 토지를 헌납받아 가난한 이웃에게 나누어주었던 그는 무소유의 삶을 실천한 인도의 진정한 영적 지도자였다.

'당신이 어떤 세상을 꿈꾸고 있다면 주저하지 말고 지금부터 그 꿈꾸는 세상에 걸맞은 모습으로 살아라.'

홍수연 원장이 비노바 바베에게 얻은 값진 가르침은 그녀가 소망하던 지금의 치과를 만드는 데에 큰 가르침이 되었다. 의료 기관의 설립 목적인 '사회적 기여'를 좀 더 체계적인 무료 진료 시스템으로 운영해야겠다는 생각도 하게 되었다. 그녀가 생각하는 치과의 궁극적인 미래는 사적인 부문에 있는 공익적 비영리법인이다. 시설에 욕심을 부리다 보니 부채 15억에서 시작했고 아직은 적자를 면치 못하고 있지만 손익분기점을 넘기는 순간부터는 장학사업과 같은 여러 공익사업을 할 수 있는 법인으로 전환하는 것이 목표이다. 병원이 법인이 되면 그녀는 병원의 주인이 아니라 월급을 받고 일하는 의사가 된다. 이렇듯 내가 갖춘 능력 안에서 할 수 있는 가장 작은 실천이 나눔이 아닐까. 삶은 감자에 옥수수를 가져오시는 할머니 환자, 한국에서 떡 만드는 기술을 배우고 있다며 직접 만든 떡을 포장해 오는 베트남 외국인 노동자, 응원해 준다고 일부러 치과 치료를 받으러 오는 친구들까지, 든든한 응원군도 속속 생기고 있다.

평일 저녁, 홍 원장이 슬쩍 세미나실의 문을 열었다. 마침 저녁 시간대라 출출하던 차에 세미나실에서 한참이던 요리 강좌가 문득 궁금해졌기 때문이다. 지역 주민을 위해 무료로 빌려 주고 있는 치과의 세미나실은 병원에서도 특히 인기가 많다. 요리 강좌뿐 아니라 바느질 강좌, 대안 생리대 만들기와 같이 취미와 실용을 목적으로 하는 모임은 물론 마르크스주의 경제학, 생태학 등의 강연도 열린다. 치과 의사들이 돌아가면서 올바른 치과 상식에 대해 강의하기도 한다. 저번 경제학 모임에서 만났던 한 무리의 대학생들은 오늘 병원 내에 마련된 북 카페에서 스터디를 한다고 찾아

왔다. 고전문학 시리즈를 비롯하여 시집과 각종 사회과학 서적이 꽂혀 있는 북 카페에는 인터넷을 할 수 있는 PC가 갖추어져 있고 복도를 따라서는 전시할 공간을 찾지 못한 가난한 예술가들의 작품이 걸려 있는 갤러리가 있다. 이쯤 되면, 대한민국 사람들이 제일 무서워하는 병원 조사에서 부동의 1위를 차지하고 있는 치과로는 일대 변신인 셈이다. 그러나 변신은 아직 끝나지 않았다. 그녀의 궁극적 목표는 병원의 사회적 환원이다. 비노바 바베의 말처럼 꿈꾸고 있는 세상에 걸맞은 모습으로 살기 위해 홍 원장은 지금도 한창 고군분투 중이다.

금요일 저녁, 아무도 없는 병원 진료실은 홍수연 원장의 아지트다. 가족들, 친구들과도 떨어져서 혼자 조용히 보내는 이 시간에 그녀는 진료실에 틀어박혀 책도 읽고 명상도 하며 마음껏 여유를 즐긴다. 가끔은 '세상 사람들이 모두 건강해져서 의사라는 직업이 필요 없어진다면?' 같은 엉뚱한 공상도 한다. 재미있는 질문이 떠오르면 준이와 15분 수다를 떨 때처럼 꼬리에 꼬리를 물고 생각들이 이어진다. 의사라는 직업이 필요 없어진다면 참 좋을 것이다. 의사는 존재의 소멸이 존재의 궁극적 목표가 되는 직업이라고 생각하니까. 의사는 병을 고치기 위한 직업이 아니라 병이 없는 사회를 위해 노력해야 하는 직업이니까.

심한 우울증에 시달리던 한 환자는 사실 치과 치료의 범위는 아주 가벼웠지만, 마음의 병 때문에 어떠한 치료에도 만족하지 못했다. 심지어 진찰을 받으면서 음악만 나오면 대성통곡을 하곤 했다. 환자를 진정시키기 위해 온갖 장르의 음악을 틀어 보았지만, 세상의 어떤 음악도 그 환자를 안정시킬 수 없었다.

'이대로는 치료가 불가능하다.'

결국 병원에서 흘러나오는 모든 음악을 꺼 버렸다. 그러자 환자가 울음을 뚝 그쳤다. 그렇다고 해서 치료가 수월해진 것은 전혀 아니었다.

"치아 색깔이 마음에 안 들어요."

"씹을 때마다 뭐가 걸리는 게 신경 쓰여요."

"며칠 전부터 계속 아프고 불편해요."

"제대로 치료가 된 게 맞나요?"

다시 버티기 작전에 돌입해야 할 때였다. 열 번에 걸친 치료를 진행하면서 그녀가 깨달은 것은 정말 치료 과정에 문제가 있었던 것이 아니라 우울증에 걸린 환자가 무슨 말이든 해서 위안을 받고 싶어 했다는 사실이었다. 환자에게는 대화 상대가 필요했던 것이다.

'우리 서로 알잖아요. 무엇을 원하는지 잘 알고 있잖아요.'

환자와 의사가 만나는 지점은 진료이지만, 진료의 내용은 결코 아니다. 인공 치아, 틀니 등과 같은 인공물이 환자의 마음을 풀게 하는 소통의 매개체가 되는 것이다. 환자를 행복하게 하기 위해서는 환자의 마음을 안을 수 있어야 하는 것이다.

진료실에 앉아 천천히 주변을 둘러본다. 그동안 자신의 손을 거쳐 갔던 환자들의 기록이 빼곡히 담긴 컴퓨터, 세미나실 안내 자료, 관심 있게 읽었던 책과 잡지들, 학회 자료집, 준이와 진이의 사진까지 보고 나면 비로소 마음이 차분해진다. 커피를 한 잔 놓고 오늘 읽으려고 작정한 책을 펼친다. 벌써 일주일이 흘렀다. 토요일인 내일은 예약된 무료 진료 때문에 가장 바쁜 하루를 보내야 한다.

새로운 'L-code' 환자를 만날 생각을 하면, 설레기도 하지만 한편으로는 가슴이 무겁다. 근래에 한 매체를 통해 병원이 대중에게 알려지면서 'L-code' 환자들에 대한 관심이 급격히 높아졌다. 병원에 문의 전화가 빗발쳐서 진료할 수가 없을 지경이었다. 높은 관심은 좋지만 'L-code' 환자들은 지역 단체의 실사를 거쳐서 병원에 추천해 주는 것을 바탕으로 선정되기 때문에 정작 병원에서 할 수 있는 것이라고는 이미 정해진 환자를 치료하는 것뿐이다. 더욱 많은 환자를 치료해 주고 싶어도 개인 병원에서 감당하기에는 한계가 있기 마련이다. 소외 계층을 위한 무료 진료와 봉사는 이미 많은 곳에서 행해지고 있지만 그것이 전부는 아니다. 무료 진료가 'L-code' 환자들의 삶을 변화시키지 못하고 개인이 베푸는 선행의 일회적 차원으로만 끝난다면 그 이상의 영향력을 가질 수 없기 때문이다. 공공의료정책은 애초부터 출발선이 달라서 자신의 힘으로는 일어설 수 없는 사람들에게 국가와 사회가 최소한의 출발선을 같게 만들어 주는 역할을 해야 한다. 그래야 모두가 페어플레이 할 수 있는 사회가 되지 않을까?

밝고 건강한 사회를 만들기 위한 홍수연 원장의 '의료 출발선 긋기'는 오늘도 현재진행형이다.

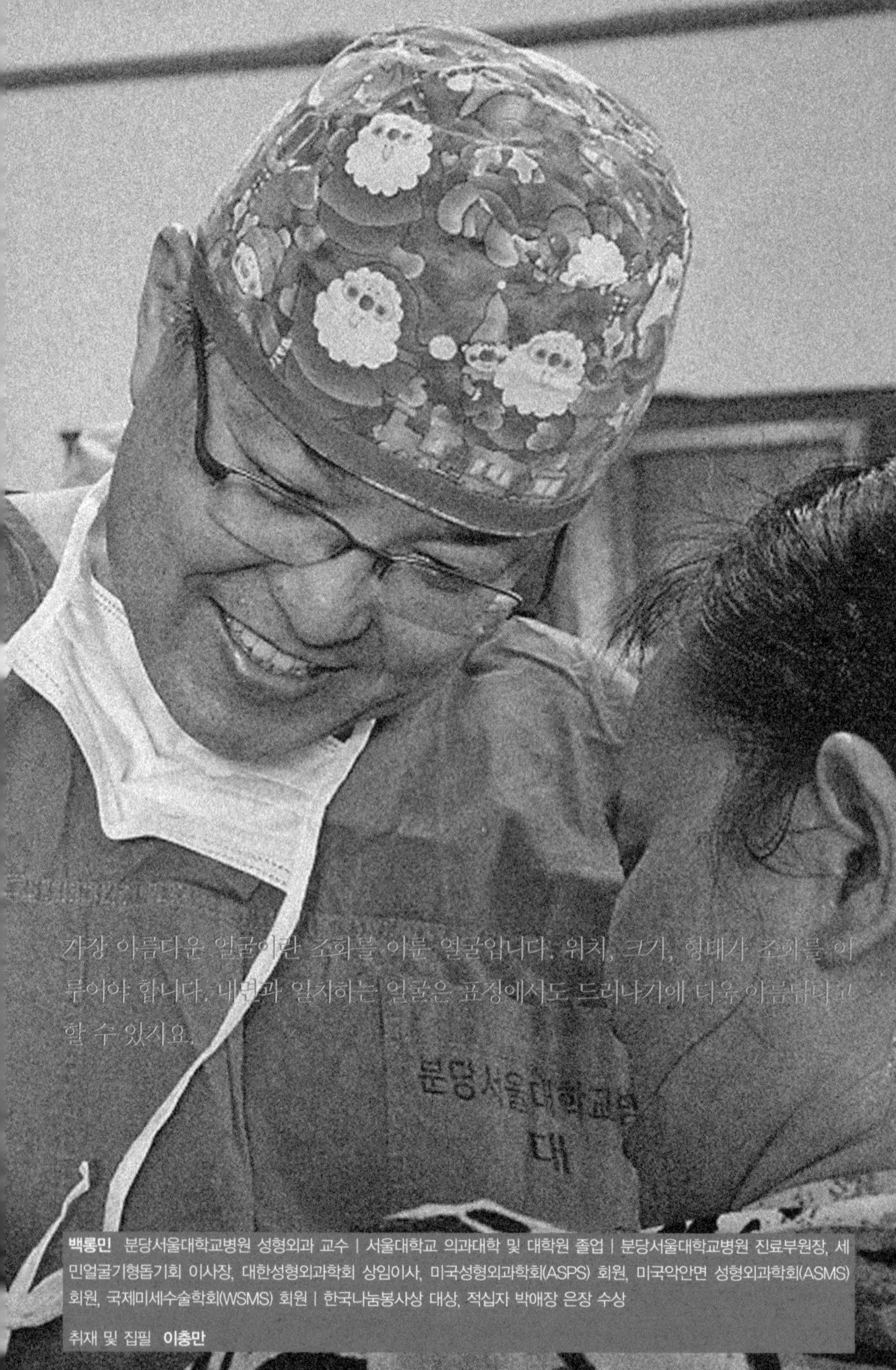

가장 아름다운 얼굴이란 조화를 이룬 얼굴입니다. 위치, 크기, 형태가 조화를 이루어야 합니다. 내면과 일치하는 얼굴은 표정에서도 드러나기에 더욱 아름답다고 할 수 있지요.

백롱민 분당서울대학교병원 성형외과 교수 | 서울대학교 의과대학 및 대학원 졸업 | 분당서울대학교병원 진료부원장, 세민얼굴기형돕기회 이사장, 대한성형외과학회 상임이사, 미국성형외과학회(ASPS) 회원, 미국악안면 성형외과학회(ASMS) 회원, 국제미세수술학회(WSMS) 회원 | 한국나눔봉사상 대상, 적십자 박애장 은장 수상

취재 및 집필 **이충만**

세상 모든 아이들이 웃는 날까지

12월의 분당 서울대병원. 수술을 마친 백롱민 교수는 진료실의 창문을 활짝 열어 놓는다. 한겨울임에도 그는 땀에 흠뻑 젖어 있다. 산을 타고 내려온 차가운 바람이 몸을 감싸도 백 교수는 아랑곳하지 않고 열기를 식힌다. 몸을 꽁꽁 동여맨 사람들과는 너무나도 대조적인 모습이다. 이렇게 백 교수의 계절은 언제나 여름이다. 한국에서, 혹은 베트남의 뜨거운 태양 아래서 그의 손길을 기다리는 환자들이 너무도 많기 때문이다.

성형외과 전문의인 백 교수는 미용과 재건 수술을 모두 하고 있다. 미용성형은 우리가 익히 알고 있는 미용을 위한 성형수술을 말하며, 재건성형은 선천적 · 후천적인 안면의 기형을 고치기 위한 성형수술을 의미한다. 원래 성형수술은 이러한 재건에 목적을 두고 시작되었다. 주로 참호에서 전투가 벌어졌던 1차 세계대전의 영향으로 손상된 안면에 대한 치료 욕구가 많아져 결과적으로 성형의학의 발달을 가져온 것이다. 현대에 들어와서는 전쟁과 같이 외상이 발생할 수 있는 여지가 줄어들어 미용에 중점을 두는 경우가 많아졌다. 사실 미용과 재건 어느 한쪽에 더 무게를 둘 순 없지만, 성형외과 또한 그 시작과 끝에 있어 인간을 염두에 둔 의술이라는 점에서는 다른 진료과와 다르지 않다.

백 교수는 항상 환자를 치료함에 있어 의술의 근본적인 목적을 잊지 않는다. 그래서일까. 이미 수천 번의 수술을 집도했음에도 그는 수술실에 들어갈 때마다 긴장감을 느낀다. 한순간의 실수가 환자의 얼굴에 평생의 상처로 남을 수 있기 때문이다. 특히 안면 기형 환자들의 경우 한 번에 완벽하게 수술하지 못하면 차후에 재수술을 받는 경우가 생길 수 있다. 이러한 경우 환자가 겪게 되는 육체적 · 정신적인 부담은 더욱 커질 수밖에 없다. 백 교수는 사소한 실수를 막기 위해 오랫동안 연습을 반복했다. 쉬는 날에도 작은 치료부터 복잡한 수술까지, 그는 기회가 있을 때마다 직접 '손'으로 참여했다. 피곤하고 지치는 일도 있었지만 환자가 신뢰할 수 있는 손을 만들기 위해서는 당연한 일이라고 생각했다. 현재 백 교수의 손에는 수많은 시간과 노력의 흔적이 남아 있다. 이제는 환자들의 신뢰로 덮여 희미한 과거의 훈장이 되어 버렸지만 말이다.

백 교수는 안면 기형, 그중에서도 구순열口脣裂 환자에 대한 치료로 이름이 높다. 안면 기형은 얼굴 전반적으로 발생하는 외형적

이상을 말한다. 귀, 코, 얼굴형 등 기능적·형태적으로 다양한 사례가 있으며 신생아에게서 대략 500대 1의 확률로 발생한다. 이러한 안면 기형의 주된 원인은 밝혀지지 않았고 그 치료에 있어서는 대부분 큰 수술을 요구한다. 대표적인 예가 입술이나 입천장이 갈라지는 구순열과 구개열이다. 구순열 수술은 열린 입술을 닫아 입술의 기능과 외형을 정상적으로 돌리는 데 그 목적이 있다. 구개열의 경우 발음과 음식 섭취에 걸맞도록 입천장을 재건할 필요가 있다. 성공한 수술의 경우, 시간이 지나면 흉터는 엷어지고 그 기능과 구조 또한 갈수록 좋아지게 된다. 구순열 수술의 경우 근육을 세심하게 재배치해야 한다. 그만큼 의사 본인의 집중력과 기술이 요구된다. 완벽한 치료를 위해 반드시 숙련된 의사가 필요한 이유이기도 하다. 백롱민 교수는 선배로서 이러한 성형외과 전문의들에게 수술에 대한 노하우를 전수하기 위해 심포지엄을 개최하고 있다. 수술이 가능한 의사가 많아져야 고통을 받는 환자가 줄어들 것이기 때문이다.

▶구순구개열

얼굴에서 가장 흔한 선천성 기형의 하나로 태아의 경우 얼굴이 만들어지는 임신 4~7주 사이에 입술(구순) 및 입천장(구개)을 만드는 조직이 적절이 붙지 못하거나 붙었더라도 유지되지 않고 떨어져서 생기는 입술 또는 입천장의 갈림증이다. 단순히 피부나 입천장 점막의 갈림증만이 아니라 근육, 연골, 뼈에 이르는 총체적인 변형을 야기하며 입술, 입천장 이외에도 코, 치아, 잇몸 및 위턱 등의 성장과 형태에 영향을 미쳐 얼굴 전체가 비정상적으로 될 수 있다.

우리나라는 예전에 비해 안면 기형인 사람의 수가 많이 줄어든 것이 사실이다. 이는 기술의 발달로 환자를 조기에 발견하여 일찍 치료할 수 있었기 때문이다. 하지만 안면 기형의 발생 빈도는 전혀 줄어들지 않았다. 안면 기형 환자가 발생할 수 있는 가능성은 여전히 산재해 있다. 이러한 안면 기형은 외관상 문제를 넘어 환자들이 사회와 소통하는 길을 막는 주된 원인으로 작용하기도 한다. 과거 우리가 구순열 환자를 낮잡아 '언청이'라고 불렀던 것이 한 예다.

"우리나라는 외국보다 외모에 엄격한 것 같습니다. 최근에는 더 심해졌다고 생각합니다. 자기 외모를 넘어 다른 사람의 외모에도 신경을 쓰는 경우가 많거든요. 길 가다가 다른 사람의 얼굴을 보고 빤히 쳐다보거나 관심을 가지는 나라는 드뭅니다. 외모와 내면은 전체 상관이 없는데 말입니다."

안면 기형 환자와 가족들이 겪는 고충은 다른 환자들보다 훨씬 심각하다. 얼굴은 제일 먼저 눈에 띄는 곳이기 때문이다. 간혹 일반인들의 호기심 어린 시선은 환자들의 자존감을 무너뜨리는 원인이 되기도 한다. 학교생활은 물론이거니와 결혼이나 취업에 있어서도 그것이 하나의 큰 제약처럼 돼 버리는 경우가 많다. 예전에는 안면 기형이라는 이유로 낙태를 하거나 아이를 버리는 경우도 많았다고 한다. 해외 입양아들 중에 유독 안면 기형인 경우가 많은 것은 이를 방증한다. 가족과 함께하는 경우도 그다지 사정이 좋지는 않다. 아이들을 집 안에 숨겨 놓고 키우거나, 학대하는 경우도 있었다. 물론 지금은 예전보다 훨씬 상황이 나아졌다고들 하지만 여전히 일반인들이 그 고통을 상상하기란 쉬운 일이 아니다.

"과거에는 무료로 치료를 해 준다고 해도 거부하는 경우가 많았습니다. 집을 떠나 병원까지 오는 과정이 견딜 수 없을 정도로 창피하다는 이유였지요. 조금만 용기를 가지면 회복될 수 있는데, 정말 안타까웠습니다."

세상으로 나아가지 못하는 환자들을 보는 백 교수는 환자 개인에 대한 안타까움도 있었지만 장애라는 이유 때문에 그들이 가진 재능이 사회에서 활용되지 못한다는 사실이 안타까웠다. 그래서 그는 안면 기형 환자들이 잃어버린 얼굴을 찾아주는 것을 자신의 사명으로 생각하고 있다.

"안면 기형은 기형이 아닙니다. 안면 기형 수술은 미용 성형이 아니고요. 그들이 마땅히 찾아야 할 본인의 얼굴을 찾는 과정일 뿐입니다."

이러한 그의 신념은 백 교수 자신이 이사장으로 있는 (사)세민얼굴기형돕기회의 기본 정신과 맞닿아 있다. 이 단체는 1996년에 발족해 얼굴 기형 장애 어린이를 위한 교정 봉사와 안면 기형에 대한 이해를 돕기 위한 홍보를 주요 사업으로 하고 있다. 백 교수와 그의 형인 백세민 박사, 또 몇몇 지인들이 1990년부터 봉사 동호회 형식으로 무료 수술을 해 오던 것이 많은 이들의 도움으로 안정적인 단체로 성장할 수 있었다. 경제적인 이유나 무지 때문에 평생을 소외와 고통 속에서 살고 있는 이웃을 돕는 것이 그와 이 단체의 목적이다.

백 교수가 사람들의 얼굴을 찾아 주게 된 데에는 그의 형인 백세민 박사의 영향이 크다. (사)세민얼굴기형돕기회 초대 회장이

자 국내 성형외과의 대부인 백세민 박사는 세계적인 석학으로 어린 시절부터 백롱민 교수가 가장 존경하는 인물이기도 하다.

"형님은 제가 롤모델로 생각하는 분입니다."

백 교수가 초등학교에 다닐 무렵, 백세민 박사는 이미 미국에서 수련의 생활을 하고 있었다. 어린 시절 그가 보기에 형 백세민은 워낙 바빴다. 때문에 같이 살았던 기억은 많지 않다. 형 백세민은 10여 년간의 유학 시절 동안 단 한 번도 귀국하지 않고 오직 공부에만 집중했지만, 동생에게 자주 편지를 쓰는 것만은 잊지 않았다. 형의 노력과 애정이 담긴 편지를 본 그는 일찍부터 자신의 앞날을 설정할 수 있었다. 특히 형이 귀국하던 때를 백 교수는 잊지 못한다. 동양인 의사로서 이미 최고의 위치에 올라 있었고, 성형외과 역사에 길이 남을 논문을 써 낸 그였지만 돌연 한국으로 돌아올 것을 결심했다. 그리고 그의 결심은 단호했다.

"한국으로 돌아오는 형님을 보며 많은 사람들이 의아해했습니다. 왜 미국에서 정상의 자리를 버리고 한국에 오냐고 했죠. 간단한 이유였습니다. 부모님이 한국에 계시기 때문에 한국으로 돌아간다는 것이었습니다. 또 본인이 공부한 기술을 통해 한국에서 후진 양성을 하고 싶다는 말씀도 하셨고요. 형님은 그 장소가 어디든 본인이 노력하지 않으면 항상 낙오하게 된다고 말씀하셨습니다. 그 말은 반대로 한국에서도 노력만 하면 정상의 자리를 유지할 수 있다는 말이었죠. 어렸을 때인데도 크게 감명받았습니다."

그런 형의 모습은 백 교수가 자신의 인생을 설계해 나가는 데 지속적인 영향을 주었다. 선배이자 가족, 친구로서 형은 그에게 조언과 질타를 아끼지 않았다. 백 교수 또한 그에 대한 사랑으로 빚어진 형의 말을 항상 새겨들으려고 노력했다. 열다섯 살이나 차이 나는 형제가 지금도 친구처럼 막역하게 지내는 데에는 이러한 사연이 숨겨져 있었다.

대학에서 인턴을 마친 백 교수는 성형외과를 선택했다. 당시 국내의 성형외과는 초기라 지금보다 인식도 좋지 않았고 어려움도 많았다. 하지만 그는 결코 자신의 선택을 후회하지 않았다. 어려운 한편 점점 새로운 기술이 도입되고 그에 맞춰 관련 의학도 발전하고 있는 단계였기에 오히려 호기심이 커졌다. 다양한 수술법과 치료는 다른 분야에 비해 훨씬 더 그를 자극했다. 고된 일이 생길 때에도 항상 근면과 성실을 지키는 정직한 의사가 되겠다고 생각했다. 그리고 의술이 가진 근본적인 목적을 잊지 않으려 자신을 다잡아 갔다.

백 교수는 1996년부터 매년 해외 의료 봉사를 하고 있다. 그가 해외에서 수술해 준 아이들만 해도 벌써 2,700명이 넘는다. 18회에 걸친 해외 봉사 중 두 차례의 우즈베키스탄 방문을 제외하고는 모두 베트남을 방문했다. 해외 의료 봉사를 시작하려던 때 그는 우연한 기회에 베트남 대사를 만난 적이 있다.

"맨 처음 봉사 지역에 관하여 회의를 하고 있었습니다. 가장 먼저 생각했던 것이 북한이었지요. 하지만 북한의 경우 여러 사정으로 일을 진행하기가 힘들 것이라 여겨져, 한동안은 중국을 생각했습니다. 그런데 가만히 보니 중국은 앞으로 발전할 가능성이 커 중국보다 더 힘든 나라의 사람들을 돕기로 했습니다. 마침 그때는 우리나라와 베트남이 수교를 맺은 지 얼마 되지 않았던 때라 베트남 대사를 만나게 되어 서로를 이해하게 되었고, 그곳으로 가기로 결론을 내렸습니다."

베트남은 우리나라와 문화 · 역사적으로 공통점이 많은 나라이다. 하지만 한국이 베트남 전쟁에 참전했던 터라 우리에 대한 인식이 좋지만은 않았다. 백 교수가 처음 베트남을 방문했을 때도 마찬가지였다. 하지만 그들의 탐탁찮게 바라보던 시선도 계속된 의료 봉사 덕에 많이 누그러진 것을 그는 피부로 느낄 수 있었다. 분명 그들의 인식은 변했고, 언제부턴가 백 교수를 보며 환히 웃기 시작했다.

"처음엔 이렇게 장기적으로 하게 될지 몰랐습니다. 그런데 막상 가서 보니 도움이 계속되어야 한다는 것을 느낄 수 있었습니다. 서로 반목하고 산다는 것이 안타까웠습니다. 한국이 베트남 전쟁에 참전하여 그들과 서로 총부리를 겨누었다는 사실이 못내 가슴속에 빚을 진 것 같은 생각이 들었던 것도 같습니다. 아니, 그보다는 당장 눈에 보이는 수많은 환자들이 때문에 다시 그곳으로 가야 한다고 생각했습니다."

베트남은 장기간의 전쟁으로 인해 선천적 · 후천적 안면 기형이 많았다. 특히 전쟁 기간에 사용된 대량의 고엽제와 열악한 생활환경은 우리와는 비교할 수 없을 정도의 선천적 안면 기형을 발생하게 했다. 열악한 생활환경, 뒤떨어진 의료 수준으로 선천성·후선성 안면 기형 환자의 태반이 방치되고 있었다. 백 교수는 환자들을 그냥 바라볼 수가 없었다. 제한된 시간이지만 최대한 수술을 하기 위해 노력했다. 열악한 환경 탓에 더운 날씨 속에서도 에어컨 하나 없이 열 시간이 넘게 수술을 하는 일도 많았다.

"물론 쉽진 않았습니다. 인력도 부족했고 장비나 시설 면에서 턱없이 부족했거든요. 장비가 없어 저희가 가지고 간 것들을 모두 현지에 주고 왔습니다. 그래야 저희가 떠난 후에도 수술이 가능할 것이기 때문이었습니다."

하지만 지칠 때마다 그를 붙들어 주었던 것은 언제나 사람이었다. 먼 곳에서부터 백 교수만을 보고 달려와 땡볕 아래 기다림을 마다않던 사람들, 고마운 마음에 작은 선물이나마 안겨 주며 미소를 짓던 순박한 사람들. 수술 후에 웃음을 찾게 될 먼 나라의 아이들을 생각하며 그는 자신의 하루하루에 최선을 다했다. 이러한 지속적인 의료 봉사 활동으로 백 교수는 베트남 사람들의 가슴에 자리 잡았다. 그는 이후 한국나눔봉사상 대상과 적십자 박애장 은장을 수상하였다. 그리고 지난 2000년 베트남 정부에서 감사의 뜻을 담아 그에게 훈장을 수여하려 했지만 "훈장까지 받을 일은 아니다"라며 정중하게 거절했다. 그가 가장 기뻤던 순간은 언제였을까. 그는 겉으로 드러나는 것보다 더한 기쁨을 아는 사람이라고 생각된다.

"무엇보다도 아이들이 웃는 것이 좋습니다."

백 교수는 이후 북한에서도 의료 봉사를 진행할 계획이다. 이미 여러 차례 시도를 했지만 남북한이 가진 정치적 특수성 때문에 몇 차례 무산된 바 있다.

"2002년이었나요. 북경에 가서 대남사업을 하는 이들을 만나 얼굴 기형 수술에 관한 이야기를 한 적이 있습니다. 북한은 제대로 된 성형외과가 없어 상황이 매우 심각한 모양이었습니다. 이야기가 잘되어 평양까지 가서 합의서를 작성하기도 했습니다. 남북교류사업 차원에서 진행하기로 했었지요."

하지만 당시 서해교전의 발발로 남북관계는 급속도로 냉각되었고, 백 교수의 시도는 좌절되었다. 이후 2009년, 재차 시도하였지만 이 또한 천안함 사건으로 무산되고 말았다. 하지만 백 교수는 이러한 꿈을 포기할 생각이 없다. 어느 곳이나 그를 기다리는 환자가 있으면 달려가는 것이 본인의 사명이라고 생각하기 때문이다. 뜻을 같이 하는 후배들이 속속 모여들어 어느덧 든든한 지원군까지 생겼다. 무엇보다 사람을 생각하는 이들이 있어 백 교수는 기쁘게 생각한다.

"후배들에게 항상 물어봅니다. 왜 의사가 되고 싶으냐고 말이죠. 요즘엔 성적이 좋으면 대부분 의사가 되려고 합니다. 단지 돈을 벌기 위해서라면 다른 직업을 택하라고 말하죠. 돈을 목적으로 의사가 되면 의료 문제를 만들거나 사회적 물의를 발생시킬 가능성이 높다고 봅니다. 의사가 성인군자가 될 필요는 없지만 근본적인 목적에 집중해야 하니까요. 의학은 결국 인간의 삶의 질을 높이기 위한 것 아니겠습니까? 인간이 없는 의사는 필요 없지요."

그는 의료 봉사 때마다 청년들과 함께하고 있다. 아무리 힘든 경우라도 젊은이들과 함께 하기 위해 노력한다. 물론 전문적인 인력이 아니기에 작업에 있어 큰 효용은 없을지 모르지만 그러한 기회를 통해 앞으로 그들의 삶에 내적인 변화가 있었으면 하기 때문이다. 백 교수는 인생의 선배로서 청년들이 건강한 생각을 가지는데 조금이나마 도움이 되었으면 한다. 세상을 느끼며 인간을 바라보는 시각을 길러 주었으면 한다. 이러한 아버지의 마음을 아는 것일까. 지난 2006년에는 아들이 자진하여 베트남에 따라와 고된 여정 동안 백 교수에게 큰 기쁨을 주었다.

"어떠한 일을 해도 좋습니다. 직업엔 귀천이 없으니까요. 다만 꿈이 있어야 한다고 생각합니다. 자기가 어떤 일을 하든 큰 꿈을 가지고 최선을 다해야 한다고 생각합니다. 꿈으로 가는 길은 많지요. 많은 경우 꿈보다는 길을 먼저 정합니다. 하지만 제 생각은 다릅니다. 길을 먼저 정하지 말고 꿈을 먼저 정해야 하지요. 꿈을 먼저 정해서 꾸준히 가다 보면 도달할 수 있지 않겠습니까? 믿음을 가져야지요. 후배들에게도 앞서의 선배들을 따라 큰 꿈을 가지고 최선을 다하라고 항상 이야기하고 있습니다."

오후 첫 진료 시간. 멀리 지방에서 올라온 어린이 환자가 백 교수를 기다리고 있다. 병원에 와서 겁을 먹었는지 아이는 울음을 그치지 않는다. 엄마가 어르고 달래 보지만 한 번 시작된 울음은 쉽게 가라앉지 않는다. 백 교수는 환자의 파일을 바라본다. 뼈 이상으로, 아직 성장기이기에 몇 차례 큰 수술이 필요할 것만 같다. 백 교수는 아이에게 진료실 벽에 붙어 있는 그림을 가리킨다. 크레파스로 그려진 그림은 반으로 접힌 아이의 얼굴이 활짝 펴져 밝게 웃는 모습을 나타내고 있다.

"우리 친구도 저렇게 예뻐지는 거란다. 선생님이 하나도 안 아프게 잘 고쳐 줄게, 알았지?"

이제야 아이는 조금은 진정이 된 듯하다. 백 교수와 엄마가 대화를 나누는 동안 조금씩 사그라지더니 종내 피어난 웃음이 계속된다. 백 교수는 아이를 바라보며 생각한다. 아이의 웃음이 계속 아름다워질 수 있도록 도와주겠다고.

"가장 아름다운 얼굴이란 조화를 이룬 얼굴입니다. 위치, 크기, 형태가 조화를 이루어야 합니다. 내면과 일치하는 얼굴은 표정에서도 드러나기에 더욱 아름답다고 할 수 있지요."

한국에 있을 때에도 백 교수는 바쁜 시간을 보낸다. 일반 진료와 외래 진료, 수술 일정으로 그의 달력은 빈 곳이 없다. 그 외에도 협회 일이나 봉사 활동, 학계 발전을 위한 연구나 세미나에 참여하다 보면 항상 녹초가 된다. 주위 사람들은 그의 이러한 행보를 보며 걱정을 할 때가 많다.

"가족들이 늘 건강을 걱정하곤 합니다. 저 자신도 같은 생각이

고요. 의사가 건강해야 환자들을 만날 수 있지 않겠습니까. 일주일에 적어도 서너 번은 운동을 하려고 노력합니다. 정 시간이 없을 때는 주말에 병원 뒤 불곡산에라도 올라가지요."

그의 웃는 얼굴엔 그늘이 없다. 언제나 환자와 아이들을 생각하는 마음으로 웃고 있는 것이다.

"저 그림 보이시죠? 저렇게 세상의 모든 아이들이 활짝 웃을 수 있었으면 좋겠습니다."

[illegible] 의학은 결국 인간을 위한 [illegible]문인데 의료[illegible] 인간은 없었다. 그래[illegible] [illegible] 없고 행복한 환자도 없고 병과 치료[illegible] …… 시스템이 문제라면 그 시스템에 지배[illegible] 않으면서도 시스템에 변화를 주는 의사[illegible]

김승범 제너럴 닥터 원장 | 연세대학교 의과대학 졸업 | 제너럴 닥터 개원 | TEDx SEOUL 강연 | 사탕이 달린 어린이용 압설자, 소아과용 곰인형 전자청진기 특허 | 전국의료기기 창업경진대회 장려상 수상 | 『제너럴 닥터-어느 이상한 동네병원 이야기』

정혜진 제너럴 닥터@NHN 원장 | 단국대학교 의과대학 졸업, 단국대학교병원 비뇨기과 수련 | 제너럴 닥터@NHN 개원 | TEDx SEOUL 강연 | 사탕이 달린 어린이용 압설자, 소아과용 곰인형 전자청진기 특허 | 『제너럴 닥터-어느 이상한 동네병원 이야기』

취재 및 집필 **김민정, 장치**

생활 밀착형 병원, 제너럴 닥터

'30분 간격으로 진료 예약을 받습니다. 하루 최대 진료 환자는 20명입니다. 환자 한 명 한 명과 충분한 시간을 가지고 진료하기 위해 예약 진료를 우선으로 합니다. 예약을 하지 않고 오시는 경우 진료를 받지 못하실 수도 있음을 양해 바랍니다.'

제너럴 닥터 홈페이지의 메인 화면에 뜬 진료 예약 안내문이다. 병원을 정상적으로 운영하기 위해 개원의들이 하루에 봐야 하는 적정 환자의 수를 평균 75명으로 잡는다. 50명 이하로 떨어지면 잘 돌아가지 않는 병원이고 30명 이하로 떨어지면 유지가 어려운 병원으로 분류된다. 그런데 제너럴 닥터는 병원 유지를 위한 최저 수준에도 미치지 못하는 20명으로 환자 수를 제한하고 있다.

김승범 원장은 누구나 카페처럼 편하게 들러 쉬면서 자신의 몸에 대해 의사와 이야기할 수 있고, 의사는 환자가 아닌 사람을 만날 수 있는 공간을 만들고 싶었다고 말한다. 의사와 환자 사이의 '관계'와 '소통'을 통해 환자를 밀착 진료하는 것이 1차 진료기관을 담당하고 있는 개원의들의 행복이라는 그의 믿음은 확고하다. 가장 훌륭한 의사는 그 몸의 주인이다. 자기 몸의 상태를 매 순간 파악하고 관리해야 하는 사람은 의사가 아니라 바로 본인인 것이다. 몸의 임자들이 자기 몸의 상태를 정확히 파악하고 잘 관리할 수 있도록 도와주는 가이드 역할을 하는 것이 바로 제너럴 닥터이다.

그러나 한국의 의료 시스템 속에서 환자에 대한 밀착 진료는 근원적으로 불가능하다. 2, 3차 진료기관인 대학병원은 2~3분 동안 의사를 만나기 위해 수속하고 대기하느라 두세 시간을 허비한다. 하루에 70명 이상의 환자를 받아야 돌아가는 1차 진료기관도 환자 중심의 진료를 기대할 수 없다.

김승범 원장이 의사와 환자의 소통 방식이나 진료 환경에 대해 본격적인 문제의식을 갖게 된 것은 '의약분업 사태' 때문이었다. 연세대 의대 본과 2학년이던 그는 파업 결의를 위한 의사들의 궐기대회에 참석했다. 장충체육관에 모인 의사들은 의약분업 사태를 촉발시킨 정책 당국에 대한 분노에 휩싸여 있었다. 그들은 정작 의료의 주체로서 의사의 역할을 성찰하고 이미 높아진 국민과 의사 사이의 벽을 헐기 위해 '관계'부터 고민할 여유가 없어 보였다.

문제는 의료 시스템이었다. 그는 의사나 환자, 어느 누구도 행복할 수 없는 의료 시스템 속에 편입되어 남은 인생을 살아갈 수는 없다는 생각에 휴학을 했다. 가던 길을 멈춰 선 그는 지나온 길을 되돌아보았다.

왜 의사가 되려고 했던가. 평범하게 개원해서 남보다 손쉽게 돈을 벌어 안정된 생활을 누릴 목적으로 의대를 선택한 것이 아니었다. 누구의 통제도 받지 않고 자유롭게 살기를 꿈꾸며 의대를 선택했고, 행복한 사람이 되기 위해 의사가 되려고 했다. 그러나 그가 막상 발을 들여 놓게 될 현실은 달랐다. 의학은 결국 인간을 위한 학문인데 의료만 있고 인간은 없었다. 그래서 행복한 의사도 없고 행복한 환자도 없고 병과 치료만 남았다.

고민하고 모색했다. 불합리한 의료 시스템을 탓하면서도 그 시스템 속에 들어가서 환자 한 명을 더 받기 위해 안간힘을 쓰며 살아가는 의사가 될 것인가. 그러고 싶지는 않았다. 의료 시스템이 문제라면 그 시스템에 지배되지 않으면서도 시스템에 변화를 주는 의사로 살아야겠다는 결심을 하고 복학을 했다.

시스템에 대한 문제 해결 방향은 '우리가 경험하는 아주 작은 것에서부터 시작하기'였다. 비인간적인 의료 환경에 대해 자신만의 시도를 통해 어떤 변화를 주고 싶었다. 그리고 그 변화의 결과가 사람들에게 영향을 주고 사람들의 행동을 바꾸고 생각이 바뀌면 시스템도 바뀔 수 있다고 믿었다. 그리고 여러 가지 작은 시도와 고민 끝에 본격적인 변화의 시작점을 '동네 병원'으로 정했다.

병이 악화된 다음의 처치가 아닌 예방과 조기 진료가 의료 행위에서 가장 중요하다는 것을 부정하는 사람은 없다. 그러나 1차 진료기관의 기능과 역할에 대한 낮은 관심만큼 제너럴 닥터일반의를 지망하는 유능한 의학도는 많지 않았다. 내가 하지 않으면서 남이 하기를 바랄 수는 없는 일이다. 그는 스스로 제너럴 닥터가 되었고 '제너럴 닥터'를 개원했다. 인간 중심의 생활 밀착형 1차 진료를 지향하는 그의 병원은 여느 병원과 달랐다.

2007년 5월, '카페형 병원' 제너럴 닥터는 홍대 인근의 놀이터 옆에 문을 열었다. 제너럴 닥터의 문을 열고 들어서면 제일 먼저 고양이를 만나게 된다. 병원 초기에 한 마리로 시작해서 현재는 네 마리다. 고양이는 제너럴 닥터의 상징이다. 김승범 원장은 고양이를 소개하는 것으로 처음 보는 사람과 대화를 시작하고, 정혜진 원장의 진료실에는 환자 소파에 앉아 환자를 기다리는 고양이가 있다. 고양이들은 제너럴 닥터를 찾아온 사람들에게 다가오거나 주변을 배회하지 않는다. 테이블에 놓여 있는 화병이나 보드게임 상자처럼 우두커니 한 자리에 앉아 있거나 사람들의 손짓을 유유히 지나치며 느리게 걷는 것이 그들의 모습이다. 일부러 아는 척이나 친한 척을 하지 않고 그렇다고 낯선 사람에 대해 경계심을 보이지도 않는다. 고양이들은 늘 그래 왔던 것처럼 편안하고 자연스럽게 행동한다. 제너럴 닥터의 모습은 고양이의 그것과 같다.

한 층으로 시작된 제너럴 닥터는 4년이 지나면서 카페와 진료실이 나누어지게 되었다. 2층은 카페, 3층은 카페 겸 진료실로 사용된다. 제너럴 닥터는 단순히 카페와 병원의 공간적인 결합만을 의미하지는 않는다. 네 마리의 고양이는 카페와 진료실을 자유롭게 오가며 손님과 환자, 환자와 의사, 카페와 병원의 경계를 허무는 역할을 한다. 그리고 사람과 사람의 만남을 이어 주며 일상을 공유할 수 있도록 도와준다.

제너럴 닥터에서는 모든 것이 일상처럼 편안하고 자연스럽다. 병원이지만 하얀 가운을 입은 의사가 보이지 않는다. 의사지만 카페에서 카페모카를 직접 만드는 것, 카페지만 의사를 만나 진료받을 수 있는 것…… 지금까지의 우리가 상상하지 못했던 풍경이 제너럴 닥터에서는 매일같이 펼쳐진다.

정혜진 원장은 2008년 3월 제너럴 닥터에 합류했다. 그녀는 제너럴 닥터에 처음으로 온 날을 정확히 기억한다. 2008년 3월 1일. 그녀가 홍대라는 곳을 처음 온 날이었고 홍대에서 처음으로 간 곳이 제너럴 닥터였다. 누구나 의대에 입학하면 그 순간부터 주변을 둘러볼 여유 없이 앞만 보게 된다. 그녀 역시 그랬다. 그런데 레지던트 3년차 시절, 수료 1년을 남겨 두고 그녀는 자신이 걷고 있는 길에 대한 의문이 들었다. 과연 이곳은 내가 원하던 곳인가. 내가 생각했던 그곳인가. 회의하지 않을 수 없었다.

정혜진 원장은 과학자가 꿈이었다. 경제적 걱정 없이 연구에 전념할 수 있는 학문이 의학이라고 여기고 의대에 진학했다. 그녀는 의학을 공부하면서 사람에게 의료란 무엇인가, 하는 근본적인 질문에 빠져 들었다. 그러나 본과에 들어가기 전 4학기 중에 의학에 관해 인문학적으로 접근하는 강의는 기껏해야 2학점에 불과했고 그나마 커리큘럼에 없을 때마저 있었다. 환자와 의사의 커뮤니케이션을 다루는 닥터 페이션트 릴레이션Doctor-Patient Relation이라는 주제는 학점이 제일 적은 강의에서 하나의 소주제로 다루어질 뿐이었다. 어느새 그녀 앞에 기다리고 있는 것은 의사도 환자도 행복할 수 없는 한국의 의료 시스템이었다. 이 불행한 시스템에 발을 올려놓고 싶지 않았지만 되돌아가기에는 이미 너무 멀리 왔다고 스스로를 단념시키고 있을 무렵 만난 사람이 김승범 원장이었다.

진로를 두고 고민하던 그녀는, 그날 마침 우연한 기회에 친구의 손에 이끌려 제너럴 닥터에 왔다. 우연한 방문이었지만 김승범 원장을 처음 만난 그녀는 제너럴 닥터 창가에 앉아 몇 시간을 이야기했다. 돌아가기에는 너무 멀리 왔다는 그녀에게 김승범 원장은 평생 의사라는 직업을 갖고 살 텐데 의사로서 행복해야 인생이 행복하지 않겠느냐고 물었다. 의사로서 행복하기 위해서는 자신이 옳다고 생각하는 일을 해야 하는 것이 아니겠냐고도 물었다. 환자한테 해 주고 싶은 진료를 하고 싶지 않느냐고도 물었다. 묻고 있는 사람은 김승범 원장이었지만 그 질문들은 오래전부터 그녀 자신이 스스로에게 했던 것들이었다. 제너럴 닥터에 들어간다는 것은 레지던트 3년 차인 그녀에게 3년이란 세월을 고스란히 버리는 것과 같았다. 병원으로 다시 돌아간다 하더라도 레지던트 1년 차부터 다시 밟아야 했다. 큰 비용이 따르는 결정이었다. 그러나 이미 답은 나와 있었다. 그녀는 제너럴 닥터에 합류했고 '김제닥'에 이어 '정제닥'이라고 불리며 제너럴 닥터의 내실을 다지는 파트너가 되었다.

김승범 · 정혜진 원장은 인간이 중심이 되는 행복한 병원을 만들고 싶다는 꿈을 가지고 만났다. 의사와 환자의 관계를 새롭게 정의하고 의사와 환자 모두에게 행복한 병원을 만들고 싶었다. 30여 년을 다르게 살아온 그들은 2008년 4월 제너럴 닥터에서 만나 4년째 같은 꿈을 꾸고 있다.

제너럴 닥터는 '인간적인 진료'를 지향한다. 30분 진료를 원칙으로 환자와의 소통을 위해 그 이상의 시간을 투자하는 것도 자연스럽게 여긴다. 하지만 단순히 오래 진료를 하고 친절하게 말하는 것이 그들이 말하는 인간적인 진료는 아니다. 인간적인 진료는 인간 중심의 진료, 즉 환자이기에 앞서 인간이라는 전제에 따른 진료를 의미한다. 그래서 제너럴 닥터는 개인의 사소한 일상에 대해서도 많이 알고 있고 그것이 건강과 질병에 미치는 영향에 대해서도 늘 주목하고 있다. 제너럴 닥터는 동네 사랑방 같은 친근한 병원인 동시에 가장 정확한 데이터를 지닌 환자의 주치의를 지향한다. 진료실 한편에는 환자 노트가 쌓여 있다. 환자의 진료 기록이 적혀 있는데 건강 상태뿐 아니라 생활 습관과 가족력까지 환자에 대한 폭넓은 정보가 담겨 있다. 1차 진료는 환자의 전반적인 건강 상태를 살펴보기 위해 제공되는 것으로 전문성보다는 포괄성이 있어야 하며 연속성을 가지는 것이 중요하다. 고혈압이나 당뇨병과 같은 만성질환은 1차 진료 중점 질환으로 구분할 수 있다. 정혜진 원장은 중증 질환을 제외하면 대부분 자신의 의지와 생활 습관 개선만으로도 증상 완화를 기대할 수 있기에 환자와의 소통이 진료의 핵심이며 약이나 주사 처방은 꼭 필요한 경우에만 한다고 말한다. 그래서 제너럴 닥터에서는 기적적으로 병이 완치되거나 건강 상태가 극적으로 호전되는 드라마틱한 상황이 연출되는 경우는 거의 없다. 1차 진료는 포괄적인 건강 관리 차원에서의 사전 치료 비중이 크기 때문에 드라마틱한 상황을 의도적으로 차단하는 것을 목적으로 한다고 해도 과언이 아니다. 제너럴 닥터는 아플 때만 오는 곳이 아니라 아프기 전에도 올 수 있는 편안하고 일상적인 공간으로서 환자와의 지속적인 소통을 지향한다. 제너럴 닥터의 진료 시간은 오후 2시부터 10시까지다. 홍대 인근은 낮보다는 밤에 활동하는 인구가 더 많기 때문이다.

김승범 원장은 제너럴 닥터의 '인간적인 진료'는 디자인의 관점에서 바라볼 때 더 '인간 중심적'이라고 말한다. 일반적으로 의료 디자인은 의료 과정에 필요한 실제 도구에 대한 좁은 개념을 의미하는 경우가 많지만 제너럴 닥터에서는 그것을 포함해 의료와 관계된 모든 유무형적인 부분을 인간적으로 실현하는 가장 포괄적인 문제 해결 방법이다. "가장 인간적인 건강 경험을 만들기 위해 기구 · 환경 · 커뮤니케이션을 일관되게 재구성하려는 노력이 제너럴 닥터가 정의하는" 건강 경험 디자인Health Experience Design, HXD이다. 제너럴 닥터는 어린 아이를 위한 사탕이 달린 압설자혀를 아래로 누르는 데 쓰는 의료 도구와 인형 안에 숨겨 둔 청진기 등 의료 기기 관련 실용신안과 특허를 출원했고 다른 기기도 고안 중에 있다.

'카페형 병원'은 제너럴 닥터가 제안하는 '환자 중심의 동네 병원'이 되기 위한 이중의 조건이다. 제너럴 닥터는 의사가 환자와 소통하며 밀착 진료를 하기 위한 가장 효과적인 공간으로 '카페와 병원의 일체화'를 선택했다. 지금 우리나라의 의료 시스템 아래서 병원이 수익을 늘리기 위해 할 수 있는 일은 진료 환자 수를 늘리거나 과잉 진료, 비급여 진료를 유도하는 방법밖에 없다. 1인당 30분, 하루 20명으로 진료 환자를 제한한다고 해서 과잉 진료나 비급여 진료를 유도한다면 그것이야 말로 비인간적인 진료다. '카페형 병원'은 새로운 수익 모델 창출을 통해서 환자에게 부담을 전가하지 않고 환자중심의 진료를 수행하기 위한 김승범 · 정혜진 원장의 실험적인 디자인이다.

제너럴 닥터는 지난 11월에 '네이버'로 유명한 NHN의 분당 본사 건물에 '제너럴 닥터@NHN'을 열었다. NHN 직원만을 위한 의료 시설로 평일 오전 10시부터 오후 7시까지 직원들의 공식 근무 시간에 맞춰 운영한다. 회사 근무 시간과 병원 진료 시간이 겹쳐 방치됐던 크고 작은 증상을 회사 내에서 정기적으로 관리하기 위해서이다. 제너럴 닥터@NHN는 지역 커뮤니티 기반의 '생활 밀착형 병원'을 추구하는 제너럴 닥터가 시도하는 1차 진료의 새로운 병원 모델로서 회사에서 하루 일과의 대부분을 보내는 직장

인들의 라이프 스타일을 고려한 것이다. 국민 건강의 문지기 역할을 담당하는 1차 진료가 제 역할을 하지 못하면 예방 부분이 취약해질 뿐 아니라 건강보험 재정에도 부정적인 영향을 끼친다. 그런 의미에서 제너럴 닥터@NHN는 한 기업체의 사내 병원에 불과하지만 3,000여 명의 주치의로서 그들의 건강을 책임지면서 1차 진료의 중요성을 증명하는 동시에 새로운 가능성을 제시하고 있다.

현대 사회는 죽음의 문제가 신의 영역에서 인간의 영역으로 넘어온 사회다. 과학과 기술을 기반으로 한 전문적인 의료진의 등장으로 평균 수명이 늘어나고 질병 완치율이 높아졌다. 하지만 인간의 영역은 집단과 개인으로 분리되면서 개인의 문제로 함몰되는 경향을 보인다. 신문과 텔레비전, 인터넷과 잡지 등 다양한 매체들은 엄청난 양의 건강 정보를 쏟아내고 개인의 정보 습득 능력과 판단 능력, 그리고 경제적 능력에 따라 개별적으로 건강관리에 힘쓸 것을 재촉하고 있다. 개인의 자유와 독립을 극단적으로 추구하는 순간, 모든 일은 전적으로 개인의 책임이 돼 버리고 그에 따른 고통과 책임 역시 개별화된다. 그래서 서로에 대해 무관심해지고 개인 간의 유대와 연대 의식을 잃게 된다. 그런 의미에서 제너럴 닥터는 생물학적 생명인 목숨과 사회적 생명인 삶을 진료하면서 인간의 인간성人間性을 회복시키는 일을 시도하고 있다.

김승범 원장의 롤모델은 퍼스널 컴퓨터 'Mac'과 'iPhone'을 개발한 애플Apple사의 스티브 잡스다. 스티브 잡스는 전혀 다른 분야에서 두 번의 변화를 일으켰다. 그것의 옳고 그름을 떠나 스티브 잡스는 많은 사람들이 즐길 수 있는 환경을 만들었고 그 변화된 환경 안에서 사람들의 생각을 바꾸게 만들었다. 김승범 원장은 그것이 바로 인간적인 것이라고 생각한다. 일반적으로 인간적이라는 것은 따뜻하고 부드러운 감성의 영역을 의미하지만 제너럴 닥터의 '인간적인 것'은 이성의 영역까지 포괄한다. 존재하지 않거나 존재하지만 잘못 설정되었기 때문에 불편했던 상황을 한 개인의 도전으로 해결하고, 그로 인해 불편함을 감수했던 수동적이고 소극적인 사람들이 스스로 생각을 바꾸게 되는 것, 그것이 바로 제너럴 닥터가 의미하는 진정한 의미에서의 '인간적'이다. 인간적인 변화는 과정과 결과 모두 인간적이어야 한다. 김승범 · 정혜진 원장은 제너럴 닥터를 통해 변화의 시작을 만드는 사람이 되고 싶다고 말한다. 제너럴 닥터는 하나의 작은 병원에 불과하지만 그 작은 돌 하나를 던짐으로써 그 파장이 사람을 변하게 하고 의료 시스템, 나아가 의료 문화 전반을 변화시킬 수 있기를 꿈꾼다.

1차 진료기관까지 규모의 경쟁에 뛰어들면서 진료 행위가 과잉 전문화되는 흐름에 맞서 제너럴 닥터는 일상적인 건강관리를 추구한다. 다름은 창조를 낳는다. 김승범 · 정혜진 원장은 제너럴 닥터를 통해 의료의 인간성이 회복되는 새로운 진료 패러다임을 만들어 가는 도전을 시작했다. 그들은 이미 행복한 의사인지 모른다. 그러나 그들의 도전이 과연 의사와 환자 모두를 행복하게 만들 수 있을지를 지켜보는 일은 '아직' 행복하지 않은 의사와 잠재적인 환자인 우리 모두의 몫이다.

동고동락이라는 표현만으론 부족한 생사고락의 나날들. 관사 생활까지 함께하며 서로를 세심하게 배려하면서 살다 보면 정말 모두 한 가족처럼 느껴진다. 이 정도의 유대는 결코 흔한 것이 아니어서 병원선을 떠난 뒤에도 남아 있는 사람들과 여전히 긴밀한 관계를 유지하고 있는 의사들도 많다고 한다.

충남 501호 병원선 충청남도청 소속 | 1979년 첫 출항 | 2001년 첨단 병원선으로 시설 증축 | 내과, 소아과, 외과, 산부인과, 치과, 한방의학 등 진료 | 원산도, 외연도, 삽시도, 장고도 등 28개 섬 순회 진료

취재 및 집필 **윤효**

바다 위의 진료실

1

북서풍이 강하게 불고 파고가 4미터를 훨씬 넘겠다고 했던 해상 예보를 감안한다 해도 오늘의 바다는 좀 심하다. 집채만 한 파도라는 표현만으론 부족하다. 길이 40미터에 배수량 160톤인 병원선이 키의 두 배가 넘는 파도에 휩쓸리고 있는지 선체가 아래위로, 이어서 좌우로 요동을 친다. 귓속의 평형 조절 기관이 능력을 완전히 잃어버렸는지 뱃속도 따라서 울렁거린다. 오랜 승선 경력을 가진 사무장과 갑판장, 유독 뱃멀미에 강해 파도가 칠 때도 벽을 짚고 병원선 안을 돌아다니던 내과 간호사도 오늘은 1층 선실에 누워만 있다.

공중보건의로 발령받아 1년을 근무하고 가는 세 의사들의 상황

▶병원선
(病院船, Hospital ship)

의료 시설이 부족한 낙도 등지를 다니며 주민들에게 의료 서비스를 행하는 선박을 병원선이라 한다. 우리나라에서는 6·25전쟁 시 덴마크의 병원선 유틀란디아호(Jutlandia)가 유엔군으로 참전하여 의료 사업을 실시한 것이 처음이다. 현재 우리나라에는 모두 5척의 병원선이 운항하고 있는데, 이들은 모두 지방자치단체 소유로 인천, 충남, 경남, 전남 등지에서 활동하고 있다. 이중 전남이 2척을 보유하고 있다. 진료 과목은 내과, 치과, 한방과, 임상병리과, 방사선과 등이 있으나, 고연령 환자들이 대부분이라 한방과를 찾는 비중이 높다. 하지만 순회 지역이 오지인 데다가 의료 환경이 열악한 편이다.

이야 보지 않아도 훤하다. 세 청년 의사들도 하나같이 침실로 쓰는 선실의 2층 침대에 누워 있다. 힘을 뺀 상태에서 두 다리를 쭉 뻗고 셔츠의 목 단추도 풀고 허리띠도 조금 풀어 놓고 이불을 뒤집어쓴다. 최소한 2년은 배를 타야 뱃멀미에 익숙해진다고 하니 계속 시달리기만 하다 떠나게 될 것이다.

그때다. 파도가 더 심해졌는지 자잘한 의료 기구들과 집기들이 바닥으로 쏟아져 내린다. 가구나 의료 장비 같은 큰 물건들은 모두 못이나 실리콘으로 고정되어 있는데 일상적으로 쓰는 작은 물건들이 난리를 치고 있는 것이다. 웬만하면 다른 때처럼 내려가 정리를 해볼 텐데 오늘은 엄두를 못 내고 모두 죽은 듯이 누워만 있다.

앞서 말했듯이 해상 예보를 듣지 않은 건 아니었다. 한 달에 3주 정도 바다를 떠돌며 28개의 섬을 회진해야 하는 병원선이기에 늘 일기 예보와 해상 예보에 촉각을 곤두세우고 산다. 심각한 상황과 맞닥뜨릴 것 같으면 아예 출항을 하지 않는다. 물론 출항 전에 바다와 하늘의 표정을 살피며 촉각을 곤두세워도 바다 한가운데서 풍랑을 만나게 되는 경우도 많다. 바다의 마음이야말로 여자의 마음을 쏙 빼닮았다지 않는가.

그러나 이번만큼은 난조를 예상했으면서도 출항 결정을 내릴 수밖에 없었다. 파도가 심하기로 소문난 태안, 당진 지역이 목적지인데도. 이유는 단 하나, 바로 그 태안, 당진 지역 사람들이 어느 때보다도 절박하게 병원선을 기다리고 있기 때문이다. 아, 이런, 또, 또 파도가 몰아친다. 오래전 전남 병원선을 타던 사람들이 격한 풍랑에 휩쓸려 표류하다 간신히 살아난 적이 있다는데 혹 그렇게 된다면? 정말이지 오늘은 배가 침몰해 버릴 것만 같다.

2007년 12월 14일 오후 2시 반, 서산시 지곡면 우도 선착장 가까운 곳에 병원선이 정박을 한다. 멀미에 대해 저항력이 있는 만큼 체력 소모도 덜한 갑판장이 보트를 내려서 띄운다. 이미 탈진해 버린 세 명의 의사와 간호사들이 비틀거리며 걸어 나와 선박팀의 부축을 받아 가며 배에 탄다. 우비를 뒤집어쓴 의료진은 역시 방수천으로 감싼 의료 기구를 꼭 끌어안고 자리를 잡는다. 계속 내리는 비 때문에 뿌옇게 흐려진 시야를 뚫고 헤엄쳐 나가는 보트의 색깔은 너무 산뜻해서 엉뚱해 보이는 라이트블루다.

그러나 눈앞에 보이는 바다의 색깔은 두 주 전에 왔을 때 본 그 색깔이 아니다. 시야 가득 번들거리는 진회색 기름띠들이 드리워져 있고, 기름이 덩어리져 굳어 버린 타르 볼들이 둥둥 떠다니고 있다. 해안에 가까워지자 바위들 위에 죽은 물새들의 시체와 독이라도 삼킨 듯 검붉게 변한 물고기들의 시체들이 널려 있는 것이 보인다. 파도가 밀려오자 그 작은 시체들이 가볍게 튀어 오르더니 포물선을 그리며 다시 바다 속으로 떨어져 휩쓸려 간다. 멀리 보이는 양식장 안에선 키우던 물고기들과 바지락들이 떼죽음을 맞았을 것이다.

정확히 일주일 전인 12월 7일 이곳과 가까운 만리포 북서쪽 10킬로미터 지점에서 해상 크레인과 유조선이 충돌하는 사고가 있었다. 인천대교 건설 공사에 투입된 해상 크레인을 실은 예인선이 거제도로 가던 도중 한 척의 쇠줄이 끊어지면서 해상 크레인이 유조선 허베이 스피릿 호와 세 차례나 충돌했던 것이다. 바로 태안 기름 유출 사건이다. 유출된 원유는 사고 당일 만리포, 천리포, 모항으로 유입되었고 10일에는 근소만 입구의 안흥항과 가로림만 입구의 만대로, 11일에는 안면도로 확산되었다. 원유에 오염되어 바닷물이 혼탁해지고 용존산소량이 줄어들면서 인근의 서산시와 태안군의 수백 개의 양식장의 어패류가 대량으로 폐사했고, 어장들도 황폐화되었다. 결국 태안, 서산, 보령, 서천, 홍성, 당진군 등 6개 시군이 특별재난지역으로 선포되었다.

마을 회관엔 평소보다 훨씬 많은 사람들이 모여 대기하고 있다. 그러나 그들은 두 주 전에 보트를 타고 정박 중인 병원선으로 올라와 농담을 나누며 진료를 받던 그 사람들이 아니다. 생업의 터전을 잃고 망연자실해하는 그들은 심한 두통과 피부병에 시달리고 있다. 평소에도 직업병인 신경통과 관절염, 류머티즘에 시달리는 그들이 전형적인 인재인 재난의 후유증까지 앓고 있는 것이다.

내과, 치과, 한방과 세 청년 의사들은 줄 서는 것도 잊고 우왕좌왕하는 환자들을 꼼꼼히 진료한다. 날씨에 따라 다양한 통증 경보를 울려대는 몸을 맡기면서도 자주 웃던 그들이 오늘은 의사들의 질문에 대답도 하지 않는다. 하지만 그들의 절망이 짙어질수록 의료진의 열의는 생생해진다. 어느덧 청년 의사들의 얼굴에선 피로의 기색이 말끔히 걷히고 이마에 땀방울들이 솟는다. 이 순간만큼은 사람들이 그들을 절실히 필요로 하기 때문이다.

2

원래 병원선hospital ship이란 해전으로 인한 부상자나 해난을 당한 사람들의 구호를 목적으로 의료 시설과 의료에 종사할 인원을 배치한 선박이라는 뜻이다. 한국인이 최초로 기억하게 된 병원선은 6·25전쟁 중에 만난 미군 병원선들이었다. 1949년 개정된 제네바협약에 따르면, 국제법으로 정해진 병원선은 개전開戰에 임해서 선박의 이름을 교전국에 통고하게 되어 있다. 병원선은 전쟁 중 존중의 대상이 되고, 포획 또는 공격을 받지 않으며, 중립국을 24시간 이내에 떠나야 하는 제한도 받지 않는다. 오로지 교전국 쌍방의 부상자나 난선자를 구조해야 하고, 군사적 목적에 사용되지 않아야 하며, 전투 요원의 이동이나 작전을 방해하지 않아야 한다.

한국인들이 가장 호의적으로 기억하는 병원선은 역시 6·25전쟁 때 참전했던 덴마크 병원선 '유틀란디아Jutlandia'다. 유틀란디아는 356개의 병상을 갖춘 세 개의 큰 병실과 수술실, 엑스선 촬영실, 치과 시설을 갖추고 90여 명의 경험 많은 우수한 의료진을 확보한 해상 종합병원이었다. 새하얀 선체의 좌우 현舷에 선명한 적십자 마크를 새긴 유틀란디아는 한 달간의 항해 끝에 먼저 일본으로 가 유엔군 사령부의 맥아더에게 신고를 한 뒤 현해탄을 건너 부산항으로 와 51년 3월부터 진료를 시작했다. 주로 중상자나 중환자들이 유틀란디아로 보내져 치료를 받은 뒤 일본이나 본토의 큰 병원으로 보내졌는데, 51년 7월부턴 유엔의 허락을 받고 한국인 민간인 환자들을 치료하고 전쟁고아들을 돌보았다. 또 고아 전용 선실까지 마련해 아이들이 고아원에 보내질 때까지 머무르게 하며 정규 교육을 시키기도 했다. 나중엔 육상 진료도 병행하며 한국인 의사들에게 최고 수준의 의술을 전수시켜 주었다.

서부 전선에서 울리는 포성이 들리는 가운데 중상을 입은 여러 국적의 군인들과 금발과 푸른 눈을 가진 간호사들, 병원선 여기저기를 뛰어다니는 한국인 어린이 환자들이 어울려 지내던 인천항의 유틀란디아 호는 당시의 한국인들에겐 구원의 표지였다. 유틀란디아가 한국에 머물며 진료를 했던 999일 동안 병원선에서 사망한 환자는 겨우 29명뿐이었다고 한다.

휴머니즘의 상징이었던 유틀란디아가 떠난 뒤 한국에도 병원선이 생겼다. 모두 선진국의 첨단 선박과는 비교도 안 되는 작은 배로 해안 지역을 돌며 낙도 주민들을 치료해 준 간이 병원들이었다. 1970년대에 극장에서 보던 대한뉴스엔 국민의 이웃돕기 성금으로 건조된 병원선들이 취항 축하 테이프를 끊는 관官 사람들 앞에서 거수경례를 하듯 도열해 있는 장면이 자주 나타났다. 경제개발과 함께 너도 나도 도시로 모여들면서 섬 인구가 줄어들자 자연스럽게 병원선 수도 줄었다. 현재는 도에서 운영하는 병원선들만 5척 남아 있는데 1979년부터 진료를 개시한 충남 501호도 그중 하나다.

2001년에 첨단 병원선으로 새롭게 개조된 충남 501호는 역시 새하얀 선체의 좌우 현에 녹십자 마크를 새기고 선두에 충청남도 깃발을 꽂은 채 서해안 지역 28개 섬을 돌며 4,500여 명의 주민들을 진료해 왔다. 서해 6개 시군의 28개 유인 도서엔 병원이나 약국 등 민간 의료 기관이 전혀 없으며 현재 9곳의 보건진료소가 운영되고 있을 뿐이다.

바다 위의 종합병원이라는 애칭답게 충남 501호는 여러 진료과목과 첨단 의료 장비들을 갖추고 있다. 피부과, 이비인후과 진료까지 겸하며 간단한 외과 수술도 하는 내과는 가장 많은 환자들을 진료한다. 하루에 100명 정도를 받을 때도 있다. 또 천안의 순천향대학병원과 연계해 원격 화상 진료 시스템을 운영하고 있다. 병원선에선 해 줄 수 없는 정밀 검사가 필요한 환자들에겐 육지의 큰 병원으로 가 진료를 받아 보라고 권하지만 대부분은 실천을 하지 않는다. 젊은 '변진수 선생님'의 고견을 흘려들어서가 아니다. 한창 바쁜 조업 철엔 하루 이틀 짬을 내 육지로 가는 것도 힘들기 때문이다.

집게발로 그물을 할퀴며 올라오는 꽃게며 바위에 들러붙은 통통한 굴에 매여 사는 섬 주민들도 화상 진료 시스템을 통해 대학병원 의사들과 만나고 나면 달라진다. 모니터를 통해 보는 나이 지긋한 의사 선생님들의 명령엔 아이처럼 승복해서 육지의 종합병원으로 가 본다는 것이다. 병원 크기의 권위와 나이의 권위, 기계의 권위가 합쳐져 그런 강력한 힘을 만들어내는 듯하다.

진료하는 데 가장 애를 많이 먹고 또 한계를 많이 느낄 수밖에 없는 과목은 치과이다. 치과 치료 중 가장 절박한 치료인 신경 치료는 한 번의 내원으로는 불가능하기 때문이다. 한 달에 한 번 가는 병원선으로선 원초적인 한계를 갖고 있는 셈인데, 그걸 알고 있는 환자들도 병원선을 쉽게 찾지 않는다. 병원선에서 진료가 불가능한 환자의 경우 주변의 치과 의원을 방문해 보라고 권유하지만 그 역시 지켜지는 경우는 극히 드물다. 따라서 섬 주민들의 구강 건강 상태는 보통 사람들이 예상하는 것 이상으로 열악하다고 한다.

이명연 치과의가 병원선 근무를 하면서 절감하게 된 것은 현재 한국의 치료 중심 치과 진료를 예방 중심 진료로 바꾸어야 한다는 것이다. 그것은 곧 섬의 생활환경을 바꾸는 것과 직결되는 문제일 것이다. 이명연 치과의는 바다 위에서 소박한 꿈을 한 가지 갖게 되었는데 바로 미래에 진료를 하게 될 치과 인근 지역에서, 크게는 우리나라에서 예방 중심 치아 보건의 한 축을 담당하고 싶다는 꿈이다.

충남 501호에서 내과의 다음으로 바쁜 의사는 김재휘 한방과 의사다. 한방과 역시 섬 주민들이 많이 이용하는 과목이다. 그건 곧 만성적인 지병을 끼고 사는 환자들이 많다는 뜻이기도 하다. 일상적으로 그물을 손질하고 겨울이면 굴을 따느라 개펄에서 하루 종일 쪼그려 앉아 일을 하며 수십 년을 살았으니 손가락이며 허리, 무릎 어디 하나 성한 곳이 없다. 몸을 혹사시키며 한 자세를 오래 유지했을 땐 반대 방향으로 펴 주고 휴식을 취해 주어야 하는데 어두워져 돌아오면 겨우 밥해 먹고 곯아떨어지고 다음 날 새벽 5시면 나가는 사람들에겐 그런 여유도 사치다. 또 이젠 얼마쯤의 통증은 몸의 일부처럼 느껴지는지 완벽한 상태를 바라지 않는 사람들도 많다.

병원선에서 치료를 받은 뒤 이렇게 침 한 번 맞으면 시원해서 내일은 굴을 더 많이 캘 수 있다고 말하며 웃는 할아버지의 표정은 가뿐하다. 까짓 거 며칠 후에 또 아프면 기다렸다 병원선에 와 또 침 맞으면 되지, 하는 기색이다. 물론 통증에 마냥 익숙해지거나 관대해질 수 없는 사람들도 많다.

어느 화창한 가을 날 병원선 진료실 안에선 하늘색 가운을 입은 한방과 의사가 엎드려 누운 할머니의 허리 근육을 풀어 준 뒤 침을 놓고 있다. 의사의 손길은 정성스럽기만 한데 할머니의 얼굴은 별로 밝지가 않다. 미간의 주름들도 좀처럼 펴지지 않는다.

"으이그, 어떻게 아프지 않은 곳이 단 한 군데도 없어."

"80년이나 썼는데 고장이 안 나면 그게 이상하지. 할머니, 기계를 생각해 봐요. 한 20년 쓰면 어떻게 되나. 사람 몸도 기계와 똑 같아요."

"그래도 이렇게 치료를 받고 가면 뚝 나아야지. 시간이 지나면 또 아퍼. 정말 똑같이 아퍼."

"할머니, 그건 오로지 할머니가 쉬지 않기 때문이에요. 치료를 받고 가면 한동안 쉬어 줘야지. 진짜 약은 휴식이라니까. 아무리 약 먹고 침 맞고 물리치료해도 쉬지 않으면 절대 안 나아요."

그러나 결정적인 약을 처방받은 할머니의 표정은 여전히 시큰둥하다. 휴식이야말로 실천 불가능한 치료법이라는 듯이. 그래도 이렇듯 한 달에 한 번 치료라도 받을 수 있다면 그나마 다행이다. 주민들 대부분이 꽃게잡이에 종사하는 죽도에선 1월부터 8월까지 묶여 있던 금어기가 풀려 꽃게잡이 철이 되면 한 달에 한 번 오는 귀한 손님인 병원선도 문전박대를 당한다.

어느 날 병원선이 죽도에 도착했는데 선착장에 아무도 보이지 않았다. 결국 선박 팀 중 한 사람이 나서서 확성기에 대고 목청을 높인다.

"병원선에서 안내 방송 드리겠습니다. 병원선이 마을 앞에 도착했습니다. 진료를 원하시거나 건강 상담을 원하시는 분들은 지금 마을 앞 선착장으로 나와 주시기 바랍니다."

그래도 아무도 나타나지 않자 선박 팀과 의료진은 보트를 타고 마을로 올라간다. 세일즈라도 하는 사람들처럼 한창 일에 빠져 있는 주민들 앞으로 가 상냥하게 묻는다.

“어디 아픈 데 없으세요?”

“안 아픈 데가 없지. 그래도 어떻게 해? 이 한창 때를 놓치면 겨울에 뭐 먹고 살어? 곡식 재배도 안 되는 땅인데…….”

“그래도 침이라도 맞으셔야 할 텐데. 그럼 저희가 병원선에서 기다릴 테니 일 빨리 끝내고 오세요. 꼭, 꼭 오셔야 해요.”

오늘 떠나 버리면 한 달 후에나 올 수 있으니 기다리지 않을 수도 없다. 의무감 반 걱정 반이라고 해 두자. 모처럼 병원선 안이 한적해진다. 눈을 붙이는 사람들도 있다. 그런데 다섯 시가 넘고 여섯 시가 다 돼 가자 정말 하루 일을 마친 주민들이 찾아오기 시작한다. 갑자기 모든 사람들이 바빠진다. 아름다운 노을 속에 박혀 있는 병원선 안에서 정성스러운 잇몸 치료를 받고 일어서서 나가던 백발의 할머니가 갑자기 돌아선다. 평소에 예뻐하던 이명연 치과의에게 다가와 만 원짜리 한 장을 그의 손에 쥐어 준다.

“과자 사 먹어!”

3

그로부터 사흘 후,

노을도 지고 바다와 하늘 모두에 검푸른 기운이 돌 무렵 병원선 갑판에선 스탠딩 파티가 벌어진다. 의료진과 선박 팀 19명이 모두 나와 있고, 테이블 위엔 싱싱하고 쫀득쫀득한 생선회와 조개회가 차려져 있다. 오늘 병원선 사람들 모두 바지런히 움직여 육상 진료를 감행했던 호도의 주민들이 감사의 선물로 준 쥐치와 광어, 대합을 손질해 마련한 저녁 식탁이다. 호도가 유독 거동이 불편한 어르신들이 많은 섬이어서 모두 보트를 타고 나가 돌봐 드렸을 뿐인데 기어이 고마움을 표시하는 사람들이라니…….

낮에 아름다운 쌍무지개를 봐서 그런가. 병원선을 타면 삼대가 탈 배를 다 타게 된다는 말이 맞는지 이젠 바다를 봐도 아무 감흥이 없는데 오늘은 왠지 바다가 아늑해 보인다. 이명연 치과의가 6개월 전에 병원선 근무를 자원했을 때 그것은 대학 시절 밴드에서 기타리스트로 활동하거나 대학가요제에 출전했던 것과 비슷한 선택이었다. 평생에 한 번쯤 해볼 만한 경험이라고 생각했던 것이다.

6개월이 지난 지금 병원선 생활은 그를 조금은 변화시킨 듯하다. 어느 언론 매체에선가 '바다를 누비는 슈바이처들'이라는 헤드라인을 내걸고 기사를 썼을 땐 멋쩍고 부담스러웠지만 병원선 근무를 통해 사람들을 이성적으로 따뜻하게 대하는 법을 배우게 된 것은 사실이다. 의학이 처음부터 끝까지 인간에 대한 깊은 관심과 애정으로 이루어지는 학문이라는 점을 감안하면 그것은 분명 소득이다. 또 열악한 생존 조건을 가진 섬사람들과 접촉하지 않았다면 예방 중심 치과 진료에 본격적인 관심을 갖게 되는 일도 없었을 것이다.

의사들과는 달리 공무원으로 발령받아 더 오래 근무를 해 온 간호사들에게도 사연은 있다. 정영림 간호사는 보령시 보건소에서 근무를 하다 병원선 근무를 자원했다. 젊어서 해볼 만한 일이라고 생각해 오다 시간이 더 지나면 정말 못할 것 같아서 지원을 했고, 고맙게도 남편은 이해해 주었다. 보령시 보건소에 근무할 때도 주말부부 생활을 했는데 이젠 보는 것이 더 힘들어졌으니 미안할 따름이다. 또 아홉 살, 일곱 살인 아이들에게도 많이 미안하다. 그래도 큰 아이는 엄마는 낙도 사람들을 돌보고 있으니 어린 동생은 제가 돌볼게요, 하고 말해 줄 만큼 의젓하다.

이혜숙 간호사는 원래 종합병원에서 근무를 했다. 2007년 공무원시험에 도전해 합격했을 땐 이제 비로소 편하고 안정적인 생활을 할 수 있겠구나, 생각했다. 첫 발령지가 병원선이라는 걸 알았을 땐 하늘이 무너지는 느낌이었다. 한동안 우울해하기도 했다. 그러나 태안, 당진 지역에서 첫 근무를 하고 나선 생각이 바뀌었다. 공교롭게도 태안 기름 유출 사건 직후였는데 처음엔 뉴스에서나 보던 현장 사람들의 모습을 실제로 보는 게 당혹스럽고 고통스러웠다. 그러나 뱃멀미 때문에 초죽음이 된 상태에서 종일 일하고 나자 아, 이것도 운명이구나, 내가 아니면 이 사람들을 누가 돌보랴, 하는 마음까지 갖게 되더란다.

의료진과 함께 보령시에 있는 관사에서 살고 있는 선박 팀 역시 병원선에 단단히 매여 사는 사람들이다. 자원이든 발령이든 병원선을 타게 되면 다른 사람들이 챙기고 사는 가정 대소사들은 대부분 흘려보내게 된다. 아이들의 생일, 결혼기념일, 친지들의 기

일들도 챙기지 못한 날들이 훨씬 많다. 신혼 생활의 70퍼센트를 휴대폰으로 화상 통화를 하며 보내는 것도 요즘이니까 가능한 일이다. 올해 3월 임상병리실장이 비로소 보령시의 한 아파트에서 가족과 함께 살게 되었는데 결혼 17년 만의 일이라고 한다. 17년 동안 2박 3일은 바다에서, 나머지는 관사에서 사는 생활을 지속해 온 것이다.

백윤기 선장과 최건용 사무장은 병원선 근무를 가장 오래 한 사람들이다. 세월만큼이나 함께한 기억들도 많다, 가장 선명한 건 응급 구조 기억들이다. 2년 전 봄 병원선은 우도에서 체기와 헛구역질을 위염 증세로 오인하고 방치하다 극심한 복통을 느끼고 동네 리어카에 실려 온 50대 남자를 진료했다. 고열에 시달리는 환자를 진찰한 끝에 내과의는 충수돌기염을 희귀하게도 만성으로 앓다 충수돌기 천공 상태에 이른 경우라고 결론을 내리고 원격 화상 진료 팀에게 자문을 구했다. 협진 끝에 대학병원 팀 역시 충수돌기 천공으로 인한 급성 복막염이라고 진단을 했다. 결국 충남도에 배치된 헬기를 동원해 환자를 천안의 순천향대학병원으로 이송해 수술에 들어갔다. 환자가 지병 때문에 면역력이 떨어져 있어서 조금만 늦었어도 패혈증 쇼크로 사망했을 거라고 집도의는 말했었다.

그 모든 것이 이 바다 위에서 생겨난 일이다. 바다는 이들에겐 아내와 같은 존재다. 처음엔 분명 병원선 생활을 견디고 있다고 생각했는데, 바다로 나가 있는 동안 육지의 밀도를 그리워한 적도 많았는데 언제부터인가 바다가 더 편한 곳이 돼 버렸다. 이젠 육지에 나가 며칠 지내면 답답해진다. 오히려 바다로 나오면 가슴이 툭 트인다. 아마 두 사람은 정년이 될 때까지 서로 의지하며 병원선을 타게 될 것이다.

동고동락이라는 표현만으론 부족한 생사고락의 나날들. 관사 생활까지 함께하며 서로를 세심하게 배려하면서 살다 보면 정말 모두 한 가족처럼 느껴진다. 이 정도의 유대는 결코 흔한 것이 아니어서 병원선을 떠난 뒤에도 남아 있는 사람들과 여전히 긴밀한 관계를 유지하고 있는 의사들도 많다고 한다.

남은 사람들이 이토록 오랜 바다 생활을 하고 있는 이유의 절반은 낙도 사람들에 대한 애정과 책임감일 것이다. 20년 가까이, 혹은 그 이상 정기적으로 방문하다 보니 이젠 인간관계마저 맺게 돼 버린 사람들……. 앞으로도 민간 의료 기관은 결코 들어서지 않을 것이고, 섬사람들은 '전반적으로 건강 상태가 나빠진' 채로 국가적 차원에서 최소한의 배려인 병원선을 기다리며 지낼 것이다. 또 병원선 사람들은 그 국가적 차원의 배려가 좀 더 전폭적인 지원으로 바뀌길 기원하며 여전히 파도와 싸우며 28개의 섬을 회진할 것이다.

제 2 부

환자의 아픔을 이해하다

존스홉킨스 대학병원에서 레지던트 생활을 끝낼 즈음, 각종 언론 매체에서 그의 삶을 방영하기 시작했다. 그러자 밤낮을 가리지 않고 전화가 밀려왔다. 불꽃같은 그의 삶이 사람들에게 희망을 전해 준 것이었다. 사람들은 그를 두고 '의지의 한국인'이라고 말했다. 부모님에 대한 사랑과 애국심으로 장애를 이겨 낸 자랑스러운 한국인. 자신에게 붙는 수식어가 쑥스럽기도 하지만 그는 간절히 원하는 것을 이룰 수 있었다는 기쁨에 마음이 벅차올랐다.

이승복 존스홉킨스 대학병원 수석 전문의 | 뉴욕 대학교, 콜럼비아 대학교 보건대학원, 다트머스 의과대학(수석) 졸업, 하버드 의과대학 인턴 | 『기적은 당신 안에 있습니다』

취재 및 집필 **유종선**

슈퍼맨 닥터 리

존스홉킨스 대학병원에 20대 청년이 실려 왔다. 총기 사고로 경추에 손상을 입은 상태였다. 환자는 좀처럼 흥분을 가라앉히지 못하고 있었다. 진료를 거부하고 있는 청년 앞에서 의사와 간호사들은 거의 동시에 이승복 박사를 떠올렸다.

"닥터 리, 닥터 리. 슈퍼맨 닥터 리!"

이렇게 거친 환자를 다룰 수 있는 사람은 이승복 박사밖에 없었다. 잠시 후 휠체어를 몰고 나타난 그는 환자에게 다가갔다.

"저를 보세요. 제 모습이 보이나요?"

환자는 목소리가 들리는 곳으로 시선을 돌리다 말고 멈칫했다. 하얀 가운을 입고 휠체어에 앉아 있는 그의 모습 앞에서 들끓던 분노도 잠시 멈춘 듯했다.

"저 역시 일곱 번째 척수가 어긋나서 그 아래로 모든 신경이 마비되고 말았습니다. 그땐 탁자에 놓인 쟁반을 집어던지며 소리를 질렀지요."

그는 아주 차분하게 환자의 눈을 똑바로 바라보았다.

"모든 게 끝난 것 같죠. 저도 그랬어요. 야구 좋아하죠?"

야구에 열광하는 미국 청년답게 환자는 자신의 처지를 잊은 듯 고개를 끄덕였다.

"그럼 알겠군요. 게임이 끝날 때까진 정말 끝난 게 아닙니다."

메이저리그에 열광하는 미국의 젊은이들은 누구나 이 말을 안다. 9회 말 3아웃 사인이 떨어질 때까지 경기는 끝난 것이 아니다.

"내가 그때 끝나지 않았듯이 당신도 지금 끝난 것이 아닙니다."

그는 가만히 환자의 손을 잡았다. 환자의 거친 호흡이 가라앉고 있었다. 진료를 거부하던 청년의 치료가 시작되는 순간이었다.

이승복 박사에게는 환자의 마음을 여는 탁월한 능력이 있다. 다른 의사들이 한 달, 두 달씩 노력해도 설득하지 못한 것을 그는 한순간에 해낸다. 그 힘의 원천은 그가 환자들과 똑같은 척수 손상 장애인으로 그들이 겪는 아픔을 이미 겪었고 이겨 냈다는 것에 있었다.

재앙이었던 장애가 지금은 축복이 되었다. 그를 보며 많은 환자들이 희망을 되찾고, 고통을 겪고 있는 사람들은 용기를 얻는다.

"우리, 미국으로 이민 가자."

약사였던 아버지의 제안으로 1973년 7월 18일, 그의 가족은 아메리칸 드림을 꿈꾸며 미국행 비행기에 올랐다. 그때 그의 나이는 여덟 살이었고, 아래로 여동생 한 명과 남동생 한 명이 있었다.

하지만 막상 미국에 도착하니, 한국에서 생각했던 것만큼 행복이 펼쳐지지 않았다. 아무런 준비 없이 시작한 미국 생활은 무엇하나 호락호락한 것이 없었다. 약국은 꿈도 꿀 수 없는 상황이었다. 한국에서 마련해 간 돈이 다 떨어지자 부모님은 생활 전선에 뛰어들 수밖에 없었고, 삼남매는 억센 퀸스 구역 아이들의 놀림을 당하기 시작했다. 도시락 반찬으로 싸 온 멸치볶음을 보며 아이들은 비명을 질렀다.

"저것 봐! 저 중국 놈이 눈깔 박힌 작은 생선을 먹고 앉아 있다!"

아이들은 그를 보며 '중국인이냐' 아니면 '일본인이냐'고 묻거나, 아예 중국인으로 단정했다. 한 번도 '한국인이냐'고 묻지 않았다. 대한민국이라는 존재 자체가 생소한 이들이 한국인에 대해 알리가 없었다. 그럴 때마다 그는 가슴이 시큰거렸다. '나는 한국인이다'라고 혼자서 외치기도 했다. 낯선 땅에서 그가 마주한 세계는 녹록치 않았다.

여덟 살의 어린 나이임에도, 새벽에 나가 밤늦게 돌아오는 부모님을 대신해서 두 동생을 돌보아야 했다. 그럴 때일수록 한국 생활이 더욱 그리웠다. 할머니와 함께 넓은 집에서 가족이 모두 웃으며 저녁식사를 하던 모습이 거짓말처럼 느껴졌다.

'동생들이 정원에서 강아지와 뛰놀던 때가 있긴 했었나?'

그 무렵 그의 소원은 부모님이 조금 덜 바쁘고 덜 피곤하기를 바라는 것뿐이었다. 어떻게든 부모님의 고생을 덜어 드리고 싶었고, 한국이 어디에 붙어 있는지도 모르는 사람들에게 한국을 알려 주고 싶었다. 한국에서 가져 간 교과서를 매일같이 반복해서 읽고 쓰면서 한국어를 잊지 않기 위해 노력했다. 미국으로 건너갔지만 그에게 조국은 대한민국이었다.

1976년 캐나다 몬트리올 올림픽 경기는 그의 운명을 결정했다. TV 중계방송을 통해 몬트리올 올림픽 최고의 스타인 기계체조 선수의 연기를 보며 가슴이 마구 뛰었다. 나디아 코마네치. 마루 위에서 작은 새처럼 연기를 펼치는 그녀에게 세계의 이목이 집중되었다. 체조 역사상 최초의 만점은 그녀의 몫이 되었다. 한 명의 체조 선수가 이름도 생소한 동유럽의 루마니아란 나라를 온 세상에 각인시켰다.

'나도 올림픽 금메달리스트가 되면 부모님을 기쁘게 해 드릴 수 있을까? 그동안 한국이란 나라를 알지도 못하면서 나를 놀리던 미국 아이들도 더 이상 손가락질 못 하겠지? 이 길이야! 이거다!'

어린 나이에 미국으로 건너가 다른 인종 사이에서 차별을 받으며 끊임없이 자신의 정체성에 대해 고민하던 그는 한순간의 결심으로 체조 선수가 되었다. 하루 종일 뛰고, 구르고, 공중회전을 반복하며 훈련에 매진했다. 자신을 알려야겠다는 원대한 목표가 있었기에 그는 어떤 어려운 훈련도 견딜 수 있었다. 1982년 전미 대회 마루, 도마에서 금메달을 따고 종합 순위 3위에 올라 자신의 실력을 입증했다.

고등학교 3학년 때는 올림픽 예비 선수단의 최고 선수로 인정을 받아 대학에서 스카우트 제의가 빗발쳤다.

"마음만 먹으면 얼마든지 미국 국가 대표가 될 수 있는데, 왜 꼭 한국 대표가 되겠다는 거야?"

그의 연습을 지켜보던 코치가 물었다.

"코치님, 저는 한국인입니다. 한국 대표가 아니면 아무런 의미가 없습니다."

사람들에게 한국을 알리겠다는 열망과 부모님을 기쁘게 해 드리겠다는 생각만으로 달려온 길이었다. 그의 목표는 한국 선수로 올림픽에 출전하여 금메달을 따는 것뿐이었다.

한국 대표가 되기 위해 미국에서 열리는 국제 대회를 준비하면서 뛰는 가슴을 주체할 수 없었다.

'앞으로 훈련만 열심히 하면 돼. 얼마든지 금메달의 꿈에 다가갈 수 있어.'

높이 올라가는 태극기, 체육관 안에 울려 퍼지는 애국가, 자신의 목에 걸려 있는 금메달. 이승복은 생각만으로도 핑그르르 눈물이 돌았다. 자신의 꿈에 한발 더 다가서는 듯했다.

1983년 7월 4일, 열여덟 번째 생일을 이틀 앞두고, 그날도 어김없이 체육관으로 향하는 그에게 아버지는 가슴에 담아 두었던 말을 슬쩍 내비쳤다.

"미역국도 안 먹고…… 왜 하필 운동이냐?"

생일조차 가족과 함께 보내지 못하는 것에 대한 서운함이었을 것이다. 그 말은 송곳처럼 가슴을 찔렀다. 의사나 변호사가 되어 집안을 일으켜 주기를 기대하는 아버지의 마음을 모르는 것은 아니었다. 하지만 목표를 향해 더욱 가까이 다가가고 있는 그에게 아버지의 말은 상처가 되기에 충분했다. 체육관에 도착했을 때는 코치가 매우 화가 나 있었다.

"이렇게 해서 올림픽 출전이나 하겠어? 아직 기술도 모두 마스터하지 못했잖아. 그런데 지각이라니, 대체 어디에 정신을 팔고 있는 거야?"

아버지에 대한 마음이 풀리기도 전에 코치에게 꾸지람까지 듣자, 그동안 자신이 쌓은 실력을 최대한 과시하고 싶어졌다. 꾸준히 연습한 '살토'를 펼쳐 보이기로 마음먹었다. 3~4초 동안 공중에서 1과 4분의 3회전을 해야 하는 고난도 기술이다. 그야말로 찰나의 비행인 셈이다. 자신을 향한 질타를 실력으로 되받아치고 싶었다. 곧바로 마루를 향해 내달렸다. 허공을 응시하며 전속으로 달려간 후 날아올랐다. 공중에서의 한바퀴, 그리고 4분의 3회전. 이제 물구나무서기와 같은 자세의 착지만 하면 성공이었다.

쿵…….

순간 온몸에 퓨즈가 끊어진 듯 캄캄해졌다. 사방이 암흑처럼 어두웠다. 그럼에도 아직 기술을 완성하지 못했다는 것이 떠올랐다.

몸을 일으키려는 순간, 손도 다리도 모두 사라진 것 같은 느낌을 받았다. 다시 하늘을 날아올라야 했다. 하지만 움직일 수 있는 것은 아무것도 없었다.

"여기가 척수입니다. 이렇게 마디마디 연결된 부분이 코드인데, 여기 일곱 번째와 여덟 번째 코드, C7-C8이 손상되었습니다. 다행히 불완전 가로 절단이기 때문에 일부 신경은 살아날 수도 있습니다. C1-C2 손상에 비하면 엄청난 행운입니다."

그는 뉴욕 대학병원으로 옮겨져 의사의 진단을 받았다. 목 아랫부분의 신경이 모두 끊어져 호흡조차 불가능한 C1-C2 손상에 비해 행운이지만, 겨우 목과 어깨를 움직일 수 있을 뿐이었다. 마루 위에서 펄펄 나는 체조 선수였던 그는 하루아침에 팔과 다리를 잃어버린 상황을 쉽게 받아들일 수 없었다.

다행히 뉴욕대학병원 재활의학과는 재활 치료에 있어 세계적인 명성을 쌓고 있던 곳이었다. 병원에서 그에게 물리 치료와 작업 치료를 권했다. 증상은 어디까지나 이론일 뿐 환자의 노력 여하에 따라서 회복 수준의 차이를 보여 준다고 했다. 재활 훈련에 대한 환자의 의지가 재활의 정도와 성패를 가늠한다는 말을 반신반의하면서도 이승복은 믿는 쪽을 선택하기로 했다.

그는 돌이킬 수 없는 시간, 되돌릴 수 없는 사고 앞에서 터져 나오는 분노를 재활 훈련으로 쏟아냈다. 어느 누구의 잘못도 아닌 자신의 탓이라 생각했기에 매달릴 수 있는 것은 재활 훈련뿐이었

▶척수 신경

척수에서는 일정한 간격으로 신경다발이 뻗어 나와서 온몸으로 퍼지는데, 이 신경다발의 위치에 따라 척수를 크게 다섯 부위로 나눈다. 목 부위를 경수, 가슴 부위를 흉수, 허리 부위를 요수, 그 아래를 천수라고 하며 가장 끝부분을 꼬리라는 의미로 미수라고 한다. 경수(C, Cervical)는 8쌍, 흉수(T, Thoracic)는 12쌍, 요수(L, Lumbar)는 5쌍, 천수(S, Sacral)는 5쌍, 미수에서는 1쌍씩 모두 31쌍의 척수 신경은 순서대로 C1, C2 … T1, T2 등으로 이름 붙여진다.

다. 기계체조를 시작했을 때도 그랬듯 재활 훈련 역시 최선을 다했다. 순간순간 사고에 대한 후회가 밀려올 때마다, 더 이상 체조를 할 수 없다는 현실을 깨달을 때마다, 물거품처럼 사라진 자신의 미래를 바라볼 때마다, 그는 악착같이 재활 훈련에 임했다. 그에게 분노는 새로운 에너지였다. 재활 훈련을 시작한 지 두 달쯤 지나 혼자서 휠체어에 앉을 수 있게 되었고, 석 달쯤부터는 병원 곳곳을 돌아다녔다. 게으른 것을 견디지 못하는 성격 탓에 하루에도 몇 번씩 여러 치료실의 문을 두드렸다. 뿐만 아니라 엘리베이터를 타고 각 층마다 내려서 시설을 확인하기도 하고, 의사들이 진료하는 모습을 관찰하기도 했다.

재활 훈련이 익숙해질 즈음, 그는 여러 가지 호기심이 생겨났다. 건강할 때는 한 번도 생각해 보지 못했던 몸에 관한 의학적 호기심은 꼬리에 꼬리를 물고 늘어만 갔다. 주변 간호사와 의사들을 붙잡고 질문을 해보았지만 의문이 모두 풀리지는 않았다. 어느 날 간호조무사가 한 권의 책을 내밀었다. 『*A World to Care for* 돌봐야 할 세상』. 척수 장애에 대해 쉽게 설명해 놓은 책이 있으면 구해 달라고 부탁한 직후였다. 재활의학의 창시자이자 그가 입원한 병원의 설립자이기도 한 하워드 러스크 박사의 자서전이었다. 책을 읽으며 이승복은 의학에 대한 새로운 시각을 갖게 되었다. 영원히 멈춰 있을 것만 같던 가슴이 또다시 뛰기 시작했다.

'나의 두 번째 올림픽은 이거야, 닥터 리!'

어느새 의학이 구원의 마루가 되어 그의 앞에 놓여 있었다.

목표를 정하고 나니 마음이 바빠졌다. 대학에 진학하기 위한 성적을 확보하는 게 가장 급한 일이었다. 혼자서 공부한다는 것이 쉽지 않았다. 중학생인 동생의 교과서까지 보면서 기초부터 하나씩 차근차근 쌓아 나갔다. 요령을 피우지 않겠다는 것이 그의 결심이었다. 하지만 육체적인 고통은 언제나 가장 큰 방해 요인이었다. 책상 앞에 장시간 앉아 있을 수 없는 처지였다.

'해야만 해. 허리가 끊어지는 한이 있어도! 몸이 부서지는 한이 있어도!'

약해지려는 마음을 잡고 또 다잡았다. 장애를 핑계로 나태해지는 것을 결코 용납할 수 없었다. 결국 그는 원하는 점수를 획득했고, 병원에서 만난 방문 교육 시스템 앨리스 선생과 체조 코치 브라이언의 추천서를 받아 뉴욕 대학교에 제출했다. 펜홀더를 손에 끼고, 한 자 한 자 직접 써 내려간 고난 극복의 삶을 담은 자기소개서도 준비했다.

다음해인 1984년 3월 합격 소식을 접하고, 장애인 특별 장학금 수상자로 선정되어 전액 장학금으로 학교를 다닐 수 있게 되었다. 그는 누구보다 성실하게 학교생활을 했다. 메디컬 스쿨에 진학하면 자신의 꿈을 이룰 수 있을 것만 같았다. 그러나 어느 누구도

'휠체어 의사'에 대해 긍정적으로 생각하지 않았다. 뉴욕 메디컬 스쿨에 다니고 있는 사람들도 고개를 내저었다. 불편한 그의 손으로는 주사 하나 제대로 놓을 수 없으며, 메스를 잡는 것 또한 불가능하다고 말했다. 허리만큼 높은 병원의 침대도 그에게는 넘을 수 없는 벽처럼 보였다. 엄청나게 많은 메디컬 스쿨의 커리큘럼을 따라간다는 것은 자살 행위처럼 가혹해 보였다.

하지만 그는 다른 그 무엇보다 꿈을 잃는다는 것이 견딜 수 없었다. 첫 번째 꿈을 포기하고 두 번째 꿈을 찾기까지 얼마나 많은 눈물을 흘렸는지 스스로 가장 정확히 알고 있었다. 시도도 해보지 않은 채 두 번째 꿈을 포기할 수는 없었다. 의사의 길이 아니더라도, 의료계에서 활동하고 싶은 마음으로 콜럼비아 대학의 공중보건학 석사 과정을 선택했다.

"사실 의대에 가고 싶었지만 장애가 있어 곤란하다는 말을 듣고 어쩔 수 없이 여기에 오게 되었습니다."

로젠필드 학장과 개인 면담을 하는 시간, 자신의 솔직한 마음을 털어 놓았다. 그러자 학장은 깜짝 놀란 표정으로 그를 쳐다보았다.

"휠체어를 타는 사람은 의사가 될 수 없다고 누가 그랬습니까? 그들은 틀렸습니다. 우리가 말하는 사람은 평범한 장애인이 아니라, 이승복 당신입니다."

그를 시작으로 대학원 내에서 만난 모든 이들이 격려의 말을 해주었다. 석사 과정을 마치면서 그는 서른 곳에 이르는 메디컬 스쿨에 지원서를 보냈다. 다시 한 번 꿈을 향해 매진하기로 마음먹은 것이다. 학업계획서를 준비하면서 자신이 휠체어를 타는 장애인임을 숨기지 않았다. 면접까지 이어진 곳은 여덟 곳에 불과했다. 마지막으로 그가 할 수 있는 일이란 합격 통지서를 기다리는 것뿐이었다.

1993년 4월 30일 아침, 그는 드디어 'Congratulation!'이라고 적힌 두툼한 서류 뭉치를 받았다. 다트머스 의과대학에 합격한 것이다. 그는 200년에 이르는 학교 역사상 최초의 사지마비 장애인으로 유명세를 치렀다. 그것은 영광이기도 했지만 다른 한편으로는 불편을 의미하기도 했다. 높은 계단, 가파른 경사, 엘리베이터가 없는 시설 등 휠체어에 의지해야만 하는 그에게 있어 쉬운 것이 하나도 없었다. 수업 외에도, 수업을 위해 이동할 수 없는 학교 환경과 싸우는 데 많은 시간을 할애해야 했다.

해부학 공부는 악몽과 같았고, 일반 학생들도 어려워하는 정맥주사는 오를 수 없는 산처럼 거대하게만 보였다. 한 달 동안 읽어야 할 책은 그의 키보다 높이 쌓였다. 매일 밤 호박에 점을 찍어놓고 주사 놓기를 연습하다 보면 어느새 새벽이 되고는 했다. 제대로 먹지도, 씻지도 못하고 기숙사에서 하루 종일 공부를 했다.

2001년 다트머스 의대 교수진들은 만장일치로 '이승복'을 그해 최우수 졸업생으로 꼽았다. 드디어 그가 그토록 염원하던 의사가 된 것이다. '닥터 리', 비록 첫 번째 꿈은 이루지 못했지만 그의 인생에 있어, 커다란 메달을 목에 거는 순간이었다.

그는 하버드 대학병원에서 인턴십을 마치고, 존스홉킨스 대학병원에서 3년간의 레지던트 생활을 거쳤다. 결코 쉽지 않은 여정이었다. 하지만 그는 언제나 자신의 목표만을 바라보며 최선을 다했다. 누구나 꿈을 이루기 위해서는 혹독한 시련을 겪어야 하는 것처럼, 그 역시 남들과 같은 과정을 거치는 것뿐이라고 생각했다. 그리고 마침내 세계적인 병원 존스홉킨스 대학병원의 재활의학과 의사가 되었다.

"닥터 리, 슈퍼맨 닥터 리, 사랑합니다……."

다짜고짜 전화를 걸어 그의 이름을 부르던 사람은 이내 울음을 터뜨렸다. 그렇게 한참을 울다 겨우 말을 이었다.

"텔레비전에서 박사님을 봤어요. 사는 게 너무 힘들어 죽으려고 했는데, 박사님이 저를 살렸어요. 저도 살 용기가 생겼어요."

그가 존스홉킨스 대학병원에서 레지던트 생활을 끝낼 즈음, 각종 언론 매체에서 그의 삶을 방영하기 시작했다. 그러자 밤낮을 가리지 않고 전화가 밀려왔다. 불꽃같은 그의 삶이 사람들에게 희망을 전해 준 것이었다. 사람들은 그를 두고 '의지의 한국인'이라고 말했다. 부모님에 대한 사랑과 애국심으로 장애를 이겨 낸 자랑스러운 한국인. 자신에게 붙는 수식어가 쑥스럽기도 하지만 그는 간절히 원하는 것을 이룰 수 있었다는 기쁨에 마음이 벅차올랐다.

존스홉킨스 대학병원에서 이승복 박사는 가장 인기 있는 의사 중 한 사람이다. '슈퍼맨 닥터 리'를 진료의로 요청하는 환자들에게 그는 온몸으로 재활 의학의 실체를 증명하며 환자들의 마음을 열어 나갔다. 또한 단순히 사람들에게 감동을 주는 것뿐만 아니라, 그들과 함께 아픔을 나누고 삶을 공유하는 의사로서 희망을 전해 주었다.

마루에서 새처럼 날았듯이, 그를 찾는 사람들에게 희망을 불러일으키며 이승복 박사는 오늘도 날아다닌다.

라이문트 로이어 원장은 오늘도 새로운 환자를 맞이한다. 독일인도 미국인도 오스트리아인도 한국인도 있다. 그들은 한의학을, 또는 벽안의 한의사를 어색해할지도 모른다. 그러나 잠시 이야기를 나누다 보면 마음이 놓일 것이다. 그는 당신의 아픔을 이해하고 있으니까.

라이문트 로이어 자생한방병원 국제진료센터 원장 | 대구한의대학교 졸업 | 한의사 국가고시 통과(서양인 최초), 한국 한의사협회 홍보위원, 국제약침학회 이사, 척추신경추나의학회 정회원

취재 및 집필 **이화송, 왕이란**

오스트리아에서 온 환자는 진료실을 둘러보았다. 다른 병원의 진료실처럼 깨끗하고 단정해 한결 마음이 놓였다. 한의원은 처음이었다. 환자는 한국에 여행 왔다가 오스트리아 출신 한의사가 있다는 말을 듣고 허리 통증 때문에 병원을 찾은 터였다.

환자는 중국 의학에 대해 들어 본 바 있었고, 침술에 대해서도 관심이 있었다. 하지만 벽안의 한의사는 침을 뽑아 드는 대신 통증의 원인을 설명하는 데 정성을 쏟았다. 생활 습관을 바꾸는 꾸준한 노력이 병행되어야 치유 가능한 질환과 침 몇 대로 치료 가능한 부상은 따로 있다며 환자가 지닌 동양의학에 대한 환상에 찬물을 끼얹었다. 이 한의사는 어려운 한자 용어로 환자의 기를 죽이거나 한의학을 신비화시키는 어떠한 얘기도 하지 않았다. 통증의 유인에 따른 치료 원리를 간단명료하게 제시할 따름이었다.

상담이 끝났을 때, 환자는 오늘 밤 귀국해야 한다는 사실이 안타까웠다. 며칠 더 머무르며 치료를 받을 수 없는 처지의 환자는 우선 약이라도 지어 달라고 부탁했다. 그러나 한의사는 고개를 저었다.

"더 정확한 원인을 먼저 파악해야 합니다. 돌아가서 MRI 자료를 보내세요. 그럼 제가 확실한 처방을 할 수 있습니다."

"당신에게 믿음이 갑니다. 돌아가서 MRI 자료를 보내겠습니다."

벽안의 한의사, 라이문트 로이어 원장은 부드럽게 웃으며 환자를 배웅했다.

환자들은 그를 겪고 나면 그에 대한 믿음이 자라나는 걸 느꼈다. 로이어 원장이 기억하는 독일인 여교수도 그랬다. 교환교수로 한국에 온 그녀는 강의 도중 갑작스러운 허리 통증을 느꼈다. 똑바로 서지도 앉지도 못하게 만드는 극심한 통증이었다. 수소문 끝에 로이어 원장을 찾았다.

상태가 심각해 입원 수속을 밟았다. 여교수는 불안했다. 한의학에 반감은 없었지만, 과학적인 의술이라고 생각해 본 적은 없었다. 그러니 치료 효과에 대해서도 의심스러웠다. 지인의 강력한 추천이 아니었다면 오지 않았으리라.

그렇지만 로이어 원장은 지금까지 같은 질환의 환자 수백 명을 치료해 왔다. 그동안의 치료가 쌓이고 쌓여 '증명 가능한' 정보가 만들어졌다. 로이어 원장은 여교수가 원하는 통계와 그에 따른 치료법을 제공할 수 있었다.

MRI 검사 결과 요추 추간판 탈출증이 확인되었다. 일반적으로 허리 디스크라 불리는 이 질환은 제자리에서 벗어난 추간판이 신경근을 자극, 다리에 이상 감각을 초래하고 진행 상태에 따라서는 극심한 통증을 불러일으켰다.

로이어 원장은 단순히 MRI 검사 결과에만 기대지 않았다. 검사 결과는 병의 현상을 보여 줄 뿐 병의 원인을 드러내지 않는다. 맥을 짚은 로이어 원장은 신장맥이 허하다는 것을 알아챘다.

"신허요통이군요."

신허요통은 허약한 체질을 타고 났거나, 오랜 병으로 기력이 쇠하였을 때, 노화로 인하여 신장의 기운이 떨어질 때 나타났다. '신허腎虛'는 말 그대로 신장의 기운이 부족함을 의미하며 요통은 신허의 여러 증상 중 하나였다.

이에 청파전과 청웅바로를 처방했다. 일반적으로 퇴행된 뼈는 재생이 어렵고 치료도 지지부진하다. 그러나 서울대학교 천연물과학연구소는 청웅바로에 포함된 신바로메틴 성분이 퇴행성 뼈와 신경을 재생시키는 것을 입증했다.

치료 속도는 빨랐다. 입원 후 2주가 지나자 통증이 크게 완화되었다. 3주가 지났을 때는 퇴원해도 좋을 정도였다. 기대 이상의 회복 속도에 그녀는 놀라고 말았다. 이는 한의학의 특성에 기인했다. 한의학은 몸의 균형을 맞춘다. 균형이 잡힐수록 신체의 자생력은 증가한다. 자생력이 왕성한 신체는 스스로를 치유한다.

그녀는 더 이상 로이어 원장의 치료에 의문을 갖지 않았다. 무엇보다도 그녀가 마음을 열 수 있었던 건 그의 태도 때문이었다. 그는 그녀의 고통을 이해하고 있었다. 그래서 단순히 허리의 통증만 치료하려는 게 아니라, 그녀의 고통 자체를 치료하려는 것처럼 보였다.

두어 달 동안 통원 치료를 받던 그녀는 교환교수 기간이 끝나 고국으로 돌아가게 되었다. 환자가 그의 손을 떠나게 되었음에도, 로이어 원장은 6개월 쯤 뒤에 한 번 더 약을 먹는 것이 좋을 거라고 조언했다. 정확히 6개월 뒤, 그녀에게서 연락이 왔다.

"선생님이 말씀하신 대로 다시 한약을 먹으려 연락 드렸습니다."

살다 보면 삶을 되돌아보게 만드는 사건이 일어난다. 그 사건은 좋을 수도 있고 나쁠 수도 있다. 어쨌건 그 일은 일어난다. 우리의 의지로 피하거나 바꿀 수는 없다. 그리고 그 사건이 일어나는 시간은 1초, 단 1초에 지나지 않는다. 라이문트 로이어 원장에게 그 일은 10년 전에 일어났다.

2000년, 오랜 시간 끝에 한의대를 졸업했다. 곧바로 국시를 통과했고 수련의 생활을 시작했다. 마침내 한의사가 되어 뛸 듯이 기뻤지만, 할 일이 너무나 많았다. 그러다 짬을 내 온 가족이 고향 오스트리아를 찾았다. 아름다운 풍광으로 유명한 오스트리아에서도 그의 고향은 특히나 아름다웠다. 근처에 영화 〈사운드 오브 뮤직〉의 배경이 있는 산간 마을이었다. 잠시 고향에 돌아가 공부와 업무로 지친 몸도 쉬고 소홀했던 가족과 단란한 시간을 보낼 생각이었다. 그러나 무참한 사고가 앞을 가로막았다.

대형 트럭이 그와 네 살배기 딸을 덮쳤다.

온 몸이 골절된 상태였다. 의사들마저 고개를 저었다. 왼쪽 다리는 풍선처럼 부풀어 올랐고 왼팔은 상상을 초월할 정도로 망가졌다. 열은 40도가 넘었고 상처 부위에는 염증이 생겼다. 병원장이 직접 나서 치료를 맡았다.

"환자가 자꾸 헛소리를 하는데. 뇌를 다친 거 아닌지 모르겠군. CT 촬영해 봐."

밤이면 누군가 자꾸 왈츠를 틀었다. 소리가 너무 커서 잠들 수가 없었다. 몸서리를 치고 발버둥을 쳐도 어쩔 수가 없었다. 간호사에게 제발 음악 좀 꺼 달라고 애원해도, 간호사는 그런 건 없다며 내버려 두었다. 미칠 노릇이었다. 그러다 눈을 뜨면 자꾸 이상한 것들이 보였다. 그는 영문도 모른 채 그것들에 끌려 다녔다. 나중에야 알았다. 그건 모두 환상이었다.

가까스로 정신을 차려 보니 온 몸이 묶여 있었다. 극심한 불쾌감이 일었다. 온몸이 엉망진창이었다. 다시 걸을 수 있을지, 아니 다시 일어설 수나 있을지 의심스러웠다. 그는 가족을 돌아보았다. 그의 아내와 아들은 곁에 있는데 딸이 없었다. 그 순간 딸의 죽음을 알았다.

'살아야 하나.'

차라리 딸 대신 죽었더라면 하는 생각이 사라지지 않았다. 지금이라도 자신이 죽어 딸이 살 수 있다면 그렇게 하고 싶었다. 아무 의욕도 들지 않았다. 모든 것이 사라진 기분이었다. 의사인 자신이 만신창이가 된 것도 질 나쁜 코미디 같았다. 무엇보다도 끔찍한 건 현실과 구분할 수 없는 환상들이었다. 악몽에서 깨어 보니 또 다른 악몽을 꾸고 있는 셈이었다.

혼란스러운 죽음과 삶의 경계에서, 옛 기억들이 떠올랐다.

1987년, 스물세 살이던 그는 오스트리아에서 경제학을 전공하고 무역 회사에서 일하고 있었다. 어느 날 그는 여행을 떠났다. 동양에 대한 호기심을 더는 억누를 수가 없었다. 그가 한국으로 떠난 건 우연이었는데, 당시 중국은 사회주의 체제라 들어갈 수가 없었고 일본은 비용이 너무 들었다.

호기심이 많았던 그는 생경한 이국땅에서 도장을 다니며 태권도에 심취했다. 그러다 발목을 다쳐 친구의 소개로 한의원을 찾았다. 난생 처음 한의원을 간 그는 그 분위기에 압도되었다. 한의원 특유의 향과 이름 모를 글자가 새겨진 약장들. 지금껏 경험해 보지 못한 신비 그 자체였다. 치료를 위해 바늘로 몸을 찌른다는 사실에 크게 놀랐다. 한술 더 떠, 한의사는 다친 발목은 내버려 두고 손과 귀에 침을 놓았다. 경악하는 그를 보고 한의사는 침을 꽂은 채 걸어 보라고 말했다. 반신반의했지만, 일단 걸음을 떼자 통증이 사라지는 것을 느꼈다.

너무나 신기해 한참 동안 한의원을 구경했다. 얼마 지나지 않아 발목은 깨끗하게 나았다. 그는 그 원리가 궁금해 참을 수가 없었다. 반드시 알고 말겠다는 결심이 생겼다.

일은 순탄하지 않았다. 한국으로 한의학을 배우러 가겠다는 그를 말리지 않는 사람이 없었다. 한국이란 나라를 아는 사람조차 드물던 때였다. 한국도 모르는데 한의학에 대해 알 리가 없었다.

혹시라도 유학 자금을 지원받을 수 있을까 해서 교육부를 찾았다. 장학금 담당관을 마주한 자리에서 한의학을 공부하러 한국에 가겠다고 말했다. 담당관은 어처구니없는 표정을 지었다.

"의학을 하려면 오스트리아에서 하지 왜 알지도 못하는 나라에 가서 합니까? 우리는 그런 데 쓸 돈이 없습니다."

그래도 이미 결심한 그의 마음을 돌릴 수는 없었다. 끝내 오스트리아 생활을 정리하고 한국으로 떠났다.

우선 언어 문제를 해결하려 연세대학교 한국어학당에 입학해 1년을 보냈다. 그다음에는 강릉대학교 철학과에 입학해 동양철학과 한문학을 배웠다. 한의학을 공부하기 위해서는 한국의 정신문화는 물론 한문을 공부해야 한다고 생각한 탓이었다.

그런데 정작 한의대에 입학하기가 쉽지 않았다. 처음 찾아간 한의대에서는 대번에 거절당했다. 외국인이라는 이유였다. 사람들은 서양 청년이 한의학 공부를 따라갈 수 있으리라 생각하지 않았다. 그런 편견에 낙담했지만, 포기하지 않았다. 방법을 수소문한 끝에 그는 오스트리아 신부의 도움을 얻을 수 있었다. 신부를 통해 대구한의대학교 학장을 만났고 마침내 외국인 최초로 한의대에 입학할 수 있었다.

어려움은 끝이 없었다. 계속해서 새로운 문제가 나타나 발목을 잡았다. 고생 끝에 시작한 한의학 공부는 만만치 않았다. 한글도 서툰 그가 공부해야 하는 양은 엄청나게 많았다. 기氣와 같은 한의학의 기본 개념들은 서양 문화에 익숙한 그가 이해하기 어려웠다. 학비도 감당하기 힘들었다. 오스트리아에서 모은 돈은 얼마 지나지 않아 바닥났다. 급한 대로 외국어 강사를 하며 학비를 벌었다. 그 무렵 일어났던 한약 분쟁은 생각지 못한 장애였다. 학생들은 수업을 거부하고 데모에 나섰다. 데모가 계속되다 보니 여름이 되도록 수업 한 번 듣지 못했다. 그다음 학기도 마찬가지였다. 하는 수 없이 내리 1년을 휴학해야 했다.

하지만 어려움만큼 도움과 즐거움도 있었다. 타지 생활의 외로움과 고난 속에서 그를 지탱해 준 것은 한국에서 만난 아내였다. 한국에 왔을 때 서울 길 안내를 해 준 한국인 친구의 여동생이었다. 5년간의 교제 끝에 결혼했다. 아내의 집안에서도 결혼을 반대하지 않았다. 오랫동안 그를 봐 왔기에, 그가 좋은 사람이라는 걸 알았다.

한의대 시절 친구들과의 토론도 잊지 못할 기억이었다. 한의학이 훌륭한 의술이라는 건 직접 체감했다. 그러나 오래전 오스트리아에서 장학금을 지원받으러 갔을 때처럼, 아직 많은 나라들은 한국도, 한의학도 알지 못했다. 어떻게 하면 한의학을 세계에 알릴 수 있을지, 국제화시킬 수 있을지 친구들과 함께 고민했다.

한의학 공부를 시작한 지 8년 만에 한의대를 졸업했다. 동시에 한의학 국시에도 합격했다. 외국인 최초로 한의대에 입학한 그는, 외국인 최초로 한의사가 되었다. 수련의로서 처음 맡은 일은 입원 환자 관리였다. 침을 직접 놓지도 못했다. 선배 의사들이 침을 놓으면 그 침을 빼러 다니는 게 일이었다. 과중한 업무 중에도 공부할 것들은 넘쳐 났다. 그래도 마침내 원하던 바를 이뤘다는 감격에 뿌듯한 나날이었다. 적어도 자신과 딸이 그 사고를 겪기 전까지는 그랬다.

그의 곁에는 아내와 어린 아들이 있었고, 그들을 내버려 둘 수는 없었다. 하지만 딸을 생각하면, 엉망이 된 몸으로 죽는 날까지 진통제를 달고 살아야 한다고 생각하면, 그저 죽고 싶었다. 그는 며칠간 두 생각들을 끊임없이 오갔다.

어느 날 문득, 스치는 생각이 있었다.

'이건 운명이다.'

호기심에 이끌려 한의학을 시작했어도 의술을 가볍게 여긴 적은 없었다. 그러나 삶과 죽음의 갈림길에서 의사란 무엇인지, 의술이란 무엇인지 다시금 고민하게 되었다. 그리고 환자의 입장에서 의사란 어떤 존재인지 스스로에게 물었다.

환자가 의사를 찾는 근본적인 이유는 아픔에서 벗어나기 위해서이다. 아픔을 이해하지 못하면 환자의 마음을 진정 이해할 수 없다.

'이런 사고를 겪지 않았다면 환자의 고통을 정말 이해할 수 있었을까.'

죽고 싶을 만큼 고통스러운 사고는, 달리 보면 의사로서 최고의 경험이었다. 그러자 죽어야겠다는 생각이 가셨다.

'다시 시작하자.'

몸을 추스르는 게 우선이었다. 다행히 수술은 성공적이었다. 다시는 쓰지 못할 것 같던 왼팔도 4센티미터 정도 짧아지긴 했으나 움직일 수 있었다. 후에 한국에 돌아와 병원에 갔을 때, 사고 당시 왼팔 엑스레이 사진을 본 의사들은 감탄을 금치 못했다. 한국에서 수술을 했더라면 잘라냈을 것이라는 게 그들의 생각이었다.

일단 진통제를 끊었다. 그동안 봐 온 환각이 진통제 때문이라는 걸 알았기 때문이다. 괴롭기도 괴롭거니와, 자꾸 판단이 흐려졌다. 의사들은 고통을 견디기 힘들 거라며 그를 말렸지만 그는 물러서지 않았다. 환상에 시달릴 바엔 그쪽이 나았다.

약 기운이 떨어지자 격심한 육체적 고통이 엄습했다. 그는 오래전에 배웠던 기공氣功으로 마음을 조절했다. 고통에 맞서는 동시에 고통을 다스렸다. 수술은 성공적이었지만 수술이 전부는 아니었다. 스스로 왼팔에 침을 놓으며 육신을 치료했다. 고통과 피로로 마음이 흐트러질 때면 이를 악물며 자신을 다잡았다. 재활과 치료에 노력한 끝에 신경학적인 감각이 모두 돌아왔다. 움직

임도 사고 이전과 거의 같았다.

의사들은 진통제 없이 고통을 이겨 내는 그에 대해 수군거렸다. 사고가 컸기에 병원에서는 정신과 치료를 병행하고 있었는데, 담당 정신과 의사는 직접 묻기까지 했다.

"어떻게 진통제 없이 고통을 견디는 겁니까? 정말 괜찮습니까?"

그는 웃으며 대답했다.

"직접 보고 계시잖아요. 웃고 있지 않습니까."

여러 수술과 오랜 입원으로 감당하기 어려운 치료비가 나왔지만, 그의 사고 소식을 들은 한국의 한의사 동료들이 치료비 모금 운동을 벌여 그를 도왔다. 8개월에 이르는 긴 투병 생활을 버티는 데 큰 도움이 되었다.

벌써 10년이 지났지만, 그는 사고로 배운 가르침을 잊지 않았다. 사고가 고통스러웠던 만큼 가르침도 컸다. 그 경험으로 환자가 원하는 것이 무엇인지 깨달을 수 있었다. 의사이기 이전에 한 사람의 인간으로서 환자를 이해할 수 있었다. 치료란 환자를 아픔에서 벗어나게 해 주는 것이다. 아픔은 육체적인 것에 국한되지 않는다. 그렇기에 환자의 마음을 이해하지 못하면 올바른 치료가 이루어질 수 없다.

그는 양의학에 대해서도 보다 넓은 시선을 가질 수 있게 되었다. 당장 죽어 가는 환자들을 살리는 데에는 양방의 치료가 더 효과적이다. 그의 경우만 해도 제때 수술을 받지 못했더라면 죽음에 이르렀을 것이다.

하지만 수술이 모든 것을 해결하지 못한다는 것도 알았다. 반드시 양의학으로 치료해야 하는 고통이 있듯이, 한의학으로만 치료할 수 있는 고통이 있는 법이다. 한의학에서 배운 가르침이 없었다면 지금처럼 회복할 수 없었을 것이다. 의술이 사람을 고통에서 구하는 길이라면, 그 방법을 따지는 건 무의미하다. 지금 환자에게 가장 필요한 치료가 무엇인지 아는 것, 그것만이 진짜 문제다.

그가 최근에 몰두해 있는 사업은 한의학의 국제화이다. 한의학 국제화에 관해서는 대학 시절부터 고민해 왔다. 그러다 2003년 오스트리아 빈에 들렀다가 중의학 대학이 설립된다는 사실을 알았다. 중의학이기는 해도, 반가운 마음에 그곳 담당자를 찾아가 이야기를 나눴다. 그곳 학장은 한漢의학 전문가였는데 한韓의학에 대해서는 완전히 무지하다는 것을 알고 큰 충격을 받았다. 보수적인 유럽에서 침술에 대한 연구가 활발하고, 독일에서는 침술을 행하는 의사가 5만여 명에 이르며, 스위스 제약 회사에서는 한약재를 팔고 있는데도 유럽에서 한의학은 이름 모를 의학이었다. 이대로 계속되다가는 중국 의학의 아류쯤으로 인식될 가능성이 컸다.

미국과 유럽으로 한방 병원의 분원을 내는 동시에, 한의학을 과학적으로 증명하려는 노력에 힘을 기울였다. 이는 한의학에 대한 양방의 근거 없는 공격을 불식시키기 위해서도 필요한 일이었다. 다행히도 그의 노력은 성과를 거두고 있었다.

몇 년 전 어느 물리학자가 매체에 나온 로이어 원장을 보고 자신의 노트를 보낸 적이 있었다. 한의학을 물리학적으로 연구한 내용이었다. 현재 한의학 연구 경향을 모르는 개인적 연구라 한계가 있었지만, 의미 있는 일이었다. 한의학이 비과학적이라는 인식이 점차 사라지고 있음을 보여 주는 사례였기 때문이다.

그가 이러한 노력들을 기울이는 이유는 스스로 한의학에 빚지고 있다고 생각하는 탓이다. 그는 한의학을 통해 삶의 길을 보았고, 고통을 이겨내었다. 한의학을 통해 지금의 가족을 이루게 되었고 동료들을 얻었다. 한의학은 그에게 치유의 방법이자 삶의 중심이다. 한의학이 단지 한국에 그치지 않고 세계에 뻗어나가 모든 사람이 누릴 수 있기를 그는 희망한다.

"외국인 한의사라 해서 특별할 건 없다. 다만 한의학의 세계화에 쓰일 수 있다면 모든 걸 걸겠다."

라이문트 로이어 원장은 오늘도 새로운 환자를 맞이한다. 독일인도 미국인도 오스트리아인도 한국인도 있다. 그들은 한의학을, 또는 벽안의 한의사를 어색해할지도 모른다. 그러나 잠시 이야기를 나누다 보면 마음이 놓일 것이다. 그는 당신의 아픔을 이해하고 있으니까.

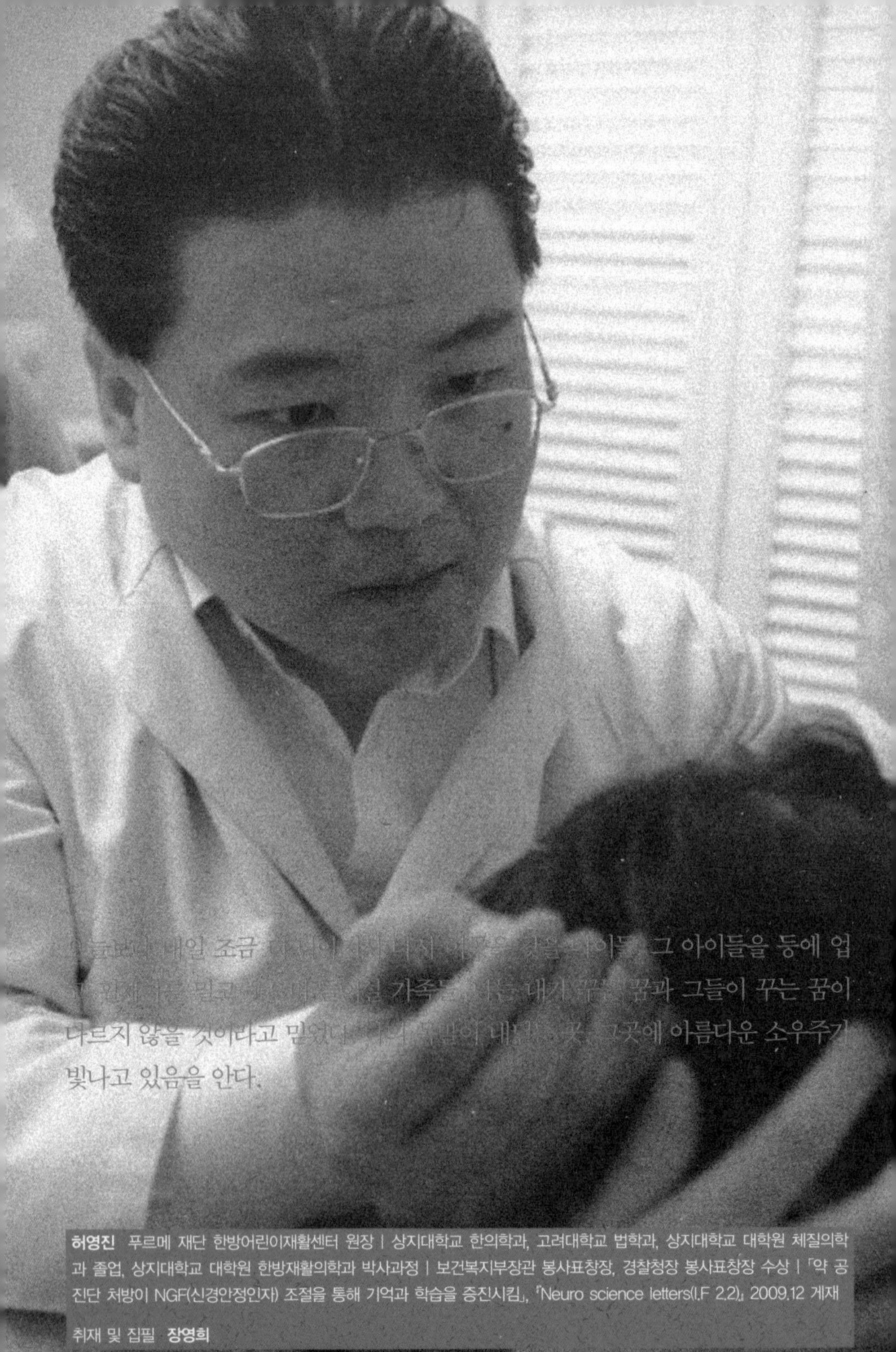

오늘보다 내일 조금 [illegible] 그 아이들을 등에 업고 [illegible] 가족[illegible] 내가 꾸는 꿈과 그들이 꾸는 꿈이 다르지 않을 것이라고 믿었다. [illegible] 내딛는 곳, 그곳에 아름다운 소우주가 빛나고 있음을 안다.

허영진 푸르메 재단 한방어린이재활센터 원장 | 상지대학교 한의학과, 고려대학교 법학과, 상지대학교 대학원 체질의학과 졸업, 상지대학교 대학원 한방재활의학과 박사과정 | 보건복지부장관 봉사표창장, 경찰청장 봉사표창장 수상 | 「약 공진단 처방이 NGF(신경안정인자) 조절을 통해 기억과 학습을 증진시킴」, 『Neuro science letters(I.F 2.2)』 2009.12 게재

취재 및 집필 **장영희**

목발, 그 소통의 우주목

진이가 일어섰다. 생후 24개월까지 제대로 앉아 있지도 못하던 아이였다. 뇌병변과 청각 장애를 앓고 있던 진이는 그가 한방재활센터 진료실에서 처음으로 진료를 한 장애 아동이었다. 이제 만 세 살을 넘긴 진이의 몸을 아이의 엄마가 꽉 붙들었다. 침관에 빠른 속도로 침을 바꿔 끼우고 머리의 혈자리를 짚어 가며 침을 놓았다. 열 개의 호침을 모두 꽂고 아이의 손을 잡아 일으켜 세웠다. 그의 오른팔에 양손을 올리고 진이가 일어서서 첫발을 내딛었다. 허영진 원장은 김 간호사가 아이를 부축하려는 것을 고갯짓으로 말렸다. 아이가 발을 내딛을 때마다 그는 자신의 겨드랑이에 낀 목발에 힘을 주었다. 진이는 한 발짝 한 발짝 걸음을 옮겼다. 진료를 시작하고 반년 가까이 운동성 발달이 나타나지 않아서 애를 태우던 아이였다. 무엇보다 청각 장애를 앓고 있던 아이와 의사소통을 할 수 없는 것이 안타까웠다. 그랬던 진이가 눈앞에서 걷고 있다.

“어머 얘 좀 봐! 원장님, 우리 진이가 걸어요.”

꿈속에서만 뛰고 걷던 아이가 눈앞에서 걷고 있었다.

“이거 꿈 아니죠? 생시 맞죠? 원장님. 고맙습니다…… 정말 고맙습니다. 원장님!”

“진이 어머님께 제가 더 고맙습니다. 궂은 날에도 업고 다니시느라 얼마나 고생이 많으셨어요?”

그는 진이 어머니의 젖은 눈을 조용히 바라보았다. 한의사로 돌아오기를 잘했다는 생각이 들었다.

“성한 사람도 힘든 마라톤을 목발을 짚고 우예 할라꼬? 바람까지 이리 추븐데!”

마라톤 현장의 진행 요원들이 그의 모습을 보고 수군댔다. 그는 타월을 둘둘 감은 목발을 양쪽 겨드랑이에 낀 채 출발선 앞에 서 있었다. 가벼운 긴장이 주변을 맴돌았다. 드디어 출발 신호가 울렸다. 장애인 마라토너를 바라보는 걱정의 눈빛을 뒤로하고 그는 목발을 짚고 앞으로 나갔다. 그가 바로 지금은 장애 아동들을 전문적으로 치료 봉사하는 목발 짚은 한의사 허영진이다.

환청처럼 가까운 곳에서 응원의 목소리가 들려왔다. 결승선이 저만치에 있었다. 목울대가 빽빽해졌다. 포기하고 싶었다. 그러나 포기하지 않고 앞으로 나아가고 있는 것은 정신도 무엇도 아닌 목발이었다. 드디어 그의 목발이 결승선으로 들어섰다. 9시간 53분! 완주 기록을 현장 요원이 알려 주었다. 마지막 완주자 주위로 사람들이 몰려들었다. 바닥에 주저앉아 거칠게 숨을 몰아쉬는 그의 몸이 따뜻해졌다. 어린 그를 등에 업고 한의사를 찾아다니던 어머니가 떠올랐다.

"마라톤 완주했어요. 어머니……."

수화기를 사이에 두고 어머니도 그도 한동안 아무 말이 없었다.

"다시 한의사 가운 입을래요. 저처럼 장애를 겪는 아이들을 치료하는 게 제가 정말 하고 싶은 일이라는 걸 깨달았어요."

"장하다 내 아들! 엄마가 많이 고마워. 영진이 넌 누구보다 잘 해낼 거야!"

마라톤 완주는 그의 인생에 의미 있는 변곡점이 되었다. 법조인의 꿈이 좌절됐기 때문에 한의사로 돌아간 것은 아니었다. 극한의 상황을 견뎌 냈기에 스스로의 선택에 확신을 가질 수 있었다. 자신의 목발과 같은 소통의 도구를, 장애 아동들이 세상으로 나올 수 있도록 또 다른 목발로 전해 주고 싶은 희망이 생겼다.

생후 9개월 무렵 소아마비를 앓고 척추가 손상된 그는 지체장애 2급의 장애인이다. 서너 살 때까지도 혼자 앉을 수 없었던 그는 앉혀 놓으면 스르르 엎어진다고 해서 '낙지'라는 별명으로 불렸다. 아주 어린 시절부터 장애를 갖게 된 그는 선천적 장애인이 그렇듯 실질적으로 장애에 익숙해지며 성장했다. 누군가의 도움이 필요했던 생활은 한없이 불편했지만, 그것이 특별히 장애라는 생각은 없었다. 그래서 도와주는 가족들, 친구들이 한없이 고마웠을 뿐 그들에게 미안한 마음을 갖지는 않으려고 애썼다.

장애가 있는 아들이 밖에 나가서 놀지 않을 것을 염려했던 아버지는 되레 '들개도 아니고 영진이는 또 여직인 게야? 어딜 쏘다니며 놀길래 저녁때를 넘기누. 허허.' 기분 좋은 꾸중을 혼잣말처럼 읊조렸다. 어린 그를 찾아 아버지와 형제들은 동네의 공터와 골목길을 헤매고 다녀야 했다.

앉지도 서지도 못하던 그가 목발에 의지해서 걸을 수 있게 된 것은 어린 시절 꾸준히 치료를 받은 한 한의사 덕분이었다. 그는 장애를 한방으로 치료한 자신의 경험이 도움이 될 것이라고 믿고 한의사의 꿈을 키워 나갔다. 자신에게, 내딛는 첫걸음이 되어 준 소중한 목발을 장애 아동들에게 또 다른 목발로 나누어 줄 것을 꿈꾸며 한의대에 진학했다.

▶한약조제권분쟁

1993년 한약 조제에 관한 약사법을 개정하면서 비롯된 한의사협회와 약사회 간의 분쟁을 말한다. 약사의 한약조제권을 둘러싼 공방은 양 단체의 이해관계와 당시 정부의 일관성 없는 정책 추진 때문이라는 것이 전문가들의 한결같은 지적이었다. 한의사협회는 개정 약사법 시행규칙에서 '약국에서 재래식 한약장 이외의 약장을 두어 이를 청결히 관리할 것'이라는 조항이 삭제돼 결국 약사들이 마음 놓고 한약을 지을 수 있는 법적 근거가 마련돼 '무자격자'로 하여금 한약을 조제할 수 있게 허용해 준 것이라는 논리를 펼쳤고, 이에 맞서 약사회 측은 "한약도 엄연히 약사법상 의약품의 범주에 포함돼 있어 약사가 한약을 조제하는 것은 당연하다"는 기본 전제에서 출발하여 "약사법 시행규칙 개정은 그동안 사문화됐던 조항을 모법인 약사법에 맞도록 고친 것에 불과해 이의 환원이나 약사법 개정은 있을 수 없다"는 입장을 펼쳤다.

그가 한의대에 입학했을 때는 안팎의 사정이 좋지 않았다. 학내에서는 재단과 학교 측 갈등이 불거져 있었고, 사회적으로는 약국에서 한약을 조제하는 문제로 약사와 한의사의 갈등이 심각했다. 한의대를 졸업하고 판사가 되기 위해 고려대 법학과에 편입학한 것도 아버지의 바람 때문만은 아니었다. 이런 갈등을 해결하는 방법이 잘못되었다는 생각에서 비롯한 것이었다.

그는 법학과를 졸업하고 사법고시를 준비했지만 번번이 실패했다. 아버지의 환갑을 맞았을 때도 자신은 그저 고학력의 실업자인 못난 아들로 남아 있을 뿐이었다. 어린 자신을 등에 업고 가파른 한의원 계단을 수없이 오르내린 어머니가 아버지의 곁에서 울고 있었다. 그의 앞에서 절대 울지 않던 어머니였다.

"너는 다리병신이니까 우리 집에 올 수 없어!"

"뭐! 다리병신? 그럼 넌 마음병신이냐?"

친구의 생일잔치에 초대받지 못한 그는 분해서 공책에 친구의 이름을 크게 써서 찢어 버렸다.

"그게 뭐가 그렇게 분한 일이라고 공책을 찢니? 엄마라면 이렇게 생각할거야, 그래! 나중에 두고 보라지."

"엄마, 나는 뭘 할 수 있을까요?"

"우리 아들이 하고 싶은 일은 뭐든 다 할 수 있지. 한번 생각해 볼까?"

어머니는 수많은 직업을 손으로 꼽았다. 선생님, 과학자, 의사……. 그는 한의사가 돼야겠다고 다짐했다.

마라톤 대회에 참가 신청서를 내던 날 한의사 가운을 입은 자신의 모습을 떠올려 보았다. 그는 목조차 가누지 못했던 자신이 앉고 서고 걷게 된 모든 것이 적절한 시기에 치료를 받았기 때문이라는 사실을 알고 있었다. 조기에 치료를 시작한다면 자신과 같은 상황의 아이들이 늘어날 것이라는 희망적인 생각에 마음이 급해졌다. 처음 한의대를 선택했을 때 심정이 이러했다는 것을 깨달았다.

진이에게는 두 명의 누나가 있었다. 진이와는 다섯 살 터울이 지는 쌍둥이 누나였다. 둘 모두 청각 장애를 앓고 있었다. 한방으로는 청각 장애를 치료할 수 없었다. 진이의 누나들은 다른 단체의 도움으로 와우관 수술을 받고 보청기를 사용했다. 일상생활에는 별 무리가 없었다. 이제 진이는 제법 잘 걷고 뛰었다. 진이 역시 와우관 수술을 받게 되었다. 허영진 원장은 진이가 자신의 목소리를 알아듣고 반응하는 모습을 찬찬히 살폈다. 머리에 약침을 맞을 때, 골반과 종아리에 호침을 놓을 때마다 진료센터가 떠나갈 듯이 울어대던 진이였다.

"아프게 해서 미안해, 진아! 앞으로 조금씩 나아질 테니까 조금만 더 참아 보자."

아이는 아직 그와 눈을 맞추지는 못했다. 침을 맞는 동안 다리를 직접 지압해 주었다. 손끝에서 미안한 마음을 읽기라도 한 것처럼 진이는 금세 간지럽다고 몸을 비틀고 웃었다. 10분간의 지압으로도 그의 얼굴은 벌게지고 목과 이마에 땀이 맺혔다. 아이들, 특히 장애 아동들의 치료는 마음이 동반되어야 한다고 그는 생각했다. 의사소통은 말로만 하는 것이 아니었다. '키도 쑥쑥 자라고, 넘어지지 말고 조심히 걸어 다니렴.' 주문을 외듯 진이의 두 다리에서 양구, 음릉천, 족삼리, 승산, 구허 혈자리를 엄지손가락으로 꾹꾹 눌러 주었다.

푸르메 재단 한방어린이재활센터의 분위기는 일반 병원과 사뭇 달랐다. 창과 문을 제외한 벽면에는 아동 서적들이 빼곡하게 채워져 있었고 중앙에는 미끄럼틀과 그네, 자동차와 소꿉놀이 완구들이 놓여 있었다. 마치 북카페나 실내 놀이터처럼 보였다. 진료를 기다리는 장애 아동들의 얼굴에서 지루함은 찾아볼 수 없었다.

그는 개인 한의원을 운영하고 있지만 일주일 중 나흘을 이곳에서 진료 봉사를 하고 있다. 처음 허영진 한의원을 개원했을 때는 장애 아동의 진료를 표방했지만 일반 성인 환자들이 더 많이 내원했다. 혼자서 하루에 60명을 진료할 정도로 바쁘게 잘 돌아갔다. 한의원의 규모가 커지면서 갈등도 커졌다. 장애 아동들의 대기 시간이 길어졌고 상대적으로 진료 시간은 짧아졌다. 그는 다시 느슨해진 마음을 단단히 다잡았다. 2003년에 터키로 해외 봉사를 다녀온 후부터 발달 장애 아동들만을 전문적으로 진료하면서 성인 진료를 의도적으로 제한했다. 성인 환자들이 급격하게 줄었고 때마침 장애 아동들의 내원 횟수도 줄어들었다. 양방의 보톡스 시술이 장애 아동들의 근육 경직도를 완화시켜 준다는 발표와 함께 보험 적용이 시작된 시기였다. 진료 봉사를 다니느라 한의원을 지키지 못하는 날들이 이어졌고 적자 역시 계속되었다. 한의원을 찾는 장애 아동이 고작 두 명일 때도 있었다.

재활센터의 진료 봉사를 시작한 2007년부터 혼자 하던 한의원의 결손 폭이 점점 커졌다. 자신의 한의원보다 봉사 일정을 더 중심에 두고 있었던 그는 한의원의 폐업까지 심각하게 고민했다. 그러나 생활이 곤란해지면 지금과 같은 수준의 진료 봉사도 더 지속하기 어려울 게 뻔했다. 다행스럽게도 진료 봉사에 비슷한 뜻을 가진 두 명의 한의사를 만나 개인 한의원을 동업의 형태로 전환하기로 합의했다. 수입을 나누어 가져야 했지만 한의원을 돌아가면서 지킬 수 있게 되어 안정적인 봉사 활동이 가능해졌다.

센터 진료실로 들어선 효선 어머니가 검정 비닐봉지를 슬쩍 허원장 앞으로 내밀었다. 말랑한 연시가 여남은 개 들어 있었다. 효선이가 무료 진료를 받기 시작한 것이 햇수로 3년이 되어 갔다. 아이는 다운증후군 질환을 앓고 있었다. 언어, 인지 면에서 또래에 비해 한참 뒤떨어져 있었지만 센터를 이용하면서 많이 호전된 상태였다. 친구 사귀는 것이 쉽지 않았던 아이가 놀이터 같은 진료 대기실에서는 다른 아이들에게 먼저 손을 내밀었다. 그가 장애 아동들에게 갖고 있는 마음과 같은 것이었다. 진료 봉사가 노블리스 오블리제 차원이 아닌 동병상련의 심정이었으므로, 그는 늘 아이들을 마주보았다.

"푸르메 재단에 물어 봤더니 대기 희망자가 서른 명이 넘었대요, 원장님."

효선이는 이미 언어 치료를 양방 쪽에서 받고 있었다. 일주일에 두 번, 한 달이면 엄청난 비용이었다. 그동안 한방 진료를 무료로 받아 왔기에 가능한 지출이었다고 그녀는 한숨부터 쉬었다.

"저는 3년 기한이 끝나면 집 전세금을 빼서라도 우리 효선이를 선생님께 치료받게 할 거예요."

"무료 치료 기간이 끝나면 제 한의원으로 오세요. 이제 곧 효선이 학교도 다녀야 할 텐데 센터와 똑같이 치료해 드릴게요."

효선이네 딱한 사정을 누구보다 잘 알기에 모른 척할 수가 없었다. 효선이 바지를 걷어 올리던 김 간호사의 얼굴이 조금 굳어졌다. 봉사로 해 오던 무료 진료의 범위가 개인 한의원으로까지 점점 넓혀지고 있었다.

재활센터에 치료 희망 대기자가 서른 명을 넘어섰다. 1년 이상을 기다려야 하는 인원이었다. 생활 형편에 따라 진료 대상을 선정하고 운영하는 것은 푸르메 재단에서 담당하고 있었다. 허 원장은 지난 10년간의 임상 결과를 기준으로 생후 36개월 이전의 혼자 앉는 것이 가능한 장애 아동을 치료 가능한 기준으로 삼았다. 그가 진료 봉사를 외부로 나가는 이유 가운데 가장 중요한 것이 조기 치료를 권유하는 데 있었다. 치료 기준을 충족하는 많은 장애 영유아를 전국적으로 무상 치료 할 수 있는 시스템을 만드는 것이 그의 꿈이었다. 그 시작이 푸르메 재단의 한방어린이재활센터가 될 것이라고 그는 믿어 의심치 않았다.

효선이가 두침을 맞고 진료실을 나가자 김 간호사가 말문을 열었다.

"원장님, 기간이 끝난 친구들을 다 받으시게요?"

"김 선생이 뭘 걱정하는지 잘 아는데…… 시기를 놓치면 걸을 수 있는 아이들도 휠체어 신세를 져야 하는데 돈 때문에 포기할 순 없잖아."

진료실 안에서 조기 치료를 하면 이런 임상 사례가 있다고 상담을 해도 수납하면서 막상 약침비와 약값을 듣고 치료 자체를 포기하는 경우가 많았다. 의료보험이 적용되지 않는 치료비는 부담이 컸다. 치료를 시작하면 1~2년 이상 장기적으로 이어져야 했고 장애 아동을 키우는 주부들은 직업을 갖기도 매우 힘들었다. 경제적으로 안정적인 치료가 이뤄져야 하지만 대부분 그렇지 못했다.

한방에서 치료 효과가 눈에 띄게 나타나지 않는 것에 가족들이 지레 포기하고 다시 양방의 치료를 받고 조급한 마음에 또다시 한방으로 옮겨 다니는 사례도 적지 않았다. 그럴 때마다 그는 체계적인 작업이 필요하다는 것을 깨달았다. 한방이 양방에 비해 데이터의 축적이 부족한 것은 사실이었다.

그는 자신이 몸담고 있는 한방이 보다 근거 중심 의학으로 발전되어야 한다는 쓴소리도 마다하지 않았다. 그가 공진단供辰丹을 연구한 논문을 SCI급 국제 뇌신경 전문 학술지 『뉴로 사이언스 레터스』에 발표한 것도 이러한 이유 때문이었다. 그는 공진단이 신경 안정 인자의 분비를 유도해서 뇌신경 보호와 학습 능력을 증가시킬 수 있음을 밝혔다. 공진단은 전통 한의서의 기존 처방이고 또한 오랫동안 장애 아동들에게 사용해 온 약이었다. 이 논문은 그러한 처방을 현대 과학으로 입증한 것에 의의가 있었다. 그는 다양한 처방보다 하나의 처방으로라도 비용을 낮추는 것이 중요하다고 판단했다.

양방이든 한방이든 단순히 의료진의 이익을 낮춰서 비용을 내린다고 해결될 일은 아니었다. 그는 외부적인 수혈이 필요할 수밖에 없고 사회 공동체의 관심을 이끌어 내야 한다고 생각했다.

때마침 재활 병원 설립을 추진 중이던 푸르메 재단으로부터 전해 들은 취지가 그의 생각과 크게 다르지 않았다. 영유아기에 한방 치료를 함으로써 치료 효과를 높여 가는 것이 그의 목표였다. 한방 치료만을 고집하지 않는 그의 철학도 작용했다. 언어 치료는 데이터를 갖추고 있는 양방의 도움을 보조적으로 받는 것이 효과적이었다. 발달 장애는 장기간 치료를 해야 호전을 보이는 경우가 대부분이었다. 중증의 장애 아동들을 센터에서 받지 못하는 것도 효과에 비해 시간이 많이 필요한 이유 때문이었다. 무엇보다 기다리는 대기자들이 많았다. 그러나 그는 머지않아 중증의 장애 아동들까지 아우를 수 있는 치료 공간이 만들어질 것이라 믿었다. 허 원장은 재단에 재활센터를 의뢰했고 오래지 않아 진료를 시작할 수 있게 되었다.

그는 자신의 봉사 파트너 김 간호사에게 연시가 들어 있는 봉지를 내밀었다. “김 선생님도 먹고 밖에서 기다리는 친구들도 좀 나눠 주세요.” 허 원장의 봉사 일정을 조건 없이 동행해 주는 김 간호사였다. 그녀의 단단했던 입매가 연시처럼 말랑해졌다. “후, 맛 있어 보이네요." 진료를 기다리는 아이들에게 김 간호사가 연시를 나누어 주었다. 그는 저 아이들이 살아 갈 세상도 이 만큼만 말랑했으면, 싶었다.

지원이 차례였다. 뇌 병변을 앓고 있는 지원이가 휠체어를 타고 들어왔다. 감물이 입 주위로 군데군데 묻어 있었다. 지원이는 그와 눈을 맞추지 못했다. 고개가 꺾인 채 주위를 불안하게 바라보았다. 배가 고파도 소리를 지르고 기저귀가 젖어도 소리를 지르고 외마디 소리로 모든 것을 표현하던 지원이였다. 아이의 머리 혈자리에 첫 번째 침을 놓았다. "아퍼, 으으 아프다, 아퍼." 이제는 하고 싶은 말을 짧게라도 표현할 수 있게 되었다. 진이가 일어서서 걸었던 것처럼 지원이도 곧 휠체어에서 일어설 수 있을 것이다. 아이의 두 다리에 조금씩 근육이 붙고 있었다.

센터는 장애 아동들이 치료를 받을 수 있는 진료실이기도 하지만 그 부모들에게는 마음의 위안을 얻을 수 있는 쉼터 같은 역할을 하고 있었다. 장애 때문에 부모에게 버림받고 할머니 손에서 크고 있는 재민이는 진료받는 날을 나들이 가는 날이라고 생각했고, 고모와 함께 살고 있는 현희도 허 원장선생님과 만나는 날을 손꼽아 기다렸다. 할머니와 고모, 아이들의 가족들은 경계를 허물고 서로에게 마음을 열었다. 허 원장은 면역성이 좋아지고 인지력이 향상된 아이들의 일상을 가족들에게 전해 들었다. 가족들은 허 원장과의 상담을 어려워하거나 불편해하지 않았다. 한의학적인 지식이 부족한 사람도 이해하기 쉽도록 설명해 주었다. 그는 자신을 등에 업고 한의원의 가파른 계단을 오르던 어머니를 떠올렸다.

"한의사 선생님 말씀을 도통 알아들을 수가 있어야지…… 알아들을 때까지 물어봤어, 남 얘기도 아니고 내 아들 얘긴데 모르면서 아는 척할 순 없잖아!"

혀를 차며 답답해했던 어머니. 그는 한의학적인 지식이나 사례를 통한 설명도 필요하지만 장애인인 한의사에게 감정적인 지지나 위로를 받고 싶어 하는 보호자들의 심정까지도 이해할 수 있었다.

상계동, 일산, 부천, 대전, 홍천 등 서울과 수도권 인근의 여러 곳에서 보호자들은 장애 아동들을 데리고 신교동에 있는 센터를 찾아왔다. 먼 거리를 대중교통이나 장애인 전용 택시를 이용해 이동하는 일은 그리 녹록한 일이 아니었다. 빗길에도 눈길에도 그들은 아이를 등에 업고 그를 찾아왔다. 허 원장은 신교동 센터를 서울 본원이라고 불렀다. 원거리의 지방에서는 이런 센터의 소식을 듣고서도 진료를 꿈꿀 수조차 없는 일이었다. 그는 각 지역에 제2분원, 제3의 분원들이 개원될 수 있기를 희망하고 있었다.

센터에서의 예약 진료를 마친 그는 진료실 문을 닫고 나섰다. 오늘보다 내일 조금 더 나아져서 다시 이곳을 찾을 아이들, 그 아이들을 등에 업고 휠체어를 밀고 웃으며 들어설 가족들, 그는 자신이 꾸는 꿈과 그들이 꾸는 꿈이 다르지 않을 것이라고 믿었다. 그의 목발이 내딛는 곳, 그곳에 아름다운 소우주가 빛나고 있었다.

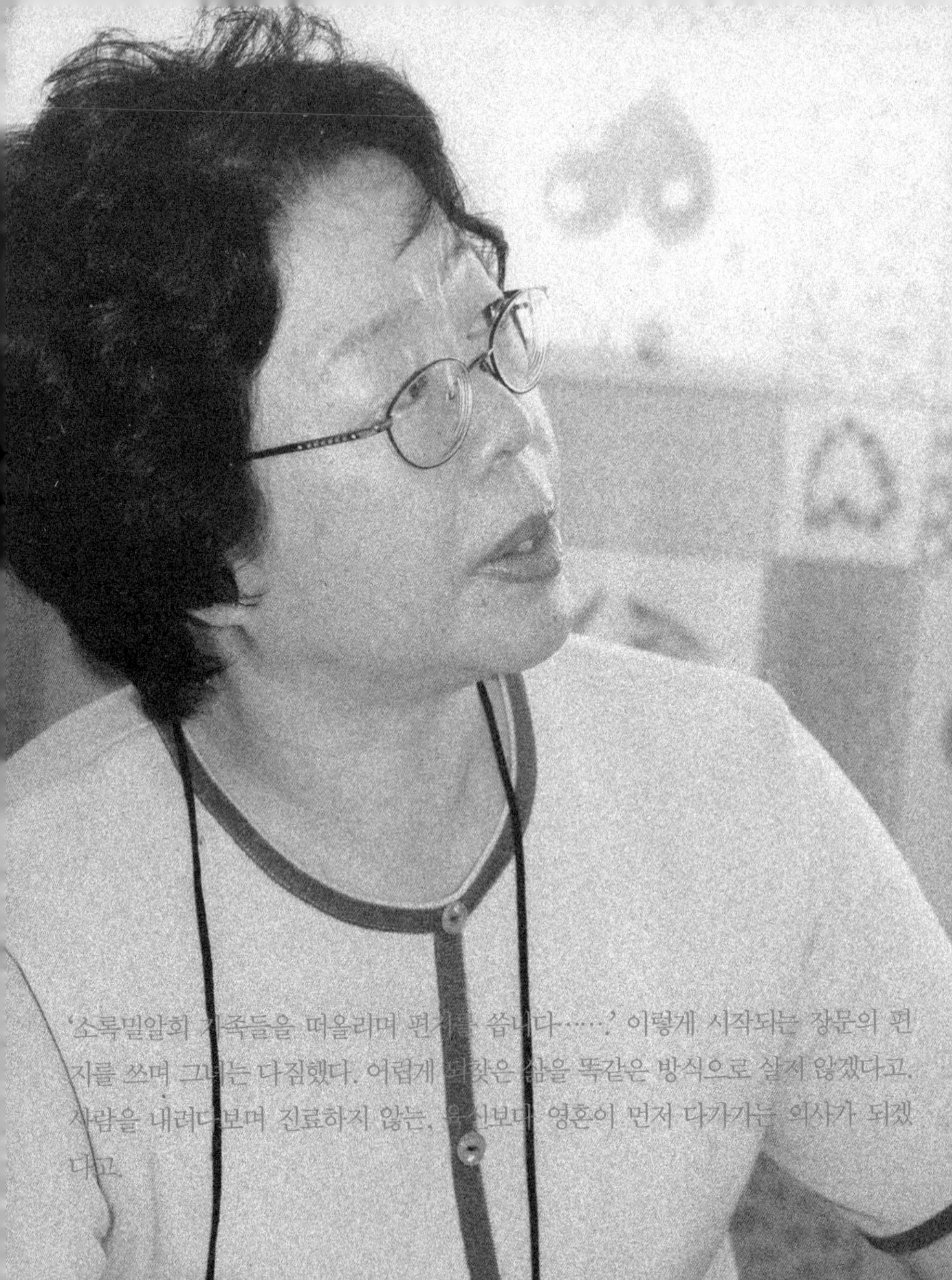

'소록밀알회 가족들을 떠올리며 편지를 씁니다……' 이렇게 시작되는 장문의 편지를 쓰며 그녀는 다짐했다. 어렵게 되찾은 삶을 똑같은 방식으로 살지 않겠다고. 사람을 내려다보며 진료하지 않는, 육신보다 영혼이 먼저 다가가는 의사가 되겠다고.

최경숙 동서산부인과 원장 | 고려대학교 의과대학 및 대학원 졸업, 포천중문의과대학교 대체의학대학원 졸업 | 대한산부인과학회 부회장, AOFOG(아시아 · 오세아니아 산부인과 연맹) 자문위원 역임 | 고려대학교 의과대학 산부인과 외래교수, 소록밀알회 부회장, 대한기독여자의사회 회장, 한국국제보건의료재단 자문위원, Good people 운영위원 | 보령의료봉사상, 보건복지부장관 의료봉사 표창장, 한국여자의사회 여의대상 길 봉사상 수상 | 『암을 이기는 의사들』

취재 및 집필 **강남영**

Healing Together, 마음을 치료합니다

'아!' 도미니크 공화국의 국경을 넘자마자 짧은 탄성이 튀어나왔다. 푸른 남미의 낭만이 사라진 시야로 거친 모래바람이 몰아쳤다. 지진이 휩쓸고 지나간 아이티의 포르토프랭스는 아비규환 그 자체였다. 잿빛 연기와 사나운 울음소리는 폐허가 된 거리를 가득 메우고 있었다.

고된 여정 탓에 금방이라도 녹아내릴 것처럼 심신이 노곤했지만, 그녀는 정신이 번쩍 들었다. 훳훳한 무언가가 불쑥 솟구치는가 싶더니 불현듯 힘이 나는 것이었다.

숙소가 마련된 CRI Crisis Response International 본부에는 이미 세계 각국에서 온 의료팀들로 꽉 차 있었다. 그곳에 짐을 푼 '굿피플' 재난의료팀은 한국에서 챙겨 온 의료 기기와 구급약품 등을 챙겨 들고 곧장 국제의료센터로 향했다.

▶아이티 지진

2010년 1월 12일 현지시각 오후 4시 53분 대서양의 자그만 나라 아이티에서는 수백 년래 최악의 지진이 발생했다. 리히터 규모 7.0에 달하는 이 강진은 100만 명 이상이 거주하는 아이티의 수도 포르토프랭스를 무참히 파괴했으며, 5.5~5.9에 달하는 강한 여진이 수십 차례 추가로 발생했다. 공식 집계에 의하면 23만 명이 목숨을 잃고 30만 명이 부상당했다. 50여 팀, 2,000여 명 이상의 국제 지원팀이 아이티로 파견되고, 12억 달러에 달하는 자금 지원이 이루어졌으나 아이티의 불안한 정치 상황과 열악한 시설들로 인해 콜레라와 같은 전염병이 창궐하는 등 1년이 지난 지금도 지진의 피해는 계속되고 있다.

"약국은 출구 바로 옆으로 하고! 정형외과, 산부인과는 저쪽, 처치과는 이쪽에 진료대를 설치합시다. 자, 자, 빨리빨리 움직이자고요!"

어릴 적부터 '순마順馬'라는 별명이 따라다닐 만큼 늘 온화한 미소를 잃지 않던 그녀였지만 이때만큼은 달랐다. 매서운 눈초리로 변한 '최경숙 팀장'이 의료진을 향해 소리쳤다. 우렁찬 한국어가 프로토프랭스의 국제의료센터에 울려 퍼졌다. 한국에서 파견된 13명과 미국지부에서 파견 나온 2명의 의료팀은 그녀의 지시에 따라 일사천리로 움직이기 시작했다.

일일이 전화를 해서 봉사 활동에 참여할 의료진을 확보하고, 그렇게 구성된 의료진을 적재적소에 배치하고 활용하는 것은 그녀가 국내외 의료 봉사에서 주로 하는 일이었다. 팀장으로서 누구보다 빠르게 판단하고 행동에 옮겨야 했다. 긴박한 상황인 만큼 무거운 책임감이 어깨를 짓눌렀다. 한가롭게 여유를 부릴 시간이 없었다. 그녀에게 주어진 시간은 단 일주일, 멀리 지구 한 바퀴를 돌아온 만큼 한 명이라도 더 많은 환자를 만나야만 했다.

한국을 떠난 지 이틀 만인 2010년 2월 8일, 드디어 아이티에 작은 종합병원이 세워졌다. 외과, 내과, 정형외과, 산부인과, 응급처치과, 임상병리과가 각 방을 차지했다. 그녀는 산부인과 전문의이지만 약국 업무를 맡았다. 의료 사고가 가장 자주 나는 곳이라 더욱 신경을 써야 했다. 진료를 시작한 첫날, 내방 환자 100여 명이 병원을 찾았고 진료 건수는 210건을 기록했다. 건물 밖에 길게 늘어선 행렬이 장사진을 이루고 있었다. 숨 돌릴 틈도 없이 환자들이 밀려들어 왔다.

통역이 아픈 곳을 물으면, 환자들은 쭈뼛거리며 상처 부위를 내보였다. 대부분은 지진 당시에 얻은 상처였는데 응급조치가 늦어 악화된 경우가 많았다. 환자들은 1차로 기초 문진을 받은 후, 해당 과로 보내져 전문의의 2차 치료를 받았다. 치료를 끝낸 환자들에게는 영양 수액 처치와 혈압, 혈당 검사 등의 기본 진료도 받게 했다. 그들은 피부도 말도 다른 이방인에게 경계의 빛을 감추지 않았다. 그럴수록 그녀는 상냥하게 웃으며 말을 걸었다.

"아이구 저런, 많이 아프셨겠네……."

천연덕스럽게 한국말이 나왔다. 그것이 세계 그 어떤 곳에서도 굴한 적 없는 '최경숙식 진료법'이었다.

아이티 의료 봉사 이틀째, 통조림 음식으로 간단하게 끼니를 때운 후 오직 진료에만 매달렸다. 분란하게 움직이는 그녀의 눈에 국제의료센터 안으로 들어오는 한 소녀가 보였다. 오른쪽 다리가 썩어 들어가고 있던 고아, 조니아였다. 벽이 무너지면서 다리를 다친 조니아는 처음에는 그리 큰 상처를 입은 것이 아니었다. 그러나 제때 치료를 받지 못해 결국 다리를 절단해야 하는 상황까지 이르게 된 것이다. 의료진들을 쳐다보는 조니아의 건조한 눈빛에서 어떠한 감정도 읽을 수 없었다. 육체만큼이나 정신의 질병이 깊어 보였다. 황급히 응급처치실로 옮겨 수술을 감행했다. 수술하는 동안 조니아는 고통과 절망으로 일그러진 비명을 연신 내질렀다. 그런 조니아를 그녀는 오랫동안 안고 있었다. 커다란 돌덩이가 내리누르는 것처럼 왼쪽 가슴이 아파 왔다.

며칠 뒤 그녀는 조니아를 다시 찾아갔다. 아이티를 떠나기 하루 전날이었다. 절단된 오른쪽 발을 부여잡고 있는 조니아에게 그녀는 마지막 작별 인사를 했다.

"조니아, 아줌마는 이제 한국으로 돌아갈 거야. 앞으로 다른 의료팀이 와서 조니아를 돌봐 줄 거니까 걱정하지 말고 씩씩하게 잘 있어야 돼. 알았지?"

그녀의 생소한 한국말이 소녀에게는 아이티 말처럼 들렸다. 고개만 끄덕이던 조니아가 그녀의 목을 슬며시 감싸 안았다. 검은 두 눈동자 가득, 그렁하게 눈물이 맺혀 있었다.

잊고 있던 눈물이 순식간에 터져 나왔다. 그녀는 조니아를 힘껏 껴안았다. 평평한 왼쪽 가슴팍에 조니아의 둥근 머리가 와 닿았다. 유방이 사라진 자리가 분명한 기쁨으로 채워지고 있었다. 자궁이 있던 자리로 보드라운 감정이 차올랐다. 그저 살고 있다는 것이 감사할 뿐이었다. 그녀는 질끈 눈을 감았다. 무덥던 그 여름, 운명의 갈림길에 섰던 그날이 자연스럽게 펼쳐지고 있었다.

"뭐라고요? 이 박사님 다시 한 번 말씀해 주시겠어요?"

분명히 '암'이었다. 겸연쩍다는 듯 머리를 긁적이던 이희대 박사는 조그맣지만 정확한 소리로 '유방암'이라고 말하고 있었다.

"조직검사 결과 유방암 3기입니다. 수술 날짜를 빨리 잡는 게 좋겠어요. 최 원장님…… 암세포가 그동안 림프선을 타고 전이가 된 것 같네요……."

세 평 남짓한 진료실로 싸늘한 침묵이 흘렀다. 최경숙 원장은 잠시 동안 아무 말 없이 진료 의자를 지키고 있었다. 둔중한 몽둥이로 얻어맞은 것처럼 머리통이 뜨끈하게 아파 왔다. 가장 먼저 가족들이 떠올랐다. 자신이 암에 걸렸다는 소식을 알려야 할 것 같은데 어떤 식으로 말을 꺼내야 좋을지, 그녀는 난감했다. 침착한 표정으로 고개를 주억거리겠지만, 무척 놀랄 남편과 세 아이들의 모습이 차례로 나타났다. 많은 생각이 한꺼번에 떠올라 머리가 복잡한 것 같았지만 조금 지나자 들떠 있던 감정이 이상하리만치 차분하게 가라앉고 있었다.

암 진단이 나오자마자 정밀 검사에 들어갔다. 영동세브란스병원의 산부인과 과장이던 이국 박사도 검진에 합류했다. 모든 과정이 속전속결로 이루어졌다. 암에 걸렸다는 사실을 체감할 겨를도 없이 간호사들의 지시에 따라 이리저리 옮겨 다니며 검사를 받아야 했다. 모든 검사를 끝내고 나니 천근만근 몸이 무거웠다. 잠시 긴장을 늦추면 금방이라도 그 자리에 픽 쓰러질 것만 같은 어지럼증이 밀려왔다. 빨리 집으로 돌아가고 싶다는 생각만이 간절했다. 그러나 그녀의 검사 결과는 겨우 버티고 있던 마지막 힘마저 앗아갔다. 뻗어 나간 암세포를 제거하기 위해서는 한쪽 유방은 물론이고 자궁과 난소까지 적출해야 한다는 것이었다. 1999년의 여름, 하루를 시작하기에는 조금 이른 오전 7시였다.

이희대 박사는 하루 빨리 수술 날짜를 잡자고 채근했다. 하지만 최경숙 원장이 맡고 있는 병원의 문을 하루아침에 닫아걸 수도 없는 노릇이었다. 그녀의 상황을 고려한 이희대 박사와 이국 박사는 머리를 맞댔다. 유방 절제 수술과 자궁 및 난소 적출 수술을 동시에 하자는 특별 제안을 해 왔다. 상황이 그쯤 되자 그녀도 덤덤히 수술을 승낙할 수밖에 없었다.

수술 하루 전, 그녀는 남편과 가족들을 타일러 집으로 돌려보냈다. 그때만큼은 오로지 혼자이고 싶었다. 홀로 남겨진 그녀는 병실 침대에 누웠다. 가만히 천장을 바라보며 지금 자신에게 일어난 일이 무엇인가에 대해 곰곰이 생각하기 시작했다. 비로소 절망할 시간이 그녀에게 주어졌다. 인간의 생명을 다루는 의사를 평생 업으로 삼고 살던 그녀가 정작 자신의 육신을 제대로 돌보지 못했다니, 참으로 아이러니한 상황이었다. 흰 가운이 아닌 환자복을 입고 딱딱한 병실 침대에 누워 있는 자신의 모습이 어색했다.

"조금만 늦었더라면 큰일 났을 겁니다. 지금이라도 발견한 게 그나마 다행입니다."

이희대 박사의 말이 비수가 되어 폐부를 깊숙이 찔렀다. 피식, 순간 헛웃음이 나왔다. 자신이 부인암 선고를 받은 환자들에게 으레 했던 말이 부메랑이 되어 날아온 것이었다. 죽음의 공포와 독한 외로움이 온몸을 휘감아 돌았다. 죽을 만큼 살고 싶어졌다. 누구보다 유방암에 대해 잘 알고 있는 전문가였지만 아무 소용이 없었다. 암 앞에 선 그녀는 '유능한 의사'가 아닌 '무능한 환자'일 뿐이었다.

'꼭, 저여야만 했습니까?'

치밀어 오르는 억울함을 어찌할 수 없었다. 몸속에 암 덩어리가 자라고 있다는 사실을 떠올리면 오소소 소름이 돋아났다. 축축한 물줄기가 두 뺨을 타고 흘러내렸다. 단단하게 뭉쳐 놓았던 감정이 마침내 폭발했다. 그녀는 베개로 입을 틀어막고 목 놓아 울었다. 가슴 저 아래에서부터 분출되는 처절한 소리가 베개로 스며들었다. 얼마나 지났을까, 그녀는 천천히 눈을 떴다. 문득, 누군가가 사무치게 그리웠다. 수다한 얼굴들이 빠르게 스쳐 지나갔지만, 신기하게도 단 사람이 또렷이 나타났다. 소록도에 있을 김기영 할아버지였다.

1993년 처음 소록도와 인연을 맺은 그녀는 '소록밀알회'를 결성해 최근까지도 꾸준히 의료 봉사를 해 오고 있었다. 이제는 가족 같은 한센병 환우들 중에서도 그녀는 유독 김기영 할아버지가 생각났다. 그는 17세에 처음 한센병을 얻은 후 80세가 될 때까지 소록도를 지키고 있었다. 한센 균이 눈에 침범해 시력을 잃었지만 눈으로 보지 못하는 아름다움을 실컷 보며 산다는 김기영 할아버지……. 그분의 걸걸한 목소리를 들으면 기운이 날 것만 같았다.

시계를 보니 10시를 조금 넘긴 시각이었다. 빛과 어둠의 구분이 없는 할아버지의 취침 시간이 누구보다 빠르다는 것을 잘 알았지만, 혹시, 하는 마음에 휴대전화를 꺼내 들었다. 외우고 있던 번호 열 개를 정확히 눌렀다. 몇 번이나 신호음이 울렸을까, 전화를 끊으려는 찰나 수화기 너머 반가운 음성이 들려왔다. 바로 김기영 할아버지였다.

"어머 할아버지. 전화 소리 때문에 깬 거예요? 저 누군지 아시겠어요?"

"어! 알지 알지. 최 박사 아니야? 이 시간에 웬일이야?"

"아…… 그냥, 목소리 듣고 싶어서 했어요. 제가 괜히 잠을 깨웠나 봐요. 미안해서 어째요. 할아버지."

'저 이제 어떻게 해요', 목구멍까지 솟구치는 말을 그녀는 겨우 삼켰다. 저편에서는 아무런 말도 들리지 않았다. 소록도의 쓸쓸한 바람 소리만이 수화기를 타고 들려오는 듯했다. 그리고 잠시 뒤,

"어…… 최 박사! 걱정하지 마. 하나님이 목숨은 안 건드린대. 아무것도 아니라니까 걱정 안 해도 돼."

김기영 할아버지의 넉살 좋은 말에 그녀의 얼굴로 환한 웃음이 번졌다.

"할아버지, 저 걱정 안 해요. 빨리 나아서 찾아뵐게요. 다른 분들한테 그렇게 전해 주세요."

전화를 끊고 지그시 눈을 감았다. 뜨거움이 눈가로 몰려드는가 싶었다. 몇 번 숨을 고르니 요동치던 심장이 차츰 순해졌다.

예상보다 암의 전이가 심각했지만, 내일 있을 수술이 더는 두렵지 않았다. 아슬아슬한 생사의 고비에 서 있었지만 마음만은 가볍고 홀가분했다. 그녀는 나지막이 하나님의 이름을 불렀다. 그 어느 때보다 절박한 부름이었다.

'하나님, 당신 뜻에 따르겠습니다…… 만약, 살려 주신다면…… 더욱 많은 사람들을 위해 기꺼이 제 남은 생을 쓰겠습니다.'

귓전에 울리던 소음들이 작아지고 있었다. 무겁던 몸이 가뿐해지는 것만 같았다. 그녀는 느닷없이 찾아온 평화에 온몸을 내맡겼다. 스르륵 잠이 쏟아졌다.

수술은 성공적이었다. 이를 악물고 6개월간의 항암 치료도 견뎌 냈다. 최종 검사 결과를 확인하러 갔을 때, 의사는 덤덤하게 말했다.

"정상입니다!"

지긋지긋했던 암과의 사투가 드디어 끝난 것이었다. 그토록 듣고 싶었던 말을 들었지만 가슴에 큰 구멍이 난 것처럼 공허하기만 했다. 진찰실 문을 닫고 병원 복도를 걷던 그녀는 어렴풋이 그 까닭을 알 수 있었다. 가장 절실하게 듣고 싶었던 것은 어쩌면, '정상'이라는 말이 아닌 '그동안 수고했어요', 이 한마디인지도 몰랐다. 힘겨웠던 날들을 위로하기에는 너무나 짧고, 간단한 말이었다.

병원을 신뢰하고 의사라는 직업을 사랑했던 그녀에게는 지독한 '실연'과도 같은 6개월이었다. 지난했던 항암 치료 동안 가장 견디기 어려웠던 것은 치밀어 오르는 구토나 한 움큼씩 빠져 나가는 머리카락이 아닌, 환자로서 겪어야 했던 인간적인 서운함이었다. 담당 의사는 무미건조한 표정으로 현재 상태를 묻고, 기계적으로 치료해 줄 뿐이었다. 다정한 눈빛 한 번이 늘 고팠지만 의사는 허기진 마음까지 채워 주지는 못했다. '의사 최경숙'이 아닌 '환자 최경숙'에게 병원은 더 이상 친숙한 공간이 아니었다. 의과대학 시절부터 집처럼 드나들던 병원이 그토록 낯설게 느껴질 수가 없었다.

'이토록 쓸쓸한 기분을, 모멸감에 가까운 외로움을 일반 환자들은 어떻게 견뎠을까, 아니 의사가 아니었다면 내가 살아남을 수 있었을까?'

의사인 친구와 동료가 있었기에 그녀는 신속한 대처가 가능했다. 다행히 살아남았지만 행복하지만은 않았다. 여성 없이 여자로 살아가야 할 앞날이 두렵기만 했다.

그녀는 고개를 들어 하늘을 봤다. 쏟아지는 햇볕이 따가워 가린다고 했는데 가슴팍으로 손이 갔다. 그녀는 봉긋했던 유방이 사라진 자리를 조심스럽게 만져 봤다. 절절한 환상통사라진 신체 부위에 심한 통증을 느끼는 증상이 전해졌다. 그리고 뿌옇게 흐린 시야 저 끝에서 섬 하나가 떠올랐다. 소록도였다.

'옷에 가리면 보이지도 않을 가슴과 자궁이 없어져도 이렇게 막막한데, 사지가 잘려 나갈 때 그분들은…….'

도려낸 가슴으로 그들이 겪었을 아픔과 설움이 한꺼번에 밀려

왔다. 그녀는 주기적으로 소록도를 찾아 그들을 위한 의료 봉사를 펼쳐 왔다. 하지만 그것은 머리와 몸이 한 일이었다. 그들에게 진료해 주는 의사가 되어 주기는 했지만, 마음까지 만져 주는 친구가 되어 주지는 못했다는 사실을 그녀는 절절하게 깨닫고 있었다. 통증보다 쓰라리게 미안하고 부끄러웠다.

집에 돌아오자마자 그녀는 책상 앞에 앉았다.

'소록밀알회 가족들을 떠올리며 이렇게 편지를 씁니다…….'

이렇게 시작되는 장문의 편지를 쓰며 그녀는 다짐했다. 어렵게 되찾은 삶을 똑같은 방식으로 살지 않겠다고. 사람을 내려다보며 진료하지 않는, 육신보다 영혼이 먼저 다가가는 의사가 되겠다고.

포이동 외곽 도로 가에 있는 '동서산부인과'. 출입문을 열고 들어가면 실내 한쪽에 켜켜이 쌓여 있는 각종 구급약품들이 가장 먼저 눈에 들어온다. 한산한 병원 안쪽에서 최경숙 원장다운 명랑한 목소리가 흘러나온다. 진료 중인가 싶어 빼꼼히 문을 열어 본다. 문틈으로 전화 통화를 하는 그녀가 보인다.

"닥터 김! 어, 나야. 동서산부인과 최경숙이야. 잘 지내고 있어? 아, 그렇구나. 다른 게 아니고 다음 달에 필리핀으로 의료 봉사를 가는데 말이야, 재활의학과가 없잖아……."

동서산부인과는 여느 산부인과 병원처럼 환자들로 북적대지 않는다. 한 달에 한 번 있을까 말까 했던 봉사가 일주일에 한두 번 꼴로 늘어남에 따라 병원에 상주하는 시간이 적어졌다. 문을 닫는 날이 많아지자 당연히 환자들도 줄었다. 그러나 진정, 자신을 필요로 하는 환자들은 병원 밖에 있다는 것을 잘 알고 있었다. 한센병 환우들을 비롯해 탈북 여성과 청소년, 외국인노동자, 쪽방촌 노숙자, 그리고 케냐, 소말리아, 중국, 인도, 필리핀 등지의 해외 빈민에 이르기까지, 세계 곳곳에 의사인 친구를 기다리는 그녀의 환자들이 흩어져 살고 있다.

활동 범위가 넓어질수록 감투도 하나둘 생겨났다. '소록밀알회 부회장', '고대여자의사교우회 사업이사', '한국여자의사회 해외의료봉사의원회장', '외국인노동자전용의원 운영위원', '서울시의료봉사단 부단장', '대한기독여자의사회 회장' 등등. 외우기도 어려운 직함이 긴 꼬리표처럼 그녀를 따라다녔다. 하지만 친구들이 하는 우스갯소리처럼 소위 '돈 되는 자리'나 '폼 나는 자리'는 하나도 없다. 어떤 사람들에겐 피하고 싶은 명함이라는 것을 최경숙 원장 자신도 잘 알고 있다. 동료 의사와 병원에 전화를 걸어 의료단을 꾸리고 의료품을 조달받는 것은 결코 쉬운 일이 아니었다. 아쉬운 소리를 할 때마다 자존심도 상했다. 그러나 그녀는 자신을 기다리는 환자들, 아픈 친구들을 위해서라면 기꺼이 자존심을 굽힐 수 있었다. 자존심보다 값진 마음을 진짜 친구들에게서 받고 있으므로.

늦가을의 정취가 물씬 풍기는 느긋한 주말 오후, 모처럼 주부로 돌아간 그녀는 정신없이 바빴다. 대청소와 인테리어, 음식 준비…… 아무리 분주하게 손발을 움직여도 급한 마음을 따라가지 못했다.

'딩동', 초인종 소리에 두근두근 심장이 뛰었다.

"누구세요?"

문을 열자 방긋 웃는 조니아가 서 있다. 거뭇한 피부와 대비되는 조니아의 흰 이가 더욱 빛나 보였다. 반갑게 그녀를 안는 조니아는 이전에 알던 소녀가 아니었다. 얼굴 가득 환한 생기와 여유를 머금고 있었다.

"어머 이게 누구야? 징징대던 울보 조니아 맞아? 몰라보게 예뻐졌네. 어서 들어와. 어서!"

NGO '굿피플'로부터 초청을 받은 조니아는 재활 치료를 받기 위해 한국을 찾았다. 조니아의 소식을 들은 KOICA한국국제협력단와 분당서울대병원에서 의족은 물론 재활 훈련까지 도와주겠다고 나섰기 때문이다. 아이티에서 있었던 그녀와의 만남이 인연이 된 것이었다.

그날 밤, 휠체어에 탄 조니아와 그녀의 친구들, 지인들이 모여 조촐하지만 평생 잊지 못할 특별한 파티를 열었다. 생김새도 언어도 다른 그들은 함께 음식을 나눠 먹고, 노래를 불렀다. 경쾌한 웃음소리가 오래도록 이어졌다.

그녀는 이제 흙바닥을 기지 않아도 될 조니아의 모습을 상상해봤다. 의족에 기대 땅을 딛고 일어설 조니아를. 저절로 흐뭇한 미소가 지어졌다. 조니아의 작은 손을 가만히 포개 쥐었다. 그녀와

눈이 마주친 조니아가 해사하게 웃었다. 굳이 입 밖으로 내뱉지 않아도 될 말이 두 사람의 마음에 먼저 가닿았다. 참, 따듯했다.

제 3 부

의학의 최전선에서

삶에 대한 열망 하나만 가지고 수술대에 오르는 사람들을 위해 그가 할 수 있는 일이란 그만큼의 노력으로 그들에게 새로운 삶을 선물하는 것이었다. 그가 중증 환자들의 어려운 수술도 마다하지 않는 것은 그와 같은 이유 때문이었다. 지푸라기도 잡겠다며 찾아오는 환자들에게 생명을 선물하지는 못할망정 희망을 빼앗을 수는 없었다. 회생할 수 있는 가능성이 있다면 그는 그 마지막 가능성을 놓지 않았다.

이승규 울산의대 서울아산병원 외과 교수 | 서울대학교 의과대학 및 대학원 졸업 | 대한 간이식연구회 회장, 울산의대서울아산병원 장기이식센터 소장 | 쉐링의학상, Asian Pacific Digestive Week Congress의 Okuda상, 일송상, 성산 장기려상, 아산의학상 수상 | 『외과의사 이승규』

취재 및 집필 **정윤희**

의학에 있어 종착역은 없다

"이 방법은 전 세계 최초로 시도하는 것입니다. 물론 저도 처음입니다. 괜찮겠습니까?"

환자와 가족들 앞에서 어렵게 말을 꺼내면서도 그는 흔들리지 않았다. 환자의 믿음만큼이나 스스로의 확신이 중요한 순간이었다.

"자신, 있으세요?"

"자신 있습니다."

단호하게 대답을 하는 그는 서울아산병원 외과의 이승규 박사다. 그간 성공한 수술의 경험이 그에게 확신을 주었다. '세계 최초의 도전'이라는 타이틀은 오히려 홀가분한 것처럼 보였다. 그는 처음으로 2대 1 생체간이식 수술 집도를 앞두고 있었다.

많은 이들이 안전한 수술을 선호하는 것은 당연한 일이다. 하지만 그는 그렇다고 해서 모든 가능성을 배제해서는 안 된다고 생각한다. 그런 그의 생각은 언제나 새로운 도전을 가능하게 했다. 그날 역시 그랬다.

간이식이 필요한 환자의 남동생과 딸이 기증자 검사를 받았으나 두 사람 모두 우엽에 비해 좌엽의 크기가 너무 작은 상태였다. 단독 수술은 불가능한 상황이었다. 그는 줄곧 연구해 오던 방법을 조심스럽게 꺼냈다. 한 번도 시도하지 않았다고 해서 그것이 위험하기만 한 일이 아님을 스스로 확신했다. 그리고 무엇보다 그 믿음을 전달하는 것이 가장 중요했다. 수술대에 오르는 것은 결국 환자가 선택해야 할 몫이기 때문이다.

이승규 박사는 수술실에 들어서기에 앞서 숨을 고르며 호흡을 조절했다. 의사가 수술대 앞에서 긴장하는 순간, 환자의 운명을 책임질 수 없다는 것을 누구보다 잘 알고 있는 터였다. 미세한 혈관을 다루는 수술에서 작은 떨림은 곧바로 환자의 생명과 직결되기 때문이다.

수술실에는 두 명의 기증자와 한 명의 수혜자가 누워 있었다. 세 개의 수술실에서 동시에 진행되어야 하는 수술이기에 간이식 팀 전 인력이 동원되었다. 기증자에게서 적출된 두 개의 좌엽을, 하나는 수혜자 기존의 좌엽 자리에, 다른 하나는 우엽 자리에 180도 뒤바꾸어 연결하는 수술이었다. 두 개의 간이 들어가기 때문에

▶2대 1 생체 간이식

뇌사자 간이식은 항상 응급으로 진행된다. 당장 언제 뇌사자가 발생하여 간이식 수술이 진행될지 예상할 수 없고, 이 때문에 막연히 기회가 오기까지만 기다리다가는 환자의 내일을 확신할 수 없기 때문이다. 설사 뇌사자 간 기증이 발생하더라도 그 장기는 뇌사라는 과정을 한 차례 거쳤기 때문에 혹시나 있을지도 모를 간 손상을 우려할 수 있다. 이에 비해 생체 간이식은 뇌사자 간이식보다 수술에 대한 준비 기간이 확보된다. 그리고 건강한 장기를 이식할 수 있다는 장점이 있다. 2대 1 생체 간이식은 두 기증자의 간을 하나의 건강한 간으로 만드는 것인데, 기증자의 간이 그 한 사람만의 이식으로는 가능하지 않아 두 기증자의 간에서 절제하여 이 둘을 한데 붙여 수술하는 경우이다. 이 수술은 지난 2000년 3월 우리나라에서 세계 최초로 이승규 박사팀에 의해 성공했다.

혈관을 잇는 작업이 평소의 두 배가 되는 것은 물론이요, 간정맥, 문맥, 담도의 순서로 잇는 것을 정확히 반대로 연결해 나가야 하는 과정이었다. 정확하고 신속한 문합술기가 수술의 핵심이었다. 24시간 중 정확히 한 시간이 모자란 대수술이었다. 작은 실수도 용납되지 않았다.

그리고 그는 2000년 3월 21일, 세계 최초로 2대 1 생체 간이식 수술을 성공하였다.

의사가 확신을 가지고 환자를 대하지 않을 때면 환자들은 극도의 불안에 노출된다. 그는 의사가 환자에게 여러 가지 대안을 제시하며 치료 방법을 선택하게 하는 것은 책임감을 전가하려는 행동이라고 말한다. 무책임함을 떠나, 자격이 없는 행동이라는 것이다. 자신을 믿고 생명을 맡기는 환자는 끝까지 책임을 지려는 마음으로 대해야 하는 법이다. 그는 어떠한 경우에도 환자와 책임감을 나눠 가지려 하지 않는다. 그럴 수도 없는 일이다.

간이식 수술 초기에 세 명의 환자가 수술 후 연달아 사망한 경우가 있었다. 그는 실패가 주는 강한 압박에 짓눌려 주저앉고 싶을 만큼 괴로워했다. 진료를 포기하고 병원 밖으로 나서기도 했지만 도망치는 것이 해결 방법이 될 수 없다는 것은 스스로가 잘 알고 있었다. 압박에서 벗어나기 위해서는 다시 해결 방법을 찾는 길밖에 없었다. 그는 팀원들을 소집했다.

"정맥 흐름의 문제였다면 새로운 정맥을 만들어 주면 어떨까?"

그는 해답을 찾았다. 중간정맥이 없어서 생긴 문제는 인공 정맥을 만들어 주면 되는 것이었다. 하지만 그 어디에서도 시도하지 않은 복잡한 방법 앞에서 팀원들은 회의적인 분위기였다. 그러나 그는 또다시 실패를 반복할 수는 없다고 생각했다. 안전한 방법을 선택하려던 팀원들을 강하게 압박했다.

"이제껏 그래서 다 죽었잖아!"

그는 수술을 강행했고, 변형우엽 간이식의 성공은 세계적인 관심을 불러일으켰다. 수술을 촬영한 영상이 '세계 간이식 학회'에 발표되면서 명실공히 최고 수준의 클리닉임을 인정받았다. 그 후 생체부분 간이식 수술의 성공률은 96퍼센트까지 올라갔다. 선진국의 다른 클리닉보다 10퍼센트 이상 높은 성공률이었다. 하지만 그는 달뜬 분위기와 달리 숙연해졌다. 불가능이라고 말했던 수술을 성공시키면서 더욱 많은 이들에게 희망을 주었지만, 그보다는 그의 노력에도 불구하고 되살아나지 못한 환자들에 대한 생각이 머릿속을 가득 채웠기 때문이다.

'조금만 더 일찍 알아냈더라면 그들을 살릴 수도 있었을 텐데. 조금만 더…….'

어려운 수술도 거절하지 않고 집도하는 모습에 사람들은 그에게 이유를 물었다. 하지만 그가 할 수 있는 대답이란 뻔한 것이었다. '의사가 환자를 외면하는 일은 한 번도 생각해 본 적이 없다'는 것이었다. 그는 어려운 수술 앞에서 기적을 바란 적은 있지만 희망이 없다며 환자를 외면하지는 않았다. 아니 그럴 수 없었다.

그는 여섯 살 때 협착성 심낭염을 앓았다. 목에 굵은 혈관이 튀어나

오고 얼굴이 퉁퉁 부었다. 배 안에 복수가 가득 차 부풀어 오르기까지 했다. 심낭이 쭈그러들면서 심장박동을 방해하는 희귀병으로, 의학 기술이 미진하던 당시에는 국내 치료가 어려워 생명을 위협받기도 했다. 일본으로 건너가긴 했지만 뾰족한 수가 있었던 것은 아니었다. 하지만 그의 가족은 희망을 잡을 수 있는 길을 택했다. 치료 방법조차 없는 곳에서 숨이 다할 때까지 기다릴 수는 없는 일이었다.

일본에서의 수술은 성공적이었다. 그는 꼬박 1년간 중환자실과 입원실을 거쳐, 통원 치료를 받으며 차츰 건강을 회복했다. 일본에서 처음으로 협착성 심낭염 수술에 성공한 사례로 기록되었다. 덕분에 그는 병원 사람들의 관심을 한 몸에 받았다.

한창 뛰어 놀아야 할 나이에 오랜 시간을 병원에서 보냈지만 오히려 병원은 그에게 즐거운 놀이터가 되었다. 병원 냄새와 하얀 가운은 자연스럽게 그의 뇌리에 배어들었다. 어릴 적, 병원에서 보낸 시간이 잠재의식 속에서 흰 가운에 대한 동경을 만들어 냈던 것인지도 몰랐다.

하지만 병원이 언제나 좋은 기억만 주는 장소는 아니었다. 제대로 된 치료를 받지 못해 죽음에 이르렀던 막내 동생의 상황은 결코 그에게 잊을 수 없는 기억으로 남아 있다. 결핵성 복막염을 앓았던 동생은 동네 병원에서 석 달이 넘도록 치료를 받았다. 하지만 건강은 호전될 기미가 보이지 않았고, 국립의료원으로 옮겼을 때는 이미 손쓸 수 없을 만큼 상태가 악화된 후였다. 동생을 본 의사들은 혀를 찼다.

"도대체 이 지경이 될 때까지 뭘한 겁니까!"

3개월이 넘게 동네 병원에서 진료를 했다는 말은 그 순간 아무런 변명이 되지 못했다. 병원을 옮긴 지 하루도 안 돼 동생은 숨을 거두었다. 그는 동생의 죽음을 받아들기에 앞서 지식이 없는 의사 때문에 죽어야 했던 상황에 가슴이 아팠다.

그는 어머니의 의대 진학 권유를 순순히 받아들였다. 어린 시절 병원 생활과 동생의 죽음이 남긴 진한 흔적이 그의 마음속에서 작용한 결과는 아닐까 조심스럽게 짐작해 보기도 했다.

그가 처음 본 외과 진료 실습은 다른 병동보다 매력적이었다. 수술 후 눈에 띄게 회복되는 환자들의 모습은 그에게 뿌듯함을 느끼게 했다. 책을 통해 수업에서 배운 내용이었지만 눈앞에서 펼쳐지는 광경은 어디에서도 느끼지 못한 감동이었다.

'역시, 치료는 외과야!'

학생 지도 담당도 그에게 외과를 추천했다. 다른 이들보다 체격이 좋은 그가 수술실에 적합하다고 생각했던 탓이다. 수술은 일단 시작을 하면 짧게는 서너 시간부터 길게는 하루를 넘기기 때문에 무엇보다 강한 체력을 요구했다. 다른 이들보다 머리 하나쯤 더 높이 솟아 있는 그의 모습이 눈에 띄는 것은 당연한 결과였다. 운명은 사소한 것일수록 더욱 강하게 다가오는 법이다.

외출은 꿈꿀 수조차 없고, 수술실에서 조수를 서며 온갖 구박을 받아야 했던 전공의 과정은 그에게 인내를 가르쳐 주었다. 조금만 행동이 느려도 날아오는 면박을 받아야 했으며, 수술이 없는 날에도 병동을 돌며 환자들의 치료 계획을 세워야 했다. 육체노동으로 견뎠던 수련의 과정을 끝낸 후 마주친 또 다른 난관이었다. 그는 꼼짝없이 병원에서 시간을 보내며 진로를 모색했다. 병원 생활에 익숙해질 무렵, 그의 마음은 대장항문외과로 기울어 가고 있었다. 수술실의 고된 노동에 지쳐 조금은 쉬운 길을 찾고 있었다. 개업에 대한 계획도 물론 많은 영향을 끼쳤다. 그는 미국 클리블랜드 클리닉으로 대장항문 연수를 떠나기 위해 준비를 시작했다. 그때 학교 은사인 민병철 교수가 그를 불렀다.

"제대로 하려면 남들이 힘들어하는 것을 해야지."

조금은 편안한 돈벌이를 생각하고 있던 그에게 민 교수는 봉직의사의 길을 권했다. 남들과 다른 길을 가라는 민 교수의 말을, 편안한 길이 아닌 의술을 선택하라는 것으로 받아들였다. 그에게 간이식 공부를 권한 것도 민 교수였다. 애초에 본인이 뜻을 두고 연구했던 분야였지만 끝내 접어야 했던 프로젝트였다. 민 교수의 말은 그에게 자신의 뜻을 이어 나가 달라는 당부처럼 들렸다. 국내에서 시도되지 않은 미개척 분야인 간이식은 그를 자극시켰다. 마음을 굳힌 그는 지체 없이 미국 보스턴으로 연수를 떠났다. 뇌사자의 몸에서 적출된 핏기 없는 회색의 간이 환자의 몸으로 옮겨 와 붉게 변하는 모습은 그에게 새로운 세계를 경험하게 했다. 경이로움에 가까운 광경이었다. 그는 '이식'이라는 낯선 개념을 붙잡고 간이식 수술이 있을 것 같은 저녁에는 집에 돌아가지도 않은 채 병원을 서성거렸다.

간이식은 그 어떤 수술보다도 섬세한 손길을 요하는 작업이었다. 수십 년간 타인의 몸에 맞춰져 있던 장기를 다른 사람에게 옮겨 심는다는 것이, 또한 그것이 올바로 작동할 수 있도록 한다는 것이 쉽게 생각할 수 있는 일은 아니었다. 새로운 집으로 이사를 가는 일에도 여러 가지 변수가 작용하는데, 생명과 직결되는 장기를 다루는 일은 그 어느 경우보다도 쉽지 않은 일이었다.

연수를 마친 그는 한국으로 돌아온 후 민 교수를 따라 서울중앙병원 서울아산병원의 첫 이름으로 자리를 옮겼다. 당시 병원의 규모가 지금처럼 크지 않은 터라 그는 일반외과에서 하는 수술을 구분 없이 담당해야 했다. 간이식 연수를 했다고는 하나 국내 여건상 엄두도 낼 수 없었다. 때문에 그는 다시 미국 신시내티로 연수를 떠나 복강경 수술을 전수받았다. 카메라가 부착된 내시경 도구를 통해 수술을 하는 방법이었다. 그가 집도한 복강경 수술의 결과는 성공적이었으며, 덕분에 사람들 사이에 소문이 퍼져 전국에서 환자들이 몰려왔다. 다른 수술은 손조차 대지 못할 만큼 바쁜 시간이었다. 한창 환자 몰이를 하고 있던 그를 민 교수가 불렀을 때 그는 민 교수의 의중을 파악하지 못했다. 신생 병원의 이름을 널리 알린 자신에 대한 격려 차원이 아닐까 하는 막연한 생각뿐이었다. 하지만 그는 전혀 뜻밖의 이야기를 전해 들었다.

"이제 간이식에 전념해 봐. 병원 돈벌이보다는 인명을 구하는 일을 해야지."

그는 미국에서 연수하면서 수술 때마다 빼곡히 적어 내려갔던 참관 후기가 가득 담긴 노트를 펼쳐 들었다. 앞으로 부딪칠 난관은 가늠할 수 없을 만큼 까마득하게만 보였다. 하지만 그는 때가 왔다고 생각했다. 고비가 있으면 넘을 것이고, 실력이 부족하면 얼마든지 시간을 투자하겠다는 강한 의지를 다졌다.

1년이 넘는 시간 동안 그는 주말이면 병원 동물실험실에서 시간을 보냈다. 땅을 단단하게 다지는 것부터 골격을 세우는 일까지, 아니 백지 한 장을 놓고 밑그림을 그리는 것부터 시작해야 했다. 손의 감각을 익히는 것은 물론이요, 마취과 의사, 전공의, 간호사들과의 호흡을 맞춰 나가는 일까지 모두 그가 통솔해야 했다. 참고할 교재조차 마땅하지 않은 상태에서 그의 기억에 의존해야 하는 경우도 많았다. 모든 과정은 고민과 토론을 통해 함께 방법을 찾아 나가는 일의 연속이었다. 처음 몇 달은 동물의 생존율이 제로였다. 하지만 좌절하지 않았다. 분명 길은 있는데 스스로 찾아내지 못하고 있을 뿐이라고, 더욱 노력하면 방법을 발견하게 될 것이라고 믿었다. 그는 실험에 더욱 매진했다.

간이식은 무엇보다 기증받을 간을 찾는 것이 가장 중요하다. 병세가 위독한 환자라 해도 기증자를 찾지 못하면 수술대에 오를 수 없다. 또한 90년대 초에는 뇌사자에 대한 명징한 정의가 없던 터라 뇌사자의 장기 이식이 사회적 이슈가 되기도 했다. 물론 뇌사자의 가족들에게 기증 의사를 묻는 것 또한 쉽지 않은 일이었다. 그는 동물실험을 통해 충분한 경험을 획득했지만 장기 이식에 대한 인식이 부족한 환자들을 설득하는 일도, 장기 기증자를 찾는 일도 쉽지 않았다. 언제라도 수술에 들어갈 수 있도록 병원 내부적으로 준비를 마친 후 환자들을 만나 간이식에 대해 설명을 하고 수술을 권하였다. 또한 각 병원에 연락을 해서 뇌사자가 발생했을 때 장기 기증을 권하도록 협조를 부탁했다. 이제 그가 할 수 있는 일은 기다리는 것뿐이었다. 그리고 1992년 여름, 뇌사자가 생겼다는 연락을 받았다.

만성 간질환을 앓아 온 간암 환자를 대상으로 첫 수술을 준비해 나갔다. 오랜 준비 끝에 수술대 앞에 선 그는 환자의 배를 가르자마자 순간 당혹감을 느꼈다. 유학 시절 보았던 환자들과 상황이 달랐던 것이다. 서양인에 비해 동양인은 간동맥이 매우 가늘어 자칫하면 혈관이 막히거나 출혈로 인한 사고로 이어질 수 있는 상황이었다. 수술실 안은 팽팽한 긴장감이 감돌았고 그는 하루를 꼬박 보내며 수술을 집도했다. 1992년 8월 21일, 이승규 박사는 첫 번째 이식 수술을 마쳤다.

첫 수술 이후 일주일 만에 그는 두 번째 뇌사자 발생 소식을 들었다. 첫 번째 환자의 회복을 지켜보던 상황이었지만 그는 두 번째 수술을 진행하기로 결정했다. 첫 번째 수술에 비해 한층 안정된 분위기로 집도된 두 번째 수술은 그에게 성공의 예감을 안겨 주었다. 스무 시간이 넘는 수술을 강행했음에도 조금의 피로도 느끼지 못할 만큼 벅찬 감동이었다. 그의 환호처럼 환자는 빠른 회복을 거듭하여 병실을 걸어 다닐 만큼 호전되었다. 하지만 첫 번째 환자는 끝내 일어나지 못했다. 수술 이후 두 달간 호전되는 모습을 보였지만 결과는 좋지 못했다. 그는 최선을 다했음에도 환자를 구하지 못했다는 사실에 결국 눈물을 흘렸다.

선진국은 뇌사자 장기 기증이 활발히 이루어지고 있는 편이다. 하지만 국내에서는 기증자를 찾는 일이 쉽지 않다. 장기를 적출하는 일이 사체를 훼손하는 것이라고 생각하기 때문이다. 장례 의식에 각별히 신경을 쓰는 사람들의 마음을 탓할 수는 없는 일이었다. 하지만 막연히 기증자가 나타나기만을 기다리는 것이 최선의 방법이라 할 수는 없었다. 그는 하염없이 기증자를 기다리는 환자들을 위해 새로운 방법을 모색해야만 했다. 생체부분 이식은 그가 도전해야 할 새로운 길이었다. 간은 재생 능력이 뛰어나 일부를 잘라낸다 해도 원래의 크기만큼 다시 자라나기 때문에 충분히 가능한 방법이었다. 또한 일본에서는 이미 그 연구가 크게 성행하고 있었다. 그는 도전을 선택했다.

그의 병원에서 생체 간이식 수술을 위해 수술받은 기증자의 사망 사례는 단 한 건도 없었다. 2,800례에 달하는 수술이 진행되었음에도 말이다. 환자만큼이나 기증자의 안전을 위해 다양한 이식편을 이용한 방법을 연구한 성과였다. 삶에 대한 열망 하나만 가지고 수술대에 오르는 사람들을 위해 그가 할 수 있는 일이란 그만큼의 노력으로 그들에게 새로운 삶을 선물하는 것이었다. 중증 환자들의 어려운 수술도 마다하지 않는 것은 그와 같은 이유 때문이었다. 지푸라기도 잡겠다며 찾아오는 환자들에게 생명을 선물하지는 못할망정 희망을 빼앗을 수는 없었다. 회생할 수 있는 가능성이 있다면 그 마지막 가능성을 놓지 않았다.

2대 1 생체 간이식 수술을 성공한 이후 독일의 브로엘시 박사가 의술 전수를 요청해 왔다. 일본의 교토 대학교를 비롯하여 다른 나라의 간이식 센터에서도 의술 전수 요청이 잇따랐다. 그는 높아진 위상을 느끼며, 1992년 초 간이식을 시작하기 전 독일에 가서 브로엘시 박사가 집도하는 수술을 지켜보던 날을 떠올려 보았다. 간이식을 전공하겠다고 마음먹은 후 미국, 일본, 유럽을 오가며 수술을 참관한 지 10년이 조금 넘은 시간이었다. 하지만 어느새 단독 병원의 수술 횟수가 일본 전국의 간이식 횟수를 뛰어넘었다. 그는 병원에 파묻혀 보냈던 시간에 대한 보상을 받는 기분을 느꼈다. 또한 수술 이후 새로운 삶을 살아가는 사람들을 지켜보며 삶의 힘을 얻었다. 외국뿐 아니라 국내 병원의 이식 센터 준비 작업에도 도움을 주기 위해 노력했다. 장비 설치, 의사 교육 등의 기본 사항뿐 아니라 간호 팀과 마취 팀에 대한 교육도 겸했다. 그는 가능한 많은 노하우를 전수해 주려고 했다. 아무리 많은 수술을 집도한다 해도 그가 모든 환자를 돌볼 수는 없었다. 차례가 오기를 기다리다 병이 악화되는 경우를 지켜보는 것만큼 안타까운 일은 없었다.

선진국보다 높은 수술 성공률을 두고 칭찬을 건넬 때마다 그는 자못 진지함에 빠졌다. 그가 지켜 내지 못한 사람들에 대한 기억이 밀려오기 때문이었다. 아무리 성공률을 높여 간다 해도 그가 실패한 부분까지 가릴 수는 없었다. 늘 새로운 방법을 연구하고 처음의 마음을 잊지 않으려 노력하는 것은 환자들에 대한 그의 각별한 애정일 것이다.

그는 종종 수술을 마친 후 함께했던 간호사들의 따가운 시선을 마주하게 된다. 아무래도 수술실에서 호통을 친 까닭에 간호사들의 미움을 산 모양이었다. 평소 친분이 있던 스크럽 간호사는 슬쩍 그에게 다가와 농담조로 말을 건넸다.

"선생님께서 호통치는 바람에 가는귀먹을 뻔했어요."

스스로도 갈라진 목소리가 신경이 쓰였던지 그는 헛기침을 했다. 아무렇지 않은 척 웃으며 넘어갔지만 사람들의 눈총을 받는 것은 당연한 결과일지 모른다는 생각을 하는 듯했다.

그는 팽팽한 긴장감이 감도는 수술실 안에서 한순간 흐트러진 분위기를 가장 빠르게 모을 수 있는 방법은 사람들을 향해 큰소리를 내는 것이라고 생각한다. 그 역시 사람들 앞에서 되도록 소리를 지르지 않으려고 하지만 막상 수술이 시작되면 어느새 자신도 모르게 다른 이를 향해 호통을 치고 있다는 것을 깨닫게 된다. 여유로운 분위기 속에서 나긋나긋한 목소리로 주의를 주며 수술을 진행할 수 있을까. 그는 상상하는 것을 멈추고 슬며시 웃었다. 아무래도 수술실의 편안한 분위기보다는 삶의 경계에서 싸우는 환자들을 먼저 생각할 수밖에 없는 모양이다. 잠시라도 분위기가 흐트러지면 그것은 고스란히 환자의 상태와 직결되기 때문이다.

그는 병원에서 친절을 강조하고 서비스 정신을 이야기할 때마다 내심 마음이 불편해진다. 환자에게 최상의 서비스를 하는 것은 당연한 일이겠지만, 병원에서 할 수 있는 최고의 서비스는 웃으며 인사를 하는 것이 아니라 병을 고쳐 주는 것이라고 생각하기 때문이다. 환자들은 정말 친절한 의사를 바라는 걸까? 시간에 쫓겨 환자들에게 따뜻한 말을 건네지 못한 자신의 모습을 되짚어 보았다. 그럼에도 그는 실력 있는 의사가 환자들에게는 더욱 필요한 존재라고 확신하며 고개를 끄덕였다.

간호사들과 전문의들이 각자의 수술실로 향하고 있었다. 그는 빽빽한 수술 일정을 꼼꼼하게 점검해 보았다. 100퍼센트 성공률, 이룰 수 없는 그 기적 앞에 불가능은 없다고 스스로를 다독이며 발걸음을 옮겼다. 그의 도전은 계속 진행 중이다.

신희섭 KIST(한국과학기술연구원) 신경과학센터장 | 서울대학교 의과대학 및 대학원 졸업, 미국 코넬 의과대학 대학원 졸업 | 미국 슬로안 케터링 암연구소 선임연구원, MIT 생물학과 조교수 · 화이트헤드 연구소 책임연구원, Asia-Pacific Regional Committee, International Brain Research Organization(Executive Member), International Behavioral and Neural Genetics Society(President), 한국분자세포생물학회 회장, 한국생명공학연구협의회 회장 역임 | 한탄생명과학상, 듀폰과학기술자상, 국민훈장 동백장, 대한민국 최고 과학기술인상 수상, 국가과학자 선정 | Apoptosis regulating gene, US5843773, 1998.12.01, 미국 (외 13건) 특허 | 『뇌를 알면 행복이 보인다』

취재 및 집필 **이영숙**

ⓒ윤자영

생쥐의 뇌에서 인간을 추적하다

인간의 뇌는 크게 대뇌, 소뇌, 뇌간의 세 부분으로 구성되는데, 그중 대뇌의 호두알 같은 주름을 폈을 때 피질은 대략 40제곱미터의 표면적에 이른다. 150억 개의 뉴런이 6개의 층으로 쌓여 있는 피질의 평균 두께는 그러나 2.5밀리미터에 불과하다. 이러한 물질적 특성과는 달리 기능적으로 뇌는 대략 천억 개의 뉴런으로 이루어져 있으며 뉴런 한 개당 평균 1,000개의 시냅스를 형성하여 전체 회로 구조가 무려 100조 개에 이르는 신경 덩어리를 이루고 있다. 우리의 모든 판단과 행동은 매순간 수천억 개의 신경망이 이완과 긴장을 반복하며 작동하는 뇌 활동의 결과다. 이렇게 우리의 정신적 육체적 활동 전체를 관장하는 뇌의 총 무게는 1.4킬로그램이다.

'뉴런'은 신경세포의 다른 말이며, '시냅스'는 뉴런 상호간의 접합부를 가리킨다. 시냅스에서 분비되는 신경전달물질이 뉴런과 뉴런 사이를 연결하여 전기적 신호를 뇌로 전달하면 모든 정보를 종합한 뇌가 행동과 사고를 결정하여 우리 몸의 각 부분에 필요한 명령을 내리게 된다. 그러나 정작 우리는 뇌 속에서 이루어지는 그러한 작용들을 감지하지 못한다. 사실 알 필요도 없다. 웹 서핑을 하거나 '리니지'와 같은 컴퓨터게임을 할 때 컴퓨터 내부의 회로들이 얼마나 복잡한 기능을 수행하는지를 반드시 알아야 하는 것은 아니다.

그러나 뇌의 신비로운 구성과 작동에 대한 궁금증을 풀어 보려는 도전의 역사는 유구하다.

인류 최초로 뇌에 관심을 가진 사람은 의사로서 뇌에 대해 철학적 접근을 한 히포크라테스였고, 이후로는 주로 철학자들이 연구해 왔다. 18세기 무렵에 철학에서 과학의 영역으로 넘어온 뇌의 신비는 20세기에 이르러 뇌신경과학이라는 학문 분야와 학습 및 기억과 관련한 인지과학으로 정립되었으며, 뇌의 기능을 유전자 수준에서 이해하기 시작한 것은 불과 20여 년 전부터다. 우리 자신의 정체성과 본질을 규명하기 위한 시도가 먼저였고, 신경전달물질의 불균형으로 발생하는 각종 뇌신경계 질환을 치료하기 위한 시도가 그에 뒤따랐던 것이다. 뇌 연구의 짧지 않은 역사에도 불구하고 과학자들은 뇌를 우주에 비견되는 미개척지라고 부르며, 21세기가 뇌의 신비를 풀어 가는 새로운 도전의 세기가 될 것이라고 예상하고 있다. 그러한 도전의 중심에 서 있는 과학자 중의 한 사람이 신희섭 박사다.

KIST한국과학기술연구원 신경과학센터장인 그는 현재 뇌 연구의 세계 최고 권위자 그룹에 속해 있으며 노벨상에 가장 근접한 국내 과학자 중 한

명으로 꼽힌다. 뇌 연구자로서 그의 개인사가 바로 한국 뇌 과학의 역사라고 해도 틀리지 않다. 그는 국내에 유전자 변형 생쥐를 만드는 기술을 처음으로 도입하여 뇌 연구의 저변 확대에 기여하고, 그가 이끄는 연구팀과 함께 70여 편의 과학기술논문인용색인SCI급 논문을 세계 유수 과학지에 발표했으며, 이로써 한국의 뇌 과학 분야를 세계가 주목하게 만든 장본인이다. 그러한 공로로 그는 우리나라에서 '제1호 국가과학자'로 선정되었고, 한국인으로서는 두 번째로 NAS미국 국립학술원의 외국인 회원으로 선출되었다. 2010년 현재 한국의 국가과학자는 8명이고, 2009년 당시 NAS의 미국인 회원이 2,150명, 외국인 회원이 404명이라는 점을 감안하면, 그에게 주어진 영예의 무게가 짐작된다.

그의 연구 성과 중에서 가장 최근의 것은 「공포공감 뇌회로와 메커니즘 규명」이라는 논문으로, 2010년 3월 1일자 국제 학술지 『네이처-신경과학』의 온라인판에 게재되었다. 타인의 고통이나 공포에 공감하는 통증 체계의 감각을 뇌신경으로 전달하는 물질이 'L형 칼슘채널'이라는 사실을 밝혀낸 이 논문은 발표 다음 날 국내외 언론에 일제히 소개되었을 만큼 큰 반향을 불러일으켰다.

그가 이끌고 있는 '학습 및 기억현상연구단'이라는 연구팀명에 잘 드러나 있듯이 그는 인간의 의식과 관련한 유전자의 결합이 행동으로 나타나기까지 뇌에서 어떤 일이 일어나고 있는가를 추적한다. 사람에게 직접 실험할 수 없는 어려움 때문에 연구는, 사람이 가진 유전자의 대부분을 가지고 있는 포유동물인 생쥐를 이용한다. 생쥐는 새끼를 많이

▶녹아웃 생쥐

특정 유전자의 기능이 발현되지 않도록 유전자를 변형한 생쥐를 말한다. 생쥐가 유전자 관련 생명과학 실험에서 각광을 받는 것은 쥐의 유전자가 인간과 99퍼센트가량 비슷하기 때문이다. 또 1년에 최대 4세대까지 자손을 번식할 수 있기 때문에 다른 동물에 비해 실험 결과를 빠르게 확인할 수 있다. 하지만 최근 발달한 기술에도 녹아웃 생쥐를 만드는 데 1년은 걸린다. 이 쥐들은 실험용으로 사용할 것이므로 미생물에 오염되거나 빛, 소음 등 과도한 스트레스를 받아서는 곤란하다. KIST의 경우 미 항공우주국(NASA)에서 제시하는 환경 조건을 갖춘 사육 시설에서 유전자 변형 생쥐를 사육한다. 유전자 변형 생쥐의 몸값은 1억 원에 육박한다. 무게가 25그램밖에 되지 않는 생쥐 한 마리 가격이 1억 원이니, 같은 무게의 금값인 115만 원보다 100배 정도 비싼 편이다.

낳고, 세대가 짧아 1년에 4~5대까지 연구할 수 있는 장점이 있다. 연구의 시작은 특정 유전자를 인공적으로 파괴하거나 제거하여 특정 유전자의 기능이 발현되지 않도록 만드는 것이다. 이렇게 해서 만들어진 쥐를 녹아웃Knock-out 생쥐 혹은 유전자 적중Gene targeting 생쥐라고 부른다. 유리 상자 속에 들어 있는 실험 생쥐에게 전기 충격을 가했을 때 이를 밖에서 관찰하고 있던 일반 생쥐는 자신이 직접 자극을 받지 않았는데도 공포 반응을 나타내지만, 'L형 칼슘채널'이 제거된 녹아웃 생쥐는 아무 반응도 나타내지 않는다. 이 현상은 공포 공감 능력이 없는 사이코패스나 외상 후 스트레스 증후군 환자를 과학적으로 치료할 수 있는 획기적인 가능성을 보여 주는 것이다.

'의사'는 어릴 때부터 공부를 잘하는 사람들이 가장 흔하게 선택하는 진로 중 하나이다. 한국전쟁에서 부친이 전사했을 때 겨우 한 살이던 그는 집안의 종손이었고 어머니에겐 외아들이었다. 그는 어머니와 집안을 위해 모범적이고 공부도 잘해야 한다는 생각을 가진 '극단적' 모범생이었다. 대학에 입학할 무렵 주변 어른들이 의대를 가라고 권하였고, 그 역시 어머니를 위해 경기고등학교를 거처 서울의대에 진학했다. 의사가 되는 길을 '모범적'으로 밟아 나가던 그에게 생의 전환점이 된 경험은 본과 4학년 때 일어났다.

당시 결핵성 뇌막염으로 머리가 터질 듯이 부풀어 오르고 거의 혼수상태에 가까운 어린아이가 그의 담당 환자였는데, 회진을 따라 돌던 어느 날 아침 문득 환자를 돌보는 일이 본인 자신에게 즐거움의 원천이 되지 않는다는 사실을 깨달았다. 그는 충격을 받았다. 분명 의사로서 환자 한 사람 한 사람의 상황을 바꾸어 주는 것의 소중함을 모르지 않았다. 그러나 지금의 의학으로는 어떻게도 손쓸 수 없는 환자들에 대한 책임은 누가 져야 하는가. 그는 지금까지 개발된 의술을 숙련하여 환자 한 사람 한 사람을 치료하는 일이 어쩐지 자신의 몫은 아닌 것 같았다. 보람은 있을지 모르지만 일을 통해 기쁨이 있을 것 같지는 않았다. 그는 진료하는 의사보다는 연구하는 의학자가 되어야겠다고 결심했다. 본과 2학년 때 신경해부학 교수로부터 '인간의 의식을 조절하는 뇌간 망양체의 매력에 빠지면 헤어 나올 수 없다'는 말을 들었다. 일 자체가 기쁨의 근원이 되어야 한다고 막연히 느껴 오던 그에게 신비로운 뇌의 세계를 향한 도전은 포기할 수 없고 후회하지 않을 결정적 선택이었다. 사회적 지위로 보나 경제적 보상으로 보나 의사의 매력이 압도적이던 시절에 그는 미래가 불투명한 기초의학자의 길로 들어섰다.

학부를 졸업한 그가 선택한 대학원은 의대의 생명과학부였다. 면역학으로 석사학위를 받은 그는 1974년 2년 예정으로 뉴욕의 슬로안 케터링 암 연구소로 면역학 연수를 떠났다. 한국의 기초의학자로서는 행운인 동시에 모험이었다. 인체 혈액에서 분리한 림프구 세포를 이용한 실험을 통해 면역학 관련 논문을 여러 편 쓰는 과정에서 그는 생명 연구의 근본이 유전학에 있음을 절감하고, 귀국 대신 코넬 대학으로 가서 분자유전학으로 전공을 바꾸었다. 결과는 나쁘지 않았다. 포유류의 오래된 유전학적 미스터리라고 알려진 'T/t-complex'를 연구하는 팀에 합류한 그는 지도교수가 '남들의 3배를 한다'고 혀를 내두를 정도로 열정을 바쳤다. 그는 세계적 학술지인 『셀』과 『네이처』에 다섯 편의 논문을 발표하고 2년 반 만에 박사학위를 취득하여 단연 두각을 나타냈다.

다른 한편으로 그는 틈이 날 때마다 코넬 대학에 있는 신경생화학 분야의 권위자 조동협 박사를 찾아가 신경과학에 대해 경청하곤 하였다. 본과 2학년 때부터 가졌던 뇌 연구에 대한 관심이 그의 마음 속에서 한순간도 사라지지 않고 있었던 것이다. 하지만 그가 유전학에서 거둔 성과는 그로 하여금 쉽사리 뇌 연구로 눈을 돌리지 못하게 했다.

그즈음, 노벨상 수상자로 MIT 대학 생물학과 교수로 있던 발티모어 박사로부터 교수 초빙을 받는다. 당시 그곳에는 노벨상 수상자가 두 명이나 더 있었다. 그 제의는 그의 귀국을 손꼽아 기다리는 어머니를 향한 마음을 눌러 버릴 만큼 강력한 것이었다. 그는 생물학과 조교수 겸 화이트헤드 연구소의 책임연구원으로 부임했다. 자신의 박사학위 연구 결과를 바탕으로 'T/t-complex' 내의 모든 유전자들을 분자생물학적으로 분리하여 기능을 증명하는 연구에 밤낮으로 매달렸다. 그러나 어느 시점에 들어 그는 자신의 연구 주제를 실제보다 훨씬 중요하다고 과도하게 해석하고 있다는 자각을 하게 된다. 그것은 연구 성과를 웃도는 양의 회의를 불러일으켰다. 그럴수록 뇌 연구에 대한 관심이 강렬하게 솟구쳤다. 그는 미국 국립보건원에서 신경전달물질인 PLC에 대한 연구로 이 분야의 이목을 집중시키고 있던 이서구 박사의 협조에 힘입어 PLC 중에서 뇌에 많이 발현하는 'PLC베타1'과 'PLC 베타4'를 연구하기로 방향을 잡았다.

1989년, 때마침 '녹아웃 생쥐'에 대한 새로운 기술 개발이 미국의 생물학자들을 중심으로 이루어졌다. 'PLC베타1'과 'PLC베타4' 유전자의 돌연변이 생쥐를 만드는 일에 착수한 그는 또 한 번 중대한 선택의 기로에 서게 된다. 포항공대에서 그를 생명과학과 교수로 초빙하겠다고 제안해 온 것이다. 지금까지 그가 수행해 온 생명과학 연구는 뇌 과학에 반드시 필요한 분야이긴 했지만 뇌 과학을 정면으로 다루는 것은 아니었다. 그는 뇌 과학을 정면으로, 그것도 외국이 아닌 한국에서 하기로 결심했다. 자신이 좋아하는 일을 하면서 국가에 도움도 되고 인재도 기르는 일이었기 때문이다. 1991년 그는 포항공대에 부임했다.

하지만 부임했을 때는 포항공대를 포함해서 어느 대학도 무균동물실을 갖추고 있지 않았다. 귀국하면서 데리고 온 생쥐들은 국내에서 유일하게 무균실이 가동되고 있는 대전 화학연구원의 실험동물연구실에 맡겨졌다가 거의 1년 후에야 포항공대에 정착했다. 국내의 연구 기반도 취약했지만 더 큰 문제는 축적된 연구 역량의 부재였다. 녹아웃 생쥐를 만들어 낸 후에도 이를 신경과학적으로 분석하기 위해 동분서주해야 했다. 대학원생들을 외국으로 파견하여 기술을 배워 오게 하였고, 그 자신도 뉴욕의 '콜드스프링하버 연구소'에서 제공하는 생쥐 행동 분석

기법에 대한 연구 과정에 참여하는 등 가능한 모든 방법을 동원하였다. 그가 그렇게 의욕적일 수 있었던 것은 뇌에 대한 현대의 과학적인 이해가 전 세계적으로 아직 초기 단계이므로 아무 열등감 없이 선진국들과 어깨를 겨뤄 볼 만하다는 자신감 때문이었다. 1992년 과학기술부 주관으로 시행된 'G7 프로젝트선도기술개발사업'의 일환으로 3년간 연구비를 지원받으면서 그의 연구에 탄력이 붙었다. 시설과 장비가 확충되고, 연구 인력이 늘어나면서 뇌에 관한 연구는 본궤도에 진입하였다.

2001년 그는 기반을 갖추어 가던 포항공대를 떠나 KIST로 자리를 옮긴다. MIT 대학에서 포항공대로 올 때와 마찬가지로 주변에서는 의외라는 반응을 보였다. 국책연구소 연구원들이 대학으로 자리를 옮기는 것이 더 일반적이던 시절에 그는 뇌 연구에 더욱 집중하기 위해 KIST를 선택한 것이었다. 당시 KIST의 정년은 포항공대보다 4년이나 이른 61세였고, 3년 후 재계약 조건이 붙어 있긴 했지만 그에게 단 하나의 잣대는 '뇌 연구에 무엇이 도움이 되느냐'였다. 서울에 집중된 다른 기관들과의 융합 연구와, '유전자 적중 생쥐'를 신속하게 공급해 줄 수 있다는 장점과 함께 더 많은 연구 시간이 그를 결단하게 만들었다.

서울시 성북구 하월곡동의 KIST 신경과학센터 건물 1층. 알코올로 손을 소독하고 멸균된 실험복과 마스크, 신발, 모자, 장갑을 착용한 후 에어 샤워를 거쳐야 들어갈 수 있는 무균동물실. 온도나 습도, 기압, 낙하균 여부 등을 주기적으로 체크하여 관리하는 이곳도 동물 특유의 악취는 어쩔 수 없다. 고층아파트의 축소판 같은 소형 사육 틀cage이 수 없이 놓여 있고, 그 안에는 1만여 마리의 생쥐들이 2~3마리씩 나뉘어 들어 있다. 생쥐들마다 머리에 플라스틱 통을 달고 있는 것이 특이한데, 연구원들이 '왕관'이라고 부르는 그 속에는 전선 가닥이 얽혀 있다. 전극의 한쪽 끝은 생쥐의 뇌 속에 파묻혀 있고, 또 한쪽은 실험을 할 때 전극으로 연결되어 생쥐의 신경세포에서 발생하는 전기 신호를 증폭해 컴퓨터에 저장하는 데 쓰인다. 이러한 기술의 축적은 뇌에 정보가 입력되고 처리되는 메커니즘을 발견하기 위해서다. 이들 중에는 한 마리에 몇천만 원에서 1억 원이 넘는 녹아웃 생쥐들도 있다. 25그램에 불과한 생쥐의 무게에 비하면 금값보다 비싼 셈이다. 이는 유전자 변형 생쥐를 만드는 과정의 어려움을 말해 준다.

신 박사에 따르면, 가칭 'A' 유전자가 제거된 생쥐는 적어도 4~5번의 교배를 통해 태어난다고 한다. 우선 가짜로 바꿔치기한 배아줄기세포를 어미 생쥐의 자궁에 이식하여 정상 쥐와 교배하면 가짜 유전자를 일부 지닌 키메라 생쥐와 정상 생쥐가 태어난다. 이중에서 키메라 생쥐 수컷을 정상 생쥐 암컷과 교배하면 염색체의 절반에 A 유전자가 없는 새끼 쥐Aa가 태어난다. 유전자형이 Aa인 쥐끼리 교배하면 AA, Aa, aA, aa의 네 가지 유전자형이 나타나는데, 이중에서 오직 'aa' 유전자를 가진 생쥐만이 녹아웃 생쥐라 불린다. 유전자형이 aa인 생쥐끼리 교배시키면 항상 aa인 생쥐가 태어나 두고두고 실험에 이용할 수 있게 되는데, 여기까지의 과정이 결코 녹록치 않다. 그 기간이 2년이나 걸리기도 한다. 신 박사가 녹아웃 생쥐를 만드는 데 성공했을 때가 가장 극적인 순간이라고 말하는 이유도 바로 여기 있다.

미국의 과학자 마리오 카페키, 올리버 스미시스, 마틴 에번스는 녹아웃 생쥐를 만드는 기술로 지난 2007년 노벨 생리의학상을 수상했다. 하지만 이들이 녹아웃 생쥐를 만들어 학계에 보고한 것은 1989년이었다. 이들이 노벨상을 수상하는 데 왜 이렇게 긴 세월이 필요했을까. 노벨 과학상 수상자들은 보통 30~40대에 새로운 과학적 발견을 하여 이와 관련된 논문을 발표하고 그 업적으로 60~70대에 이르러 노벨상을 수상하는 것으로 알려져 있다. 수십 년에 걸친 사회 기여가 수상의 조건이 되는 셈이다. 신희섭 박사도 이들의 '사회 기여'를 증명하는 후속 연구 성과를 내는 데 이바지한 사람의 하나다.

뇌 세포를 구성하고 유지하는 데 필요한 정보를 담고 있는 뇌 유전자는 30만 개에 이른다. 이들은 개별 뉴런에 각각 약간씩 다른 능력을 부여해서 인간의 다양성을 형성한다. 인간의 운동 감각과 지능은 모두 특정 유전자의 영향을 받는다. 그러나 이제까지 뇌 세포에서의 기능이 밝혀진 유전자 개수가 500개임을 감안하면, '세계 최초'로 15종류를 밝혀낸 신 박사팀의 연구 성과는 실로 놀라운 것이라 하겠다. 그중 대표적인 것이 앞서 말한 'L형 칼슘채널'을 비롯하여 간질과 운동 마비 증상을 일으키는 'PLC베타1', 몸 안의 생체 시계를 작동시키는 'PLC베타4', 불안증에 관여하는 '알파1E', 학습과 기억 능력에 장애가 되는 'NCX-2', 그리고 통증 억제 메커니즘을 조절하는 'T형 칼슘채널' 유전자 등이다. 이들은 수면 장애나 학습 및 기억 능력 저하, 우울증, 정신분열, 퇴행성 뇌 질환 등을 치료하는 길로 이어지게 되는데 특히 지난

2003년에 그의 연구팀이 'T형 칼슘채널'을 발견했을 때 10억 달러가 넘는 규모의 세계 통증 시장을 주도하는 다국적 제약 회사들이 그를 경쟁적으로 만나려 했던 것도 그의 연구 결과의 가치를 말해 준다. MIT 대학 재임 중이던 40대 초반에 유전자 적중 기술을 처음 접했던 그는 지금까지 다양한 연구 성과를 내면서 인간의 가장 오래된 신비인 뇌의 실체에 근접해 가고 있다.

그는 우리의 뇌를 유전과 환경의 합작품으로 본다. 즉 뇌가 겪어 온 과거의 경험이 뇌의 구조를 바꾸어 현재의 뇌의 작동 방법을 변화시킨다는 것이다. 그가 '유전적 결정론'이라는 단어 자체를 신뢰하지 않는 것도 환경이 유전적 상황을 극복할 수 있음을 확신하기 때문이다. 똑똑한 쥐가 미로를 빨리 파악하는 것은 사실이지만 둔한 쥐도 훈련을 반복하면 미로를 찾는 시간이 짧아진다. 천재로 태어나는 두뇌가 따로 있는 것은 사실이지만, 학습과 교육을 통해서 유전적 차이는 극복할 수 있다. 게다가 과거와는 달리 요즘은 '좋은 머리'의 개념이 공부에 국한되지 않는다. 운동선수나 연예인, 엔지니어, 사무원, 세일즈맨 등이 제 몫을 능가하는 실력을 발휘하는 것도 머리가 좋은 것에 속한다. 심지어는 마음이 착한 것도 머리가 좋은 것이라고 그는 말한다. 새로운 경험을 했을 때 그에 따른 정보를 축적하는 것이 기억이고 그 기억을 토대로 하여 대처법이 달라지는 것을 학습이라고 정의하는 그의 논리에 따르면, 우리가 마음이라고 부르는 것도 실은 두뇌에 저장된 정보를 바탕으로 형성된 것이기 때문에 뇌의 지시에 따라 움직이는 인간의 착한 행동은 결국 '마음' 두뇌가 좋다는 것을 말하는 것이 된다. 인생 전체를 놓고 봤을 때 삶의 결과가 달라지는 것은 노력의 정도에 비례한다고 그는 믿는다. 이는 '타고난 유전자는 내가 더 이상 알 바가 아니다. 그러나 후천적으로 일어나는 일은 내가 손을 쓸 수 있다'는 능동성으로 요약된다. 그가 요가에 심취하고, 장르를 가리지 않고 음악을 들으며, 아마추어급이지만 알토 색소폰을 즐겨 부는 것도 평소에 사용하지 않는 부분의 뇌를 자극하기 위한 것이다.

신 박사는 자라면서 증조할머니와 어머니의 영향을 많이 받았다. 한국전쟁에서 사위 셋과 손자를 잃은 증조할머니는 80세가 넘도록 농사일도 마다하지 않던 실질적인 집안의 가장이었다. 생활에 절도가 있는 분이었는데, 약간 부족할 때 숟가락을 내려놓는 음식에 대한 절제도 그중 하나였다. 손님이 오면 항상 웃는 낯으로 대하고 성의를 다하는 분으로, 자신에게는 엄격하고 남에게는 관대하였다. 신 박사의 어머니는 남편을 잃은 24세 이후로 재혼하지 않고 104세까지 생존한 시할머니를 모시고 두 시동생을 뒷바라지하면서 외아들을 기른 의연한 분이다. 84세에 이른 지금까지 아들에게 의지하지 않고 불교적 수행을 통해 마음을 다스리는 한편, 요가나 꽃꽂이, 서예 등으로 즐거운 나날을 보내고 있다. 여장부와도 같은 두 분의 의연한 삶의 태도는 신 박사가 마음 놓고 연구에 몰두할 수 있는 환경을 마련해 주었다. 어릴 때부터 스스로를 집안의 가장으로 생각해 온 그가 어머니를 두고 오랜 기간의 유학 생활을 할 수 있었던 것도 자신들의 주어진 역경에 굴하거나 생에 함몰되지 않고 인생을 살아 온 두 어른에게서 보고 배운 바였다.

마음이 뇌의 기능이라는 것이 밝혀진 것은 뇌 과학이 발달하기 시작한 20여 년 사이의 일이다. 그동안 우리는 마음의 처소는 가슴심장이라고 믿어 왔다. 그러나 심장 이식을 받고도 환자의 기억이나 정서, 사고 체계가 전혀 달라지지 않는 데 비해 뇌에 손상이 생겼을 때는 손상의 부위와 정도에 따라 마음의 변화가 따른다는 연구 결과들이 보고되면서 빠르게 인식의 전환이 이루어지고 있다.

뇌 과학은 유전자 기능의 통제를 통해 마음과 육체의 고통으로부터 인간을 자유롭게 만들기를 꿈꾼다. 신 박사는 뇌 연구를 마음 수련과 동일한 의미로 해석한다. 뇌 연구가 질병을 치료하기 위한 수준에 그치지 않고 마음의 작동 과정에 대한 유전자의 역할을 파악함으로써 인간 스스로 자신의 뇌를 컨트롤할 수 있는 방법을 연구하는 데까지 나가는 것이 가능할 것이라고 그는 예상한다. 만약 그 단계에 이르게 되면 우리의 인류는 지금까지와는 전혀 다른 삶을 영위하게 될 것이다.

그는 외부에서 들어오는 감각에 대한 뇌의 반응 체계와 경로를 밝혀내는 단계의 연구 기반을 국내에서 구축하려는 꿈을 가지고 있다. MIT 대학의 피코어 연구소를 벤치마킹해 세계에서 손꼽히는 신경과학연구센터를 만들겠다는 구상이 그것이다. 국가과학자 1호로 선정되면서 연간 최고 15억 원의 지원금을 이 구상의 기반을 마련하는 데 우선 투자하고 있다. 매년 3억 원에 이르는 생쥐 사육비를 아끼지 않는 이유도 연구 기반을 강화하기 위해서다. 설사 자신이 그 결과를 보지 못한다고 해도, 이러한 연구 기반 위에서 한국의 뇌 과학이 인류의 삶을 새로운 단계로 진입시키는 성취를 이루어 내게 되기를 그는 기대하고 있다.

연구와 임상 진료는 아주 밀접한 관계 속에서 함께 발전하지만 그 대상을 혼동하면 안 됩니다. 널리 검증되지 않은 새로운 치료법을 환자에게 적용할 때에는 가능한 가장 보수적인 태도를 취해야 합니다.

이춘기 서울대학교병원 정형외과 교수 | 서울대학교 의과대학 및 대학원 졸업 | 대한척추외과학회 회장, 대한정형외과학회지 편집위원장 역임 | 대한민국의학한림원 정회원, 서울대학교병원 정형외과 과장 | 대한 정형외과학회 학술상 본상 수상 | 『상식을 뛰어넘는 허리병, 허리 디스크 이야기』

취재 및 집필 **홍장미**

곧고 바르게

서울대병원 정형외과.

아홉 살짜리 환자가 휠체어를 타고 진료실로 들어선다. 휠체어가 아닌 자전거를 타고 친구들과 어울려야 할 나이에 이 아이는 중증 뇌성마비로 지금 두 발로 서기조차 힘들다. 아이는 간호사의 도움으로 휠체어에서 내려 두 다리로 선다. 이를 지켜보던 사람들의 입에선 낮은 탄식이 흘러나왔다. 지난 외래 방문 때와 비교하면 아이의 척추 변형이 눈에 띄게 진행되어 있었다. 이춘기 교수가 아이의 손을 잡았다. 그의 손을 따라 아이는 비틀거리며 한두 걸음을 걸었다.

이 아이는 뇌성마비로 인한 근육 불균형으로 척추가 점차 옆으로 휘는 신경근육성 척추측만증을 앓고 있었다. 일반적으로 척추측만증은 척추가 좌우로 회전 변형된 상태를 일컫는다. 척추의 측

▶척추측만증

척추측만증은 정면에서 보았을 때 척추가 옆으로 휜 것을 말한다. 이는 2차원적인 기형이 아닌 추체 자체의 회전 변형과 동반되어 앞뒤, 양옆으로 휜 3차원적인 기형 상태를 띤다. 척추측만증의 원인은 여러 가지가 있으나, 80~90퍼센트 정도는 그 원인을 알 수 없다. 이러한 경우를 특발성 척추측만증이라 고 하며, 태아 때부터 척추 생성 과정에서 이상이 생긴 경우는 선천성 척추측만증, 이 외에 중추신경계나 신경학적 이상으로 발생한 신경근육성 척추측만증이 있다.

만 변형을 일으키는 원인은 크게 선천성, 신경근육성, 특발성 등으로 나눌 수 있는데, 각 원인에 따라 경과 또한 다양하다. 특발성 척추측만증은 환자의 생리적 기능에 장애를 가져오는 확률이 낮고 양성의 경과를 갖는다. 하지만 이 아이처럼 신경근육성 측만증 환자의 경우 척추의 변형이 심각하게 진행되어 서거나 앉은 자세에서 균형을 유지하기가 힘든 것은 물론 심폐 기능에 제한을 일으키기도 한다.

아이의 방사선 검사, 폐 기능 검사 및 소아과 의사의 의견을 다시 한 번 면밀히 검토한 후 그가 잠시 깊은 생각에 빠졌다. 아이의 척추는 이미 100도 가까이 휘어져 있었다. 이로 인해 제대로 서거나 앉을 수 없는 상황이었고 심폐 기능에도 제한이 생겼다. 더욱이 아이의 척추 변형은 진행 중이라는 것이 가장 커다란 문제였다. 이춘기 교수는 결국 수술을 통해 척추의 변형을 교정한 뒤 추후 변형을 예방하는 차원으로 치료 방향을 정했다.

수술적 치료는 환자에게 큰 변화를 초래할 수도 있기 때문에 수술 여부는 항상 환자의 득과 실을 최대한 따지고 따져 신중하고 합리적으로 결정해야 한다. 그리고 수술의 목적을 명확히 한 후, 수술 진행 과정 하나하나가 정확하게 이루어지도록 신중을 기하는 것이 무엇보다도 중요하다.

이춘기 교수는 수술을 앞두고 여러 검사 결과와 검진 소견들을 종합하여 팀원들과 수술 방법을 결정하고 계획했다. 척추경에 나사못을 박아서 변형을 고정하는 나사못 고정 및 후방유합법을 택했다. 하지만 척추의 변형이 심할수록 척수 신경을 피해 척추경에 나사못을 박을 때나, 기기고정술을 이용해 변형을 교정하고 고정하는 데 어려움이 있기 때문에 많은 경험과 숙련된 기술을 필요로 한다.

다행히 수술은 성공적이었다. 검사 결과도 좋았다.

그는 매년 400건이 넘는 척추 수술을 집도한다. 누구보다도 수술 스케줄이 빼곡히 잡혀 있다. 하지만 그는 척추 질환에 관한 수술 만능주의에 대해 비판적이며 요통이나 추간판 질환과 관련해 수술적 치료가 남용되는 상황에 대해 우려를 표한다.

"디스크 환자가 절대적으로 수술해야 하는 경우는 거의 없어요. 디스크 대부분은 특별한 치료 없이 3주에서 4주 정도의 안정을 취하고 나면 나아요. 다만 심한 통증을 호소하는 환자들은 주사나 약물로 통증이 조절되지 않을 때 수술할 수도 있어요. 수술을 결정하기 전에 먼저 보존적 치료를 해보고, 그래도 차도가 없으면 그때 수술 여부를 결정해도 늦지 않아요."

우리나라에서 허리 디스크라고 불리는 추간판 탈출증으로 고생하는 사람들의 수는 현재 전체 인구의 약 1~5퍼센트 정도이며,

허리 디스크가 아니더라도 다양한 원인으로 인한 요통을 경험하는 인구는 전체의 약 70퍼센트나 된다. 하지만 의학 상식의 부족과 인터넷, 신문, 방송 등의 매체에 넘쳐 나는 근거 없는 의학 상식은 환자를 혼란스럽게 한다.

허리 디스크 환자의 70퍼센트 이상이 석 달 이내의 안정만으로도 저절로 호전될 수 있다는 것은 교과서적인 상식이다. 흔히 통증이 발생했을 때 튀어나온 디스크가 신경을 누르기 때문에 증상이 나타난다고 생각하지만, 직접적인 압박뿐만 아니라 디스크 주위에서 일어난 염증이 통증 발생에 중요한 작용을 한다. 그러므로 무조건 수술하기보다는 안정을 취하고 약물치료나 물리치료로 염증을 가라 앉혀 통증을 조절해야 한다. 이후 통증이 조절되면 가능한 한 빨리 일상생활에 복귀하여 적절한 생활 습관과 운동을 통해 허리 근육을 강화해서 튼튼한 허리로 만들어 재발을 방지하는 것이 바람직하다.

물론 환자의 하체 근력이 약해지거나 마비 증상이 왔을 때 또는 대소변이 조절되지 않을 때에는 우선 수술을 고려할 수 있다. 만약 안정을 취하고 약물치료를 해도 효과가 없고 통증이 계속된다면, 그때 가서 수술해도 늦지 않는다고 말한다.

수술에서 기대할 수 있는 득과 실에 대한 정확한 이해 없이 섣불리 수술을 결정하면 후회하는 환자들이 많아질 수밖에 없다. 수익을 늘리려는 일부 병원의 과잉 진료와 단번에 낫고 싶어 하는 환자들의 갈망이 맞물린 결과다. 검증되지 않는 치료 방법과 민간

요법이 판을 치는 이유도 다르지 않다.

이춘기 교수의 이름 뒤에는 자연스레 또 다른 최고 척추 전문의인 그의 동생 이춘성 교수가 따라온다. 이 형제는 한 살 터울로 초 · 중 · 고등학교에서 대학교까지 23여 년간을 같은 학교에 다니며 동고동락했다. 과마저도 같은 정형외과를 선택한 두 형제는 서로를 보완해 주는 조언자이자 조력자인 동시에 경쟁자로서 한국의 척추의학 분야를 선도해 왔다.

형 이춘기 교수가 척추가 옆으로 휘는 척추측만증의 권위자라면 동생 이춘성 교수는 허리가 굽는 척추후만증의 권위자다. 이로 인해 척추외과 의사들 사이에서는 측기후성側基後聖이라는 말이 생겼다. 즉 척추측만증 환자는 이춘기 교수에게, 척추후만증 환자는 이춘성 교수에게 보내라는 뜻이다. 2002년에는 대한정형외과학회에서 학술 발전에 공이 큰 회원에게 수여하는 의학상 중 학술상 본상을 이춘기 교수가, 말례 재단상을 동생 이춘성 교수가 수상했다. 형제가 나란히 최고 수준의 의사임을 인정받는, 의학계에서 아주 드문 풍경이었다.

한 분야의 최고 권위자가 된다는 것은 그 분야의 후학들을 양성해야 할 책무를 짊어지게 되었다는 것을 뜻하기도 한다. 이춘기 교수는 제자들에게, 10년 전에 개발되어 이미 충분한 검증 과정을 거쳐 장기적인 효과와 안전성이 확인된 치료법을 따라가는 의사가 되라고 강조한다. 학창 시절부터 누구보다 앞선 엘리트의 삶을 살아왔고, 새로운 시도를 마다하지 않는 진취적인 연구자로 알려진 그가 환자의 치료 방법을 선택할 때에는 다른 이의 뒤를 따르라고 하면 처음 듣는 제자들은 고개를 갸웃한다.

"연구와 임상 진료는 아주 밀접한 관계 속에서 함께 발전하지만 그 대상을 혼동하면 안 됩니다. 널리 검증되지 않은 새로운 치료법을 환자에게 적용할 때에는 가장 보수적인 태도를 취해야 합니다."

개발 초기의 검증되지 못한 방법을 환자에게 적용할 경우 결과를 보장할 수 없으므로 새로운 치료 방법을 연구할 때와 병원에서 환자를 진료할 때는 각각 다르게 접근해야 한다는 말이다. 예를 들어 디스크 수핵의 부피를 줄여 준다는 화학적 수핵용해술은 수술 없이도 간편하게 디스크의 양을 줄일 수 있는 획기적인 허리 디스크 치료로 소개되어 1980년대부터 90년대까지 미국과 유럽 등지에서 선풍적인 인기를 끌었다. 하지만 2~12퍼센트 정도의 환자에서 주사약제에 대한 과민반응으로 인한 쇼크가 발생할 위험이 있는 것으로 밝혀져 지금은 잘 사용되지 않는 치료 방법이 되었다. 화학적 수핵용해술이 사라진 후, 1990년대에는 새롭게 레이저를 이용한 수핵감압술이 인기를 끌었지만 그 역시 뚜렷한 효과를 증명하지는 못했고 2000년대에는 인공 추간판 치환술이 소개되어 주목을 받았으나 그 효용성에 대한 결론은 아직 내리지 못한 상태이다.

이렇듯 여러 치료 방법이 유행처럼 번져 나갔다가 문제가 발생하면 사라지고, 다시 다른 치료 방법으로 대체되는 상황에 대해 이춘기 교수는 우려를 표한다. 의학은 인간의 생명을 대상으로 하는 과학 분야다. 객관적인 지식과 이론에 기초해 입증된 사실만을 엄격히 선별하여 환자에게 적용해야만 하는 것이다. 만약 누군가 최초로 어떤 새로운 치료 방법을 개발하고 환자에 직접 적용해 성공했다고 하더라도 그 시술의 장기적인 효과와 안전성을 확인하기 위해서는 오랜 시간 기다릴 필요가 있다.

의학은 다른 어떤 학문보다 사람의 삶과 가장 밀접하게 연관되어 있지만 그 전문성으로 인해 일반 사람들이 쉽고 올바르게 의학을 접하기 역시 쉽지 않다. 특히 TV와 신문 등 매스컴이 의학을 다루는 태도는 그 정보를 수용하는 환자들에게 위험을 간과하게 만든다. 수술 방법을 최초로 시행하고 있는 의사가 있다는 신문 기사나 특정 시술로 완치된 유명 연예인의 이야기가 실린 잡지를 심심치 않게 볼 수 있다. 또 어떤 대학에서 의사가 전 세계 최초로 어떤 수준의 수술을 몇 회 이상 해냈다는 뉴스는 더 이상 특별하지 않다.

치료가 어려운 병에 대해서 유명인들의 사례를 들어 완벽한 치료 효과를 보장하며 광고하는 것은 이미 과학의 범위를 넘어서는 신화적이고 심증적인 종교의 영역이다. 사람들의 필요와 흥미에 의해서 자극적일 필요가 없는 의학마저도 잘못된 방식으로 보도되고 있다. 그리고 결국 피해를 입는 것은 환자들이다. 그는 과학적인 입증과 임상적인 검증이 되지 않은 방법이 환자에게 커다란 악영향을 미쳤을 때, 과연 매스컴이 그 책임을 지는가에 대해 되묻는다.

그렇다고 이춘기 교수가 새롭게 개발된 의료 기기와 시술에 부정적인 의견만을 가지고 있는 것은 아니다. 그는 의학 발전이 무엇보다도 중요하다는 것에 이견을 갖지 않는다. 그 역시도 여러 차례 새로운 수술을 시도해 성공한 바 있고, 수술 도구들을 발명했으며, 현재까지도 새로운 연구와 발명에 심취해 있다. 다만 의학적 시도와 발명이 발전적 형태의 개발이 아닌 경험적이고 신화적인 경쟁이 될 때, 가장 먼저 고통받는 것은 환자라는 사실에 대한 정확한 인지를 요구한다.

그는 척추 질환 환자의 진료 향상을 위한 의료 기기 및 재료의 개발에도 많은 노력을 기울인다. 요즘 그가 가장 관심을 갖는 것은 BMP Ⅱ Bone Morphogenic Protein II 라고 불리는 뼈 형성 단백질을 연구하여 개발하는 작업이다. BMP Ⅱ는 외상, 종양, 척추유합술 및 골이식이 필요한 골결손 부위에 다양하게 활용될 수 있어 세계적으로 활발한 연구가 계속해서 이뤄지고 있는 분야다. 지금까지 골이식 관련 소재는 외국계 회사의 공급에 의존해 왔기 때문에 경제적인 면에서도 환자의 부담이 컸지만, 이번 연구가 성과를 거둔다면 환자의 부담을 크게 덜어 주면서 국내 의료 기술도 한 단계 발전시키는 효과를 거둘 수 있을 것이다.

이춘기 교수가 척추 분야의 최고 권위자로 불리는 이유는 그가 초고난도 수술을 가장 많이 해서가 아니다. 하지 않아도 될 수술은 하지 않는 것, 수술하지 말아야 할 환자에게 결코 수술하지 않는 엄격함이 그의 오늘을 있게 했다. 그는 과잉 진료와 환자를 실험 대상으로 삼는 비윤리적인 진료를 철저히 배격한다. 기본을 간과한 새로운 의료기법을 경계하는 것이다. 그러나 절대로 현실에 안주하지는 않는다. 자신을 척추 분야 국내 일인자라고 말하는 이들에게는 더 유명하고 뛰어난 의사가 많다며 손사래를 친다. 그러나 철저한 기본을 바탕으로 끊임없이 새로운 치료기법을 연구해온 점에서 그는 분명 이 분야의 제일인자다.

김찬을 찾아온 환자는 일흔에 가까운 노인이었다. 원래 서울에 있는 큰 병원에서 치료를 받기로 되어 있었다고 했다. 그런데 그 병원이 하도 불친절해서 없던 병도 생길 것 같아 일본으로 치료를 받으러 왔다는 것이었다.…… '누가 이 환자를 외국으로 몰아냈는가.' 환자가 수술실로 들어가는 모습을 씁쓸하게 쳐다보는 젊은 한국인 연수의는 의료인의 자세에 대해 고민하기 시작했다.

김찬 아주대학교병원 신경통증클리닉 교수 | 연세대학교 의과대학 졸업, 전북대학교 의과대학 대학원 졸업 | 일본 관동체신병원 연수, 대한통증학회 회장 역임, 대한통증학회 학술상 수상 | 『김찬 교수의 통증 치료 건강법』, 『김찬 박사의 통증 무엇이든 물어보세요』

취재 및 집필 홍장미

통증 없는 대한민국을 위하여

"바람만 불어도 쓰리듯 아프고, 조금만 움직여도 몸 안에서 번개가 치는 것 같아요. 제발 살려 주세요. 선생님."

간호사가 차트를 확인하고는 소리 높여 남자의 이름을 불렀다. 저 높고 높은 진료실의 문턱을 넘기까지 얼마나 악몽 같은 시간을 보내야 했던가. 그는 유난히 조심스럽고 불안한 걸음걸이로 의자에 앉았다. 의사 가운에 적힌 이름 두 글자가 눈에 들어오자 눈물이 흘렀다. 터지는 울음 때문에 얼굴이 일그러지는 것을 막아 보려 배에 잔뜩 힘을 줬다. 작은 통증이 있었지만, 안면 통증에 비할 수는 없었다. 겨우 살려 달라는 말을 끝내고 그는 의사를 쳐다보았다. 혹시 상처 하나 없이 깨끗한 얼굴 때문에 거짓말을 한다는 의심을 사는 것은 아닌가 하는 걱정이 들었다.

처음에는 치아 근처가 짜릿한 것이 충치 때문인가 싶어 치과 치료를 받았다. 도통 나아지지 않아 이를 뽑기도 했다. 그래도 통증은 도무지 떨어지지 않았다. 아파서 죽겠다는 말을 처음으로 실감했다. 하지만 그보다 더 고통스러운 것은 아무도 남자의 고통을 이해해 주지 않는 것이었다. 이해는커녕 보험금을 노리고 거짓말하는 환자로 몰리기 일쑤였다. 이 병원 저 병원 고통을 줄여 줄 수만 있다고 하면 어디든 다녔다. 검사란 검사는 다 해보고, 주사도 맞고, 약도 먹었다. 하지만 죽을 것 같은 고통은 떠나지 않았다. 그는 이미 통증과 약에 지쳐 있었다. 고통이 잠시라도 멎을 때면 그땐 고통으로 인한 우울 증세가 그를 괴롭혔다. 그는 막다른 골목에 서 있었다.

이번이 마지막이라고, 밑져야 본전이라는 생각에 찾아온 의사였다. 손에 쥔 꼬깃꼬깃 접은 신문지에는 통증 분야에서 국내 최고라는 의사의 사진과 기사가 큼지막하게 실려 있었다. 몇 개월간 진료 예약이 끝난 상태라는 말에 하늘이 무너지는 기분도 들었지만 신문 기사에 언급된 정상적인 삶을 살아간다는 환자들의 이야기를 읽으며 시간을 견뎠다.

의사는 남자의 울음이 그치기를 기다렸다가, 그동안 어떻게 참았느냐는 위로의 말로 질환에 대한 설명을 시작했다. 삼차신경통, 그의 진단명이었다. 삼차신경통은 얼굴과 머리에서 오는 통각과 온도 감각을 뇌에 전달하는 뇌신경인 삼차신경에 변화가 생겨 격심한 통증이 오는 병이다. 신경에 한 번 변성이 오면 다시는 회복되지 않는다. 특히 삼차신경통은 통증의 왕이라고 불릴 만큼 그 고통이 극심한데, 안타깝게도 그는 수년 이상을 앓아 진작 급성을 지나 만성 통증이 되어 있었다. 몇 년 동안 통증에 시달려 온 그에게, 의사는 이제는 완쾌되는 개념이 아니라 당뇨와 비슷하게 평생을 두고 관리해 나가야 한다고 말했다. 그동안 다른 유명 병원들이 효험이 없었던 것은 이 때문이었던 것이다. 그의 얼굴은 사색이 되었다. 당장 1분도 참기 어려운 이 고통을 죽을 때까지 관리하며 살아가라는 소리는 그에겐 죽음보다도 더 끔찍한 충격이었다.

의사가 말을 이었다. 다행히 알코올파괴법이라는 간단한 시술로 통증을 상당 부분 제거할 수 있고 관리하기에 따라 통증 없이 살 수도 있다고 했다. 알코올파괴법은 통증의 원인이 되는 신경을 찾아 알코올을 주입함으로써 신경을 차단해 통증을 제거하는 신경차단술을 말한다. 주사로 알코올을 주입하기만 하면 끝나는 수술이기에 수술 시간은 짧고 비교적 간단해 보이지만, 미세하고 복잡하게 얽혀 있는 신경을 다루는 일이기 때문에 무척 어려운 수술이기도 하다. 또 차단된 신경은 2년 정도 지나면 재생하기 때문에 언제든 재발할 수도 있고 얼굴 감각이 감소하는 부작용도 발생할 수 있다. 하지만 의사

▶삼차신경통

삼차신경통은 얼굴의 감각을 담당하는 신경이 손상돼 극심한 통증을 유발하는 질환인 만큼 잇몸이나 턱, 뺨과 이마 등 얼굴 전체에서 발작적인 통증이 나타난다. 양치질이나 세수를 하거나 식사를 할 때 또는 대화하는 중간에 벼락같이 0.5초 내지 1초 정도 아팠다가 멀쩡하고 아팠다가 멀쩡하고 이런 것을 반복하는 발작기가 있을 수 있다. 특히 극심한 통증이 나타나다가도 상당 기간 통증이 없거나 약해지는 무통 기간이 있는 것이 특징이다. 원인으로는 뇌혈관과 신경이 가깝게 붙어 혈관이 박동하면서 신경을 자극해 통증을 유발하는 경우가 가장 흔하고 그 외에도 뇌종양이 직접 신경을 압박함으로써 삼차신경통이 발생할 수 있다.

는 이미 90년대 초반부터 여러 환자에게 시술해 왔고 1,000여 명이 넘는 환자들에게서 효과를 보았다고 했다. 남자가 잘 관리만 해 준다면 앞으로는 통증 없는 삶을 살 수도 있다는 것이다.

삼차신경통을 앓고 있는 환자 열 명 중 한 명 정도는 뇌종양에 의한 삼차신경통증일 가능성을 가지고 있기에 MRI를 촬영했다. MRI 결과를 보고 나서 다시 치료 방향을 결정하기로 했다. 삼차신경통. 병명을 알아낸 것만으로도 남자에게는 커다란 수확이었다.

얼마 후, 남자는 뇌종양이 아니라는 결과를 들었다. 다행이었다. 환자복으로 갈아입은 그는 얼마 지나지 않아 수술실로 들어갔다. 의사가 시술하기 전 마지막으로 수술 과정과 혹시 있을지 모르는 부작용에 대해 설명했다. 마취되는 신경 중 운동신경이 있기 때문에 간혹 씹는 장애가 오는 경우도 있지만 대부분 3개월 이내에 정상으로 돌아오게 된다. 감각이 둔해지는 부작용 또한 평균 4개월 정도면 적응이 되어서 괜찮아진다. 3년 내 재발하지 않는 경우가 80퍼센트에 가깝다고 다시 한 번 안심시켰다. 자세한 설명을 마친 의사는 수술에 들어갔다.

간단한 소독 후, 그가 수술대 위에 누웠다. 전신마취도 필요 없었다. 그의 주위로 네다섯 명의 의사들이 둘러쌌다. C-arm이동식 엑스레이 투과 장비을 사용해 문제의 신경을 찾아야 했다. 의사는 화면을 보며 한참 동안 그를 살펴보았다. 다른 의사들과 심각한 이야기를 하던 의사가 그의 얼굴에 주사 바늘을 찔러 넣으며 신경의 위치를 찾았다. 어느 순간, 누워 있던 그가 소리를 질렀다. '찾았다!'

작게 중얼거리며 의사도 한시름 놓았다. 다시 삼차신경의 위치를 몇 번이고 확인했다. 위치를 확신한 의사가 소량의 순수 알코올을 주입했다.

시술은 의사의 말처럼 아주 간단했다. 몇 분이나 지났을까. 그는 깜짝 놀랐다. 수술실을 나오고 얼마 지나지 않았는데도 통증이 없어져 버린 것이었다. 믿을 수 없어 얼굴을 만져보고 움직여 봤다. 아픔은 없었다. 10년 동안의 통증에서 벗어나는 순간이었다.

그가 다시 병원을 찾았다. 바람만 불어도 찾아오던 통증은 이제 태풍이 불어도 아무렇지 않았다. 앓는 소리와 함께했던 식사는 다시 예전의 즐거움을 찾았다. 겨우 미음을 넘기던 그는 이제 강철도 씹어 삼킬 수 있을 것 같았다.

아무도 알아주지 않고 도와주지 못했던 그 막다른 골목에서 그가 만난 마지막 희망, 바로 의사 김찬이었다.

"선생님, 제발 건강하게 오래오래 사세요."

밤늦게까지 외래 진료를 하는 김찬 교수에게 도리어 남자가 걱정의 말을 건넸다. 진료실은 가벼운 진료와 대화로 채워졌다. 새로운 취미로 등산을 시작했다는 그의 말을 주의 깊게 듣던 김찬 교수는 몇 가지 주의사항을 일러 줬다. 약과 주사 대신 규칙적인 생활, 충분한 수면, 가벼운 운동, 바른 자세, 간단한 취미 생활과 스트레스 해소로 통증이 재발하지 않게 하는 과제만이 남았다. 그의 두 손에 들린 홍삼 음료수를 보고 뭘 이런 것을 사 오느냐고 농을 치는 김찬 교수의 입가에도 남자의 입가에도 은은한 미소가 감돌았다.

"코스를 바꿔서 대각으로. 잘 받아넘기고 강한 스매시! 경기 끝났습니다. 김찬! 게임 스코어 2 : 0으로 예과 1학년의 떠오르는 별 김찬 선수가 우승을 차지합니다."

의대 체육대회 날이었다. 신입생 김찬이 월등한 실력으로 탁구 경기에서 우승을 거머쥐었다. 땀으로 범벅된 그의 얼굴이 환희로 가득 찼다. 주위 사람들에게서 찬사와 축하가 쏟아졌다. 잠시 뒤 또 다른 경기가 시작되었다. 그런데 다른 이들과는 달리 그는 좀처럼 경기에 집중할 수 없었다. 한참 동안 그는 경기장 한쪽 끝에 서서 부상으로 받은 선물을 내려다봤다. 그의 입가에는 이미 미소가 사라졌다. 선물 너머에는 한 소년이 서 있었다. 그가 보고 있는 것은 그 소년이 가슴에 품고 있던 '만약'이라는 글자였다.

참으로 활동적인 소년이었다. 가만히 누워 잠을 청할 때조차 까맣게 탄 얼굴에 하얀 제복을 입고 거친 파도와 싸우는 마도로스가 되는 상상을 할 정도였다. 소년은 몸을 움직일 때면 온갖 시름에서 벗어날 수 있었다. 소년의 최대 관심사는 운동이었다. 어찌나 운동을 좋아했던지 중학생 때부터는 학교 탁구부에서 국가대표를 목표로 훈련했다. 체력도 훌륭한 데다 기술도 뛰어났다. 사람들은 소년이 전 세계에 한국의 위상을 알리는 훌륭한 국가대표 탁구선수가 될 수 있으리라고 말했다. 소년은 탁구채를 잡을 때면 두려울 것이 없었다. 꿈과 열정이 넘쳤다. 하지만 치과의사인 부친은 아들이 의대에 들어가서 자신의 뒤를 잇는 의사가 되길 바랐다. 운동선수로서 훈련받는 중에도 공부까지 훌륭히 해내던 소년이었다. 부모의 기대는 날이 갈수록 커져만 갔고, 그들의 완곡하고도 간곡한 권유를 뿌리칠 수 없었다.

소년은 의대에 입학했다. 그의 부모가 그토록 바라던 청년으로 성장한 것이다. 그럼에도 스스로는 바라던 대로 탁구선수가 되었다면 원하는 분야에서 더 열정적으로 정진할 수 있었을 것이라고 생각하니 아쉬웠다. 청년 김찬의 이후 삶은 보통의 의대생들과 별다르지 않게 흘러갔다. 그렇지만 예과를 마치고 본과 전공을 공부하는 동안에도, 바쁜 인턴 생활에도 그가 명확히 했던 것이 하나 있었다. 보람 있는 목표를 향한 열정. 청년 김찬이 꾸는 마지막 꿈이었다.

인턴 과정을 마친 그는 마취과에 지원했다. 의아한 일이었다. 마취의가 수술실에서 할 수 있는 일은 보조 역할밖에 없었고, 환경도 열악한 탓에 마취과는 인기 학과가 아니었기 때문이다. 하지만 그에게는 이 상황이 다르게 다가왔다. 아무도 가려고 하지 않는 길이라면 오히려 더 잘됐다고 생각했다. 최고가 되겠다는 목표를 가지고 최초의 한 발을 내딛겠다고 마음먹었다. 이후 그는 박사학위도 받고 원주 세브란스 병원에서 마취전문의로 스탭 생활도 훌륭히 해냈다.

어느 날, 그는 병원의 마취과장을 찾아갔다. 병원의 다른 과와는 달리 마취의가 많이 있는 편이 아니기에 과장과는 돈독한 친분을 유지하고 있었다. 반갑게 맞이하는 과장에게 김찬은 오랫동안 망설였던 말을 꺼냈다. 그만두겠다는 그의 말을 듣고 과장은 깜짝 놀랐다. 애초에 김찬이 당시 상황에 만족하지 않는다는 것은 잘 알고 있었다. 그래도 종종 서울로 올라가 내로라하는 병원들을 탐방하고, 학업의 끈을 놓지 않아 내심 든든하게 여기고 있었는데 다짜고짜 그만두겠다니. 과장은 잠시 김찬의 눈을 바라보았다. 그리고 모두가 부러워하는 직업을 지닌 이 성공한 의사의 내면이 괴로움으로 가득하다는 것을 그제야 발견한 자신을 책망했다. 김찬은 이렇게 괴로울 바에야 다른 조그만 병원에서 일하며 살고 싶다고 말하고 있었다. 당장 말려야 했다.

"자네, 일본에 가지 않겠나?"

"일본이요?"

"정 마취과에 흥미를 못 느낀다면, 통증클리닉이라는 새로운 분야에 도전해 보는 것은 어떤가? 우리나라에서는 생소한 분야지만 미국, 유럽, 일본 같은 선진국에서 새롭게 떠오르는 신생 과야. 아직 크게 발달한 분야는 아니지만 일본만 하더라도 다른 선진국 부럽지 않게 잘 발달해 있다더군. 일본이라면 그리 멀지도 않으니 한번 가서 연수만이라도 받아 보는 것이 어떤가. 만약에 연수 후에도 아니다 싶으면 그때는 절대 잡지 않는다고 약속하지. 그때 가서는 원하는 대로 해도 좋네."

이미 굳게 먹은 마음이었다. 돈이나 명예를 잃을 수 있다는 설득은 통하지 않으리라는 것을 알고 있었다. 과장이 먼저 승부수를 띄웠다. 그는 오랫동안의 고민을 도피로 해결하려 하는 것이 김찬의 성격과 맞지 않다는 것을 간파했다. 오히려 그럴수록 더욱 밀어붙이고 좋은 방법을 제시해 주면 맞서 싸우리라는 그의 승부사 기질을 믿었다. 과장의 판단이 옳았다. 시들어 가던 김찬이 새로운 제안을 받자 놀랍도록 달라지기 시작했다. 그는 새로운 과제를 위하여 일본으로 떠났다.

당시 우리나라 통증클리닉 분야는 수술 후 발생하는 통증을 관리하거나 암 말기 환자들의 통증을 조절하는 일을 하는 것이 전부였다. 그래서 우리나라 통증클리닉의 환자는 말기 암 환자의 비율이 절대적일 수밖에 없었다. 일본의 통증클리닉에서 말기 암 환자의 비율이 전체의 겨우 1퍼센트 남짓한 것과 비교해 보면 심각하게 뒤떨어져 있었다. 다른 과들과는 달리 세분화된 교육 과정도 없었다.

김찬이 도착한 곳은 일본 관동체신병원의 Pain Clinic이었다. 통증클리닉으로는 세계적인 명성을 갖고 있는 곳이었다. 특히 이 병원의 통증클리닉 센터에는 수술받기를 원하지 않거나 수술받을 수 없는 통증 환자들이 비수술요법으로 신경을 치료하기 위해 일본 전역에서 모여들고 있었다. 통증 분야를 수련하기에는 딱 알맞은 곳이었다.

수술에서 보조 역할을 하거나 혹은 말기 암 환자들의 고통을 줄여 주는 것만 중점적으로 다뤘던 그는 일본의 통증클리닉 연수를 통해 통증에 대한 새롭고 중요한 것들을 깨닫게 되었다. 그리고 결국 그토록 소망했던 '목표'를 얻었다. 연수가 끝난 후에 한국에 돌아가면, 우리나라에도 통증을 전문으로 다루는 통증클리닉 센터를 세우겠다는 꿈이었다. 저돌적으로 다가오는 목표를 가만히 놔 둘 그가 아니었다. 통증클리닉에 대한 호기심은 관심거리가 되었고 관심은 열정을 낳았다. 어느새 그는 병원에서 가장 일찍 출근하고 가장 늦게 퇴근하는 사람이 되어 있었다. 특별한 꿈을 품은 청년의 열정을 아무도 막을 수 없었다. 누군가는 해야 한다는 사실에 보람을 느꼈다. 그리고 그 누군가가 바로 자신이라는 생각이 그를 행복하게 했다.

2년이 지나고 드디어 그는 한국으로 돌아왔다. 가슴에는 원대한 목표와 열정이 있었고, 머릿속에는 눈으로 보고 귀로 들은 지식과 기술이 있었다. 김찬은 자신만만하게 자신의 꿈을 이뤄 나가기 시작했다. 하지만 위대한 첫걸음들이 대개 그렇듯 그 역시 커다란 벽 앞에서 수없이 고민해야 했다.

처음 진료를 할 때였다. 이름부터 고민거리였다. 아직 마취과에 소속되어 있었고 그것이 환자들의 오해를 불러왔다. 치료할 때 일시적으로 마취하는 것이 아니냐는 오해였다. 김찬은 마취과라는 이름을 통증과로 바꿨다. 그러자 이번에는 통증만을 없애 주고 근본적인 치료를 하지 않는 것은 아닌가 하는 질문이 따라왔다. 고심 끝에 신경통증클리닉이라는 이름을 만들어 붙였다. 그 이후로는 질문에 따로 시간을 쏟지 않고 바로 진료를 볼 수 있게 되었다. 김찬은 스스로 이름 붙인 신경통증클리닉 센터에서 진료해 나갔다.

과거 김찬이 일본에 연수차 나가긴 했지만, 일본 의사 면허를 가지고 있지 않은 탓에 직접 수술에 참가할 수는 없었다. 직접 수술을 해보는 대신 수백 번도 넘게 수술을 참관하는 것으로 위안을 삼았다. 신경을 다루는 일은 섬세함을 요하는 작업이었다. 한번은 너무도 긴장한 나머지 중간에 수술을 멈추기도 했다. 그에게 가장 커다란 부담은 환자에게는 절대로 피해를 줘서는 안 된다는 것이었다. 한 케이스 한 케이스가 그에게는 커다란 목표였고 새로운 도전이었다. 그렇게 매 순간 최선을 다하며 지내 온 결과 그에게는 더 이상 넘지 못할 정도의 도전이라 여길 만한 것들이 줄어, 어느새 그 분야에서 독보적인 존재가 되어 있었다. 실제로 현재 우리나라에서 시행되고 있는 통증 관련 시술의 90퍼센트 이상이 그에 의해서 최초로 시작됐다고 해도 과언이 아니다.

그러나 그 과정이 순탄한 것만은 아니었다. 신경차단술을 시술할 때 필요한 C-arm을 사용할 때는 법적으로 방사선량을 측정해 주는 개인 선량계를 몸에 착용해야 한다. 하지만 그가 사용하는 횟수는 평균을 훨씬 웃돌았고, 항상 방사선량은 기준치를 초과했다. 그 때문에 병원 측에서는 의사의 건강을 이유로 시술을 금지했다. 누군가는 꼭 해야 할 일이라는 생각에 그는 결국 개인 선량계를 벗어 버렸다. C-arm에 손끝과 손톱이 타들어 갔고, 거칠게 변해 버린 손과 두껍게 변하고 갈라져 버린 손톱을 보고 있노라면 한숨이 나왔다. 그래서 사람들과 만나면 괜히 부끄러워 손을 감추기도 했다. 가족력이 있는 것도 아닌데 머리도 빠졌다. 그래도 그는 절대 그만두지 않았다. 포기하지도 않았다. 열정으로 가득 찬 그에게 이런 고난은 더 이상 고통이 아니었다. 그에게 있어 시련이란, 목표를 이뤄가는 과정 속에 있는 또 다른 정진일 뿐이었다.

그리고 20여 년이 흘렀다. 이제 사람들은 김찬 교수를 국내 최고의 마취통증 전문의로 부르는 것에 이견을 갖지 않는다. 활발한 연구 및 시술로 삼차신경통, 다한증, 대상포진 후 신경통 등의 분야에서 국내 최고의 실력자로 인정받았다. 다한증 환자를 대상으로 한 교감신경차단술은 1,100건 이상 성공했다. 또 삼차신경통 환자를 대상으로 한 알코올신경차단술은 세계 최초로 1,500건을 돌파해 전 세계적으로 그 능력을 인정받았다. 지난 2003년에는 동아일보에서 평가한 분야별 베스트 닥터 중 통증 분야에서 1위를 차지하기도 했다.

20년 전 관련 분야의 의사는 열 명도 되지 않았지만 지금은 수백 명에 이를 정도다. 20년 전 타국에서 면허가 없어 시술조차 못 해보던 의사는 지금 세계적으로 이름을 떨치는 권위자가 되었다. 20년 전 제대로 된 진료과도 없이 낙후했던 한국의 통증클리닉이 지금은 일본을 능가하여 세계 최고의 실력을 보유하게 되었다.

"신경통증 분야에서 가장 중요한 것은 병을 치료Treatment하는 것이 아니라 환자와 환자의 병을 관리Management해 주는 것입니다."

국제통증학회에서는 통증을 '실질적인 또는 잠재적인 조직 손상이나 이러한 손상과 관련해 표현되는 감각적이고 정서적인 불유쾌한 경험'이라고 정의했다. 통증을 생체의 이상 현상을 신속하게 알리고 경고하는 방어 메커니즘 중 하나로 본 것이다. 보통 부정적으로 인식되지만 경고와 방어의 역할을 하고 즉시 사라지는 면으로 볼 때 통증은 신체에 굉장히 유용하다. 문제는 역할 이후에도 사라지지 않고 계속 남아 있는 통증이다. 생체의 이상이 제거된 후에도 남아 있는 통증은 단순한 경고, 방어로서의 역할을 넘어 새로운 문젯거리가 된다. 이때의 통증은 반드시 치료가 필요하다.

통증 환자들에게는 빠른 진료와 알맞은 치료가 무엇보다도 중요하다. 급성 통증 환자들은 다행히 간단한 약물 치료와 시술만으로도 충분히 그 효과가 나타나기 때문에 진료와 치료는 물론 완치도 비교적 쉽고 빠르다. 문제는 급성에서 이미 만성으로 진행된 경우다. 만성 통증은 완치라는 개념이 없는 병이다. 당뇨와 같이 평생을 안고 가면서 통증을 줄이는 쪽으로 관리하는 수밖에 없다.

만성 통증을 앓고 있는 이들은 아직도 만성 통증에 대한 인식이 잡혀 있지 않은 까닭에 이 개념을 환자와 환자의 가족, 심지어 다른 의사들에게 인식시키기가 쉽지 않다. 신경통증클리닉에서 환자를 치료하는 것보다 더 힘든 것은 진료하는 것이다.

만성 통증 환자 중에는 10여 년이 넘는 시간을 통증과 싸우며 전국 방방곡곡 안 다닌 병원이 없는 환자들이 태반이다. 그들 중에는 몸의 통증으로 인해 우울증이 생긴 환자도 많다. 그러다 보니 그들은 주변 가족들과 의료진에게 쉽게 화를 내고 짜증을 냈다. 병원과 의사에 대한 불신이 쌓인 환자들과 실랑이를 하는 것은 진료와 치료만도 힘든 의료진에게 적지 않은 스트레스를 가져왔다. 하지만 김찬은 이런 환자와 환자의 상황을 최대한 이해하려고 애썼다. 그들의 고객은 모두 아픔을 참지 못해서 찾아온 사람들이기 때문이었다. 이런 그의 한결같은 자세는 20여 년 세월 동안 변함이 없었다.

그는 20년 전, 일본 연수 시절에 만난 한 한국인 환자를 지금도 잊지 못한다.

"내가 일본 병원을 뒤지고 또 뒤져 보다 누가 이 병원에 한국인 의사가 있다고 알려 주기에 이렇게 달려왔소."

그를 찾아온 환자는 일흔에 가까운 노인이었다. 원래 서울에 있는 큰 병원에서 치료를 받기로 되어 있었다고 했다. 그런데 그 병원이 하도 불친절해서 없던 병도 생길 것 같아 일본으로 치료를 받으러 왔다는 것이었다. 과거에 일본의 병원에서 치료받았을 때의 친절이 무척 그리웠다는 노인은 그의 거듭되는 설득에도 일본에서 치료를 받겠다는 고집을 꺾지 않았다.

'누가 이 환자를 외국으로 몰아냈는가.'

환자가 수술실로 들어가는 모습을 씁쓸하게 쳐다보는 젊은 한국인 연수의는 의료인의 자세에 대해 고민하기 시작했다. 의료인이라면 자기 분야에 대한 많은 경험과 지식을 갖추는 것이 기본이다. 언제까지 치료해야 하고, 얼마나 치료해야 하며, 과연 완치되는 병인지를 환자에게 설명해 주고, 환자의 궁금증을 풀어 주는 것이 의사의 당연한 책무다.

통증클리닉을 찾는 많은 환자들이 의사를 불신하는 원인 대부분도 의사의 부정확한 설명과 잘못된 진단에서 비롯된다. 만성 통증 환자에게 특정 치료를 하면 조만간 나을 것이라고 말하는 것은 당뇨 환자에게 조만간 완치되리라고 말하는 것만큼 무책임하다. 이런 의사들의 잘못된 진단은 치료 가능한 환자들도 만성 통증 환자로 만들곤 한다. 통증이 발병했을 때 주사나 약 등을 무작정 투여하는 것은 치료가 아니다. 환자의 통증 특성과 체질을 진단한 후 그 환자에 적합한 방법을 선택해서 진료하고, 환자와의 대화를 통해 효과를 자세히 검토해 나가며 진료의 방법과 강도를 조절하는 것이 순서이다.

환자의 이야기를 들어 주고, 이해해 주는 것은 정확한 치료를 위해서만 필요한 것이 아니다. 의사는 환자가 의지할 수 있는 마지막 희망이다. 의사가 가장 먼저 해야 할 일은 환자를 안심시키는 일이다. 마음이 불편해서는 절대 몸의 병이 나을 수 없다. 전신 통증을 호소하며 앉지도 못하고 잠도 못 자던 환자들이 취미생활을 하고, 규칙적인 생활을 하고, 바른 자세를 하고, 마음의 짐을 더는 것만으로도 상당한 효과를 거두는 많은 임상 사례들이 이를 뒷받침한다. 환자가 스스로 자신의 현재 상태를 알고, 자기 몸을 호전시키기 위한 진료 과정에 능동적으로 참여할 때, 의사의 치료 행위는 최상의 효과를 거둘 수 있다.

김찬 교수는 꿈을 이루었다. 한국에서 처음으로 신경통증클리닉을 설립하고, 비약적으로 발전시킨 것은 사실 개인의 목표를 이룬 것 이상이다. 한때의 방황과 회의가 그에게 오늘과 같은 성취를 이룰 수 있게 만들었다. 외과 진료의 단순 보조에 그치고 있던 마취의의 역할에 만족하고 안주했다면 오늘의 그는 없었을 것이다. 동료들이 만들어진 길을 따라갈 때 그는 새로운 목표에 도전했고, 이제 명의의 반열에 올랐다.

그는 지금 또 다른 목표를 향해 다시 뛰고 있다.

후학을 양성하는 것에 대한 그의 열정은 특별하다. 의술은 소유하는 것이 아니라 베풀고, 나누는 것이기 때문이다. 보통의 의사들이 한두 명의 의사와 협동 진료 하는 것에 비해서 그는 다섯이 넘는 의사와 함께 환자를 진료한다. 그들은 김찬 교수에게 신경통증의학을 배우러 온 의사들이다. 벌써 400명 이상의 후학을 배출했다. 사명감과 열정으로 배우려는 의지만 있다면 출신 지역이나 대학, 전공도 가리지 않는다.

이제 그는 정년퇴직을 눈앞에 두고 있다.

"일하면서 몸도 마음도 고생스럽지만, 보람이 있기에 후회는 없습니다."

후학을 양성하는 일을 어느 정도 마무리한 다음 그가 가장 하고 싶은 건 그동안 소홀했던 가족들과 단란한 시간을 보내는 일이다.

그러나 정년이 다가올수록 점점 더 바빠지고 있는 그가 과연 이 소박한 소망을 이룰 수 있을지는 알 수 없다. 다만 과거의 그가 그랬던 것처럼 앞으로도 열정적으로 후회 없는 길을 걸어 나갈 것이다.

제4부

의사, 세상을 치유하다

최적의 진료를 위한 시설과 시스템, 그리고 무엇보다 환자를 살릴 수 있는 실력과 사명감을 지닌 의사가 있는 병원이 최고의 병원이다. 자신의 환자를 살리기 위해 자신의 모든 것을 거는 의사들로 그는 진료실이 채워지길 바란다.

김성덕 중앙대학교의료원 원장 | 서울대학교 의과대학 및 대학원 졸업 | 대한마취과학회 이사장, 서울특별시립 보라매병원 원장, 대한의사협회 회장대행 역임 | 한국의학교육평가원 이사장, 대한의학회 회장, 중앙대학교의료원 의무부총장

취재 및 집필 **방재석**

작은 것을 바꾸어 큰 것을 바꾼다

그는 최고를 고집한다.

“의사는 누구나 최고가 되기 위해 혼신의 노력을 다합니다. 최고가 아닌 의사에게 진료를 받고 싶어 하는 환자는 단 한 명도 없으니까요.”

그는 마취 분야에서 국내 최고 권위자의 길을 걸어왔다. 중요한 수술은 모두 마취로 시작해서 마취에서 깨어나는 것으로 마무리된다. 그는 서울대병원에서 가장 부드러운 미소를 지닌 사람으로 알려졌지만, 수술실에서는 무서우리만큼 냉정하고 엄격했다. 마취에서는 조금의 오차도 용납하지 않기 때문이다. 환자의 체질과 상태, 병력에 대한 예민한 관찰과 정확한 처치만이 쇼크와 같은 이상 반응을 방지할 수 있기 때문이다.

“재수술은 있어도 재마취는 없습니다. 의사라면, 죽어 가는 사람을 살릴 수는 없더라도 최소한 살 수 있는 사람을 죽게 해서는 안 되는 거죠."

정확한 마취는 성공적인 수술을 위한 필수 조건이다. 서울대병원 수술실에서 생사의 기로에 섰던 수많은 환자들이 그의 손을 거쳐 갔다. 이름을 대면 누구나 알 만한 환자도 셀 수 없이 많았다. 수술실을 나간 중환자들의 관리도 그의 몫이었다. 그는 마취와 중환자 관리, 그중에서도 호흡 관리를 함께 전공했다.

의대를 다니던 시절에는 마취과에 관심을 가진 학생들이 거의 없었다. 마취는 의사가 하는 일이 아니라고 여길 만큼 인식이 낮았다. 그는 미지의 영역에 대한 강렬한 호기심을 느꼈다.

"하는 사람이 없으니까 내가 할 일이 더 많지 않을까? 할 일이 많다는 것, 매력적이잖아요?"

마취 분야에 관심을 가지게 되자 의학에서 마취학이 가지는 중요성을 알 수 있었다. 그리고 그는 임상에 필요한 단순한 공부에 만족하지 않았다. 마취의학의 발달사를 공부하고, 임상과 학문에서 진보의 디딤돌이 된 데이터와 논문을 섭렵했다. 의료 선진국에서 도입하고 있는 새로운 임상 기법에서도 눈을 떼지 않았다. 외국의 신예 학자들이 발표하는 최신 논문들은 그의 연구를 채찍질하는 가장 큰 자극제였다. 그가 관심을 기울이고 연구하던 문제에 대한 연구 결과가 실린 국제학술지를 받아들었을 때는 좌절감에 휩싸이기도 했다. 국내 마취의학에 대한 임상에서의 홀대는 연구 쪽에서도 고스란히 반영되어 국제적인 학술지들의 경우 한국 연구자들의 성과에 대해 기대조차 가지지 않았다. 마취의학의 불모지나 다름없는 한국에서 그가 세계적인 연구자들과 어깨를 나란히 하기 위해 할 수 있는 것은 더 많은 시간을 투자하는 것밖에 다른 방법이 없었다. 그는 자신의 모든 시간을 마취의학에 쏟아부었고, 그리고 어느 순간이 되자 마취의학이 현재 도달한 높이와 더불어 앞으로 해결해야 할 과제들이 한눈에 들어오기 시작했다. 그리고 그 분야에서 소외받고 있는 지점도 보였다. 마침내 그의 연구가 조금씩 인정받기 시작했다.

서울대병원에 부임한 그는 임상과 연구를 병행해야 했다. 부담이 되었지만 연구가 임상과 유리될 수도 없는 것이었다. 아니, 그의 연구는 철저히 임상 현장의 필요성에서 도출된 것이었다. 그는 남들보다 두 시간 이상 일찍 출근했다. 서울대병원을 그만둘 때까지 그는 단 한 번도 아침 7시 이후에 출근한 적이 없다. 그의 연구실은 서울대병원에서 가장 일찍 불이 켜지고 가장 늦게 꺼지던 방들 중 하나였다.

마취의학에 대한 그의 열정과 성과를 먼저 주목한 것은 국제학술지였다. 그의 논문이 학술지에 실리면서 한국의 마취의학 또한 함께 주목받기 시작했는데, 점차 연구 성과가 축적되면서 그는 논문 한 편을 게재하기도 어렵다는 세계적인 전문학술지의 편집위원이 되었다. 국제적으로 명성 있는 연구자들이 쓴 논문에 대해 수록 여부를 결정하는 심사위원 역할을 맡게 된 것이다. 그는 『Pediatric Anesphesia』의 편집위원을 지냈고, 지금은 『Clinical

Anesphesia』의 편집위원으로 활동하고 있다.

마취의학에서 국제적인 인물이 되었지만 그는 만족하지 않았다. 국민들이 알아주지도 않고, 의료사고의 위험도 높은 마취의학에 뛰어든 제자들에 대해 그는 무한 책임을 느꼈다. 사명감을 가지고 투신한 제자들이 막상 진출할 수 있는 영역은 너무 좁았다. 다른 전문의들과 달리 마취의학 전공의들은 개원을 할 길도 없었다. 단순히 먹고 살기 어려운 것이 문제가 아니었다. 임상과 학문, 두 영역 모두에서 마취의학이 자리를 잡기 위해서는 좋은 인재들이 계속 지원할 수 있는 매력적인 환경이 필요했다. 그는 마취의학을 세분화하고 전문화하는 일에 나섰다. 그의 노력은 중환자 마취의학, 소아 마취의학, 마취통증의학의 개척으로 나타났다. 특히 마취통증의학이 전문화되면서 마취의학 전공자들에게도 개원의 길이 열렸다. 마취통증의학의 개척은 그동안 마취의학을 외과에 종속된 영역으로 생각하던 국민들의 인식을 바꾸고 독자적인 학문 영역으로서의 가치를 입증하는 중요한 계기가 되었다.

2009년 그는 대한의학회 회장이 되었다. 존재감 자체가 희미하던 마취의학을 개척해 온 그가 한국의 의학계 전체를 대표하는 자리를 맡은 것이다. 국내의 우수한 의학자들로 구성된 의학한림원의 설립을 주도한 것도 그였다.

마취의학의 학문적 발전을 위해 매진하면서도 그는 임상 현장을 소홀히 하는 일이 없었다. 서울대병원에서 대수술을 맡은 의사들은 누구나 김성덕 원장이 함께 수술실에 들어가 주기를 바랐다.

모든 수술은 한순간의 방심도 허용하지 않는다. 열 시간 동안 아무것도 먹지 못한 채 온 신경을 집중하여 수술을 계속하는 집도의와 함께 그는 환자의 신경과 호흡을 지켜 내야 했다. 그는 단 한 번도 자신이 맡은 환자를 두고 퇴근한 적이 없었다.

국내 소아외과학계에서 최고 실력자로 손꼽히는 박귀원 교수는 그와 함께 수술실에 들어갈 때가 가장 안심되고 마음이 편하다고 말한다. 『임상의학과 나의 삶』이라는 책에서 박귀원 교수는 가장 존경하는 동료로 김성덕 원장을 꼽았다.

최고와 최고는 통하는 법이다. 그도 서울대병원 수술실에서 만난 존경스러운 동료를 꼽을 때 박귀원 교수를 빼놓지 않는다.

"선하기 그지없고, 모든 사람들에게 베푸는 사람이 박귀원 박사예요, 그리고 무엇보다, 베스트, 최고의 실력자죠."

그는 마취과의 특성상 수술을 맡은 외과의사보다 한 시간 먼저 수술실에 들어가 준비를 해야 했다. 수술실에서 그가 준비를 하고 있으면 박귀원 교수는 어김없이 환자의 손을 꼭 잡고 수술실로 들어왔다. 보통 한두 시간 걸리는 수술을 그녀는 10분이면 끝냈다. 수술이 끝난 뒷마무리도 제자들에게 맡기지 않고 자신의 손으로 꼼꼼히 끝내고, 들어올 때와 마찬가지로 환자의 손을 잡고 병상을 밀며 수술실을 나갔다. 보통 10센티미터 정도의 칼집 흉터를 남기는 탈장 수술을 그녀는 손톱 크기 정도의 흉터만 남겼다. 놀라운 세밀함과 집중력이었다. 짧은 시간 동안 깔끔하게 수술을 마친 만큼 일반적인 경우 며칠 입원해야 하는 환자들도 바로 퇴원

할 수 있었다. 하루에도 수십 명의 환자를 만나고, 수술을 집도하지만 그녀는 언제나 한결같았다.

"베스트죠."

김성덕 원장이 귀감으로 꼽는 박귀원 교수를 통해 평소 그가 생각하는 최고 의사의 모습을 짐작할 수 있다. 의사의 손길을 필요로 하는 환자에게 최고의 진료가 가능하도록 연구하고, 진료할 수 있는 있는 사람이 그가 생각하는 최고의 의사다. 생사의 기로에 섰던 환자가 나아지는 것을 확인할 때 그는 가장 큰 보람과 기쁨을 느꼈다.

"성공적으로 수술을 마친 환자가 중환자실에서 회생해 가는 것을 지켜볼 때, 우리는 모든 고생을 상쇄하고도 남을 행복을 느낍니다. 그게 수술실에서 일하며 중환자들을 담당하는 우리들이 누릴 수 있는 유일한 특권이지요."

연구실과 수술실, 중환자실밖에 모르던 그에게 갑자기 병원 경영을 제안한 사람은 외과 전문의로 함께 수술실에 들어가곤 했던 박용현 교수다. 박용현 교수는 간담, 췌장 분야의 뛰어난 실력자로 국내에서 처음으로 내시경 수술을 집도한 장본인이다.

서울대병원장이 된 박용현 교수는 그에게 보라매병원장을 맡아 달라고 제안했다. 보라매병원은 서울대병원이 운영을 맡고 있는 서울시립 종합병원이다.

"뭘 믿고 부원장도 해본 적 없는 저에게 병원의 경영을 맡기시

려는 겁니까?"

그렇게 묻는 그에게 박용현 원장은 확신에 찬 웃음을 지으며 이렇게 대답했다.

"수술실과 중환자실에서 했던 것처럼만 해봐."

박용현 원장은 수술실과 중환자실, 회복실을 오가며 밤낮을 가리지 않고 환자를 챙기고 의료진을 관리하는 그에게서 경영자의 자질을 읽어 냈던 것이다.

수술실과 중환자실은 종합병원의 심장과 동맥이다. 박용현 원장은 그라면 병원 경영 전반을 맡겨도 잘해 낼 것이라고 판단했던 것이다. 박용현 당시 서울대병원장의 눈은 정확했다.

보라매병원장을 맡은 그가 가장 먼저 한 일은 사람들의 머릿속에 각인되어 있는 시립병원에 대한 부정적인 인상을 바꾸는 것이었다. 시립 병원은 공공 의료를 담당하는 중추 기관이지만 실제 환자들이 생각하는 위상은 동네 의원과 대학병원 사이를 오가고 있는 처지였다. 규모와 시설도 미비해 병원을 찾는 환자들도 많지 않았다. 내원객의 만족도도 낮았다. 병원 경영을 정상화하기 위해 가장 우선적으로 해결해야 할 과제를 이미지 개선 작업으로 잡은 그는 서울시장을 찾아갔다.

"시립 병원이라면 적어도 대학병원에 버금가는 모습이어야 한다고 생각합니다. 환자가 찾지 않는 병원은 아무런 의미가 없는 공간입니다."

낡고 뒤떨어진 시설은 시민들로부터 외면당하고, 시민들이 찾지 않으니 병원 경영은 더 악화되고, 경영 악화가 누적되니 시설 투자가 더 어려워지는 악순환의 고리를 끊어야 했다. 그러기 위해서는 서울시의 결단과 투자가 필수적이었다. 대학병원과 어깨를 나란히 할 수 있는 수준의 병원을 만들어야 시민들이 찾게 되고, 시민들이 찾게 되면 병원 경영이 정상화되어 자립형 시립 병원으로 발돋움할 수 있다고 그는 서울시장을 설득했다. 신참 경영자답지 않게 그는 한 시간 만에 지원 약속을 받아 냈고, 보라매병원의 면모를 일신시키는 작업에 박차를 가할 수 있었다.

그러나 시설만으로 좋은 병원이 되지 않는다는 것을 누구보다 잘 아는 그였다. 환자가 찾는 병원, 그것이 그가 생각하는 좋은 병원이고 잘되는 병원이었다. 그렇게 만드는 것이 훌륭한 병원 경영이었다. 병원의 구성원들이 제 역할을 하지 않는 병원을 믿고 찾아올 환자는 없는 법이다.

환자들이 보기에 병원은 의사와 간호사로 이루어져 있는 것 같지만 의료 장비와 시설을 다루는 기술직, 진료 체계 전반을 지원하는 행정직 등 다양한 직종으로 이루어져 있다. 누구 하나라도 자신의 역할을 제대로 수행하지 않을 경우에는 시스템 전체에 차질이 빚어진다. 어느 조직이나 마찬가지겠지만 사람의 생명을 다루는 병원에서 시스템이 제대로 작동하지 않으면 바로 의료 사고가 발생할 수 있다. 그는 병원 구성원의 마음을 살피고 챙기는 일의 중요성을 수술실에서부터 체득하고 있었다.

생일을 맞은 직원들은 그들의 생일날 아침, 병원장이 직접 쓴

축하 카드를 받아 보았다. 보이지 않는 구석에서 일하는 직원들을 찾아 그들이 하는 일의 가치를 병원장이 확인해 주었다. 그의 관심을 통해 직원들은 보람과 자부심을 느꼈다. 시설이 바뀌고, 사람이 바뀌고, 병원이 바뀌었다. 보라매병원은 더 이상 예전의 보라매병원이 아니었다. 대학병원에 버금가는 진료에 환자들은 만족했고, 내원객은 급증했다.

그는 9대 · 10대 보라매병원장을 연임하고 서울대로 복귀했다. 그런 그에게 다시 병원 경영 제안이 들어왔다. 두산 그룹을 재단으로 영입한 중앙대학교였다. 박용현 전 서울대병원장의 추천이었다.

그는 고민했다. 보라매병원에서 성공한 경험만 가지고 도전하기에는 벅찬 자리였다. 자신을 신뢰하고 이끌어 주던 선배의 부탁을 외면하기도 어려웠다. 하지만 반드시 성공해야 한다는 부담감이 그를 압박했다. 여러 날 고민 끝에 그는 결심했다.

"저를 믿고 밀어 주던 선배에게 보답해야겠다는 생각을 했습니다. 그리고 정말 좋은 병원을 만들어 볼 수 있겠다는 생각도 했습니다."

2009년 가을, 그는 중앙대 의무부총장 겸 의료원장으로 부임했다.

새로운 원장에게 업무 보고를 하는 자리에서 모든 부서가 경쟁적으로 당면 목표와 비전을 제시했다.

"우리 과는 3년 내에 국내 빅 텐이 되겠습니다."

"우리 과는 5년 내로 국내 빅 파이브가 되겠습니다."

보고를 받은 그의 얼굴이 굳어 갔다. 부서장들은 실현 가능성을 믿지 않는 것으로 생각했다. 그러나 보고를 모두 받은 다음 그의 입에서 나온 말은 예상을 완전히 벗어났다.

"몇 년 내로 빅 텐? 빅 파이브? 무슨 소리들 하는 거예요! 무조건 베스트지! 베스트가 되어야지요!"

그는 규모가 크지 않은 중앙대병원을 상위권으로 끌어올리는 것을 목표로 잡지 않았다. 의료원장을 맡으면서 그가 했던 결심은 최고의 병원으로 만들겠다는 것이었다. 베스트! 2등을 기억하는 사람은 없다는 사회적 현상 때문만은 아니었다. 이미 빅4라고 불리는 병원들이 존재하고, 그래서 대부분의 병원들은 빅4와 어깨를 나란히 하는 병원으로 성장하겠다는 비전을 제시하고 있는 상황이었다. 하지만 그는 단호했다.

"한국 몇 번째, 세계 몇 번째, 거기에 무슨 의미가 있어요? 당신이라면 하나뿐인 자신의 목숨을 걸고 최선이 아닌 차선을, 차차선을, 차차차선을 선택하겠어요!"

그는 환자의 입장에서 병원을 바라보았다. 그 순간 2등은 필요없었다. 순위를 매기는 것은 병원의 입장이었다. 환자들은 결코 그 순위의 차등에 따라 병원을 선택하지 않는다는 것이 그의 확고한 입장이었다.

그러나 빅5도 버거운 목표라고 생각되는, 규모가 크지 않은 대학병원을 어떻게 최고로 만들 수 있다는 것인가. 모두 의아하게 생각했다. 그 자리에 있던 많은 사람들이 그의 말을 의례적이거나 막연한 희망으로만 여겼다. 그러나 그는 실현 가능한 목표라고 믿었기 때문에 맡은 병원이었고, 이미 그 방법을 생각하고 있었다.

"모든 것이 그렇지만 병원도 하루아침에 전체를 바꾸는 것은 어렵습니다. 전체를 최고로 만드는 것은 더욱 불가능하지요. 그러나 작은 것을 바꾸는 것은 쉽습니다. 병원의 한 부분을 최고로 만드는 것도 그렇게 어렵진 않습니다."

한 분야, 한 과라도 필적할 상대가 없는 최고로 만들어서 전체를 바꾸어 나가겠다는 것이 그의 전략이었다.

"한 과 전체, 예를 들어 외과 전체를 바꾸는 것도 어렵지요. 그러나 외과의 진료 분야 중에서 한 분야를 최고로 만드는 것은 가능합니다. 그 분야의 최고 실력자를 모시고 그 분야를 집중적으로 키우는 것입니다. 한 분야의 성공은 그 분야에만 그치지 않고 병원 전체의 변화를 이끌게 됩니다. 병원 전체의 이미지를 변화시키게 될 겁니다."

작은 것을 바꾸어 전체를 바꾸겠다는 그의 전략은 이미 실행에 들어갔다. 특성화센터가 그것이다. 그는 중앙대병원의 갑상선센터를 이 분야에서 세계 최고로 만들 작정이다. 국내 갑상선 질환의 최고 권위자인 조보연 내분비내과 전문의의 영입을 이미 확정했다. 최고의 병원은 최고의 의사에 의해서 만들어진다. 5개월 뒤부터 진료를 개시할 예정인데 벌써부터 예약 문의가 끊이지 않는다. 최고의 병원을 만들겠다는 그의 공언을 반신반의하던 의사와 간호사, 직원들의 눈빛이 달라지기 시작했다.

의사로서 그가 지닌 최고의 자질이 성실성라면, 경영자로서 그가 지닌 뛰어난 자질은 자기 조직의 장점을 날카롭게 읽어 내는 통찰력이다.

"우리 대학병원보다 앞서가는 대학병원도 있지만 우리처럼 전폭적으로 지원해 줄 재단을 가진 대학병원은 없습니다. 대기업이 운영하는 좋은 병원도 있긴 하지만 우리보다 체계적이고 우수한 의과대학을 가지고 있진 못합니다. 여기에 우리의 가능성이 있습니다. 병원과 함께 의과대학도 최고가 될 것입니다."

그의 예상이 얼마나 현실이 될지는 모르지만 올해 입시에서 중앙대 의대는 전국 최고의 경쟁률을 기록했다.

"의학은 임상과 연구가 분리될 수 없습니다. 최고의 병원을 만들기 위해서도 최고의 의대가 필요합니다. 기초의학의 발전이 없이는 병원도 발전할 수도 없습니다."

그는 아무도 가지 않으려는 마취의학을 선택했을 때의 첫 마음을 늘 기억한다. 의학이 제대로 발전하기 위해서는 각광받는 임상분야뿐만 아니라 비인기 기초의학도 균형 있게 발전해야 한다는 신념을 버린 적이 없다. 전국 의대 교수의 5퍼센트도 되지 않는 수의 우수 연구자를 정회원으로 하는 한림원을 만들어 연구 환경을 조성하고, 바쁜 일과 중에도 대한의학회 일을 맡고 있는 이유도 그 때문이다.

그러나 해를 거듭할수록 더욱 벌어지기만 하는 기초의학과 임상의학의 격차가 그는 걱정스럽다. 의무부총장 산하에 있는 의대학장에게 그가 가장 당부하는 것은 기초의학 분야에 대한 관심이다.

"학장님, 의대에서 기초의학이 죽으면 의학이 죽는 겁니다. 병원에서도 지원하겠습니다."

환자를 진단하거나 질병을 치료하는 임상의학에 비해 해부학, 병리학, 미생물학 등 임상의학의 근간이 되는 기반 연구를 수행하는 것이 기초의학의 몫이다. 그가 생각하는 최고의 의대, 최고의 병원은 단순히 성적이 좋은 학생이 몰리는 의대나 환자가 많이 찾는 병원이 아니다. 임상 분야와 기초의학이 균형을 이루는 대학이 최고의 의대다. 최적의 진료를 위한 시설과 시스템, 그리고 무엇보다 환자를 살릴 수 있는 실력과 사명감을 지닌 의사가 있는 병원이 최고의 병원이다. 환자를 살리기 위해 자신의 모든 것을 거는 의사들로 진료실이 채워지길 그는 바란다.

▶ 기초의학과 임상의학

기초의학이란 해부학, 생리학, 생화학, 병리학, 미생물학, 기생충학, 예방의학 등과 같이 임상의학의 근간이 되는 기반 이론을 정립하는 학문이다. 임상의학이란 환자를 진단하거나 질병 치료를 담당하는 학문으로 내과학, 외과학, 산부인과, 소아과, 정신과 등이 여기에 속한다. 암과 당뇨병과 같이 어떤 병을 진단하고 치료 방법을 정하는 것이 임상의학이라면, 기초의학은 좀 더 근본적인 차원에서 발병 원인을 탐구한다.

병원장으로 부임한 지 얼마 되지 않아 실려 온 한 여학생에 대한 그의 전력투구는 병원 의료진 전체에게 깊은 인상을 남겼다. 13층 건물에서 추락하여 다발성 손상을 입은 여학생은 호흡이 붙어 있는 것이 기적이었다. 즉시 응급 수술이 시작됐고, 원장인 그가 직접 수술실에 들어가 마취와 호흡 관리를 맡았다. 장시간에 걸친 대수술이었고, 결과는 성공적이었다.

환자의 상태를 확인하고 퇴근하던 그가 병원으로부터 전화를 받은 것은 집에 거의 도착했을 무렵이었다. 목소리가 다급했다.

"원장님, 상태가 심각합니다. 곧 익스파이어expire 할 것 같습니다!"

"무슨 소리야. 걔가 왜 죽어. 살려야 해! 차 돌려."

병원으로 돌아온 그는 그날, 밤을 지새우며 환자를 돌봤다.

'살아날 수 있어, 얼마든지 희망이 있어!'

의식이 없는 환자에게 주문처럼 같은 말을 되풀이하며 그는 한 순간도 긍정의 마음을 잃지 않았다. 3주 동안 그는 밤낮으로 중환자실을 드나들며 학생을 회생시키기 위해 온 힘을 다했다. 모두가 힘들다고 했지만 그는 환자를 포기할 수 없었다. 다시 호흡이 정상을 회복하고 나서야 그는 비로소 퇴근했다. 그동안 수많은 환자를 다루고, 대단한 거물들이 중환자실에서 회복되는 것을 지켜봤지만 이 어린 여학생의 회생만큼 그에게 보람을 느끼게 한 일은 없었다. 환자를 살리겠다는 그의 열정이 그녀의 심장을 다시 뛰게 만들었던 걸까. 몇 개월 만에 기적처럼 환자는 휠체어에 의지하여 움직일 수 있었다. 퇴원을 하던 날 그녀는 떡 바구니를 손에 들고 그를 찾아왔다.

"앞으로 살아가는 과정이 많이 힘들 거야. 하지만 너, 나를 위해서라도 꼭 씩씩하게 살아 줘. 네가 건강하게 살아 주는 것이 너를 살려 낸 나의 노력에 대한 보답이야."

촉촉하게 젖은 눈망울로 병원을 나서는 그녀를 배웅하는 그의 모습에서 병원의 의료진과 직원들은 세 단어를 떠올렸다.

'다정, 긍정, 열정', 이것은 그가 부임하면서 병원의 경영 방침으로 제시한 것이었다. 세 가지 경영 방침이 모두 병원과는 어딘가 어울리지 않는다고 여겼던 의료진과 직원들은 비로소 다정, 긍정, 열정, 세 단어가 병원에 가장 필요한 요소라는 것을 알 수 있었다. 꺼져 가는 한 생명을 살려서 내보낼 수 있었던 힘의 원천이 바로 다정, 긍정, 열정이었던 것이다.

그의 카리스마는 부드럽다. 보라매병원에서 매일 아침 보내던 카드 대신 지금은 생일을 맞은 직원들에게 축하 문자를 직접 보내는 것으로 일과를 시작한다. 사람을 존중하고 사람과 맺은 인연을 저 버리지 않는 것이 그의 인생철학이다. 그는 같이 일한 사람들에게 의리 있는 사람으로 기억되기를 바란다. 자신의 오늘을 만들어 준 스승을 대하는 그의 태도는 아주 각별하다. 자신을 따르는 후배와 제자들을 위해서라면 그는 궂은일도 마다하지 않는다.

그리고 무엇보다 그는 자신에게 생명을 맡긴 환자들의 믿음을 저버리지 않는 의사가 되려고 혼신을 다해 왔다. 최고가 되지 않으면 안 되는 이유였다. 병원 경영도 다르지 않은 길이다. 병원을 믿고 찾아온 환자의 기대를 저 버리지 않는 병원을 만드는 것이 최고의 경영이다.

여성암 환우들은 대부분 누군가에게는 아내이고 엄마입니다. 그들의 육체적 고통은 물론이고, 이면에 숨어있는 정신적 어려움까지 가족들이 헤아려 주기를 부탁드립니다. 여성의 일상이 더 풍요롭고 건강하며, 또한 아름다워지기를 진심으로 기원합니다.

김승철 이대목동병원 병원장 | 서울대학교 의과대학 및 대학원 졸업 | 삼성제일병원 산부인과 과장 역임 | 이대여성암전문병원장, 이대목동병원장 | 대한산부인과학회 우수논문상, 일본산부인과학회 회장상(국제부문), 대한비뇨산부인과학회 우수논문상 수상

취재 및 집필 **임현숙**

여성 건강 최전방을 지키다

김승철 원장이 충북대학교병원에서 전문의로 있던 시절이다.

남자의 부축을 받으며 중년의 여자가 응급실에 들어섰다. 여자의 얼굴은 고통으로 일그러져 있었고 혼자 발걸음을 떼기도 힘들어 보였다. 좁은 응급실은 여자의 신음소리로 일순 긴장감이 돌았다.

“난소암 말기예요.”

여자의 남편이라며 자신을 소개한 남자가 마치 커다란 죄라도 고백하듯 기어들어 가는 목소리로 말했다. 마음고생이 심했는지 낯빛이 어두웠다.

복수가 들어찬 여자의 배가 탱탱했다. 거친 호흡이 금방 잦아질 듯 끊어지고 이어졌다. 푸석푸석한 머리카락 몇 가닥이 흘러내린 땀과 함께 이마 주위에 젖어 있었다. 나이는 쉰이 넘어 보였다.

여자의 배를 내려다보던 김승철 원장은 자신도 모르게 마른침을 꿀꺽 삼켰다. 난소암은 부인암 중에서 생존율이 가장 낮은 암으로 알려져 있다. 환자가 증상을 느끼기 시작하여 발병을 알았을 때는 이미 치료 시기를 놓친 것이나 다름없었다. 그런데 배가 불러 오고 그것도 말기라니……. 가만히 남자의 말을 듣고 있던 그의 얼굴이 긴장감으로 꿈틀거렸다.

옆에 서 있던 간호사가 어떻게 처리해야 하는지 눈으로 물었다.

"서울에 있는 병원에 갔더니, 치료하기엔 너무 늦었다고, 그냥, 먹고 싶은 것이나 먹게 하고 편히 쉬게 하라는 말이……."

남자가 끝내 말을 잇지 못했다. 서울까지 갔다가 수술도 못하고 왔다는 것이었다.

여자의 호흡이 다시 거칠어졌다. 땀인지 눈물인지 모를 것들이 얼굴로 흘러내렸다. 여자가 그를 향해 힘겹게 고개를 돌렸다. 지푸라기라도 잡고 싶은 눈빛이었다. 간절한 여자의 눈빛과 마주치자 의사인 자신이 먼저 강건해야 되겠다는 생각이 퍼뜩 들었다.

남자가 그의 손을 덥석 잡았다. 따뜻하고 우직한 손이었다.

"뭐든지 좀 해 주세요. 선생님만 믿어요. 원망이라도 없게, 수술이라도 좀 해 주세요."

"선생님……."

남자의 말이 끝나기 무섭게 여자가 힘겹게 그을 불렀다. 여자가 겨우 손을 들어 허공을 휘저었다. 그는 여자의 손을 잡았다. 물기 없는 손가락이 그의 손에 잡히는가 싶더니 이내 가파르게 툭, 떨어졌다.

"우선 복수부터 뺍시다."

그는 자신도 모르게 다급해졌다. 옆에 선 간호사가 빠르게 몸을 돌렸다.

마취를 한 여자의 얼굴은 이미 죽은 사람 같았다. 자신의 손에 운명을 맡긴 환자의 얼굴을 보는 순간 그의 가슴엔 어떤 결연함 같은 것이 차올랐다. 잠시 눈을 감았다. 긴장감이 좀 사라진 것 같았다. 그는 길게 심호흡을 한 다음 수술 마스크를 착용했다.

수술을 해 달라는 남자의 말에 용기를 낸 결단이었다. 3개월 사형선고를 받았다는 여자는 마지막으로 수술이나 한번 해보고 죽고 싶다고 말했다.

"나, 이렇게 허망하게 아무것도 못 해보고 내 여편네 보낼 수 없어요."

수술실로 들어가는 그를 붙잡고 남자가 기어이 눈물을 보였다.

"서울에서 내려오던 길에 집으로 바로 직행하려다 충북대병원 앞을 지나는데, 기어이 이 병원으로 들어가고 싶다는 거예요. 얼마나 고집을 피우던지…… 아마 선생님을 만나려고 그랬나 봐요."

남자는 아무 부담 갖지 말고 수술해 달라며 그의 두 손을 꼭 잡았다.

메스를 든 손이 긴장감으로 떨렸다. 환자가 노련한 의사의 손에 맡겨졌다면 더 좋았을 것을. 그는 자신이 아직 경험이 많지 않은 젊은 의사라는 사실이 두려웠다. 직접 집도하는 난소암 환자 수술은 겨우 두 번째였다. 핏기 하나 없는 여자의 얼굴이 다시 눈에 들어왔다.

어떻게 수술 시간이 지나갔는지 모를 일이었다. 난소를 적출하는 손이 미세하게 떨렸던 기억만 생생했다. 죽고 사는 문제는 이미 인간의 영역을 벗어난 일임을 그는 어머니의 죽음을 통해 경험했다. 수술 내내, 의사로서 소신껏 최선을 다하자는 생각만 머릿속에 가득 찼다.

수술을 끝내고 마스크를 벗었다. 한숨이 절로 나왔다. 온 몸은 긴장감과 허탈감으로 무너져 내릴 것만 같았다. 마치 누군가에게 흠씬 두들겨 맞은 것처럼 목과 어깨가 빳빳하게 경직되어 있었다.

환자는 수술 후 항암 치료를 무사히 끝내고, 2차 개복수술을 받았다. 그동안 얼마나 암이 치료되었는지 살펴보는 수술이었다. 환자는 그 과정을 잘 견뎌 주었다.

항암 치료 덕인지 눈을 의심할 정도로 암세포가 사라져 있었다. 기적 같은 일이었다. 난소암 환자 수술은 생애 두 번째였다. 젊지 않았다면 용기를 내어 수술하지 못했을 터였다. 결과는 믿을 수 없을 만큼 놀라웠다.

그러나 수술 후 얼마 되지 않아 그는 충북대학교병원에서 이화여자대학교병원으로 옮기게 되었다. 동료 의사에게 환자를 특별히 부탁하고 서울로 올라왔다.

수술 후 3년이 지나고 추석을 며칠 앞둔 어느 날 그는 뜻하지 않은 손님을 맞이했다. 그 여자 환자였다. 후임 의사에게 물어물어 서울에 있는 그의 집을 찾아온 것이었다. 반갑고 놀라웠다. 3개월밖에 못 산다는 그녀가 이제 3년을 넘어서고 있었다. 놀라운 의학의 힘이었다.

"작년에 남편이 먼저 갔어요."

그녀의 말에 응급실에 들어설 때 환자보다 더 낯빛이 검었던 남자의 얼굴이 잠시 떠올랐다. 자신이 먼저 죽을 줄 알았는데, 사람의 목숨은 정말 모르는 일이라고 말하며 그녀가 눈물을 보였다. 그래도 자신이 살아 남편의 마지막 길을 지켜 줄 수 있었기에 다행이라고 했다. 그녀는 그 후 난소암이 재발하여 결국 1년을 더 살다가 사망했다. 의사로서 수술 환자의 죽음을 접하는 일이 가장 힘들다. 그러나 의사가 된 것을 후회해 본 적은 없다.

3남3녀의 집에서 막내로 태어난 김승철 원장은 부모의 기대를 한 몸에 받고 자랐다. 맏형은 그보다 열네 살이나 많았다. 아버지 같이 느껴지는 형이었다. 형은 법대를 나와 고시를 준비했다. 총명하고 영특했던 형을 보고서는 모두들 그가 법관이 될 것이라 했다. 그러나 결과는 달랐다. 극소수의 정원을 뽑는 고시에 형은 운 없게도 계속 낙방하고 말았다. 그것을 지켜보던 어린 그도 조바심이 일었다. 중고등학교 교단에 한평생을 바친 아버지 보기가 형 못지않게 미안했다.

'나라도 법관이 되어야지.'

어린 그의 가슴에 싹터 오르던 생각이 이미 고등학교를 진학할 때는 법관이 장래희망으로 굳어 있었다. 못다 이룬 형의 꿈과 부모님에 대한 보답이라고 생각했다.

고등학교 2학년 때 문과와 이과로 반이 나뉘었다. 망설이지 않고 문과를 택했다. 그러나 문과 공부는 적성에 맞지 않았다. 생각지도 않은 복병이었다. 막연히 열심히 하면 되겠지 하고 자신을 몰아붙인 것이 실수였다. 전혀 자신의 적성을 고려하지 않은 일이었다는 것을 처음으로 깨달았다. 아버지에게 법관이 되겠다고 마음속으로 약속했던 일이 후회스러웠다.

고등학교 3학년 때 이과로 전향하고 나니 공부가 더 재밌었다. 대학 입학 예비고사를 그런대로 무난히 치렀다. 의대를 가야겠다고 결심했다. 생각해 보니 그 꿈은 외숙모를 처음 만난 날 싹텄던 것이었다.

어릴 적 그의 집에서 기숙하며 학교를 다니던 외삼촌과 그는 각별했다. 외삼촌이 결혼할 사람이라며 한 여자를 데리고 집에 왔다. 여의사였다. 초등학교 때 처음 본 외숙모는 그가 만난 첫 번째 여자 의사였다. 외숙모가 될 분이 의사라는 말에 어린 그는 어리둥절했다. 여자도 의사가 될 수 있다는 사실이 새삼스러웠기 때문이다.

외숙모의 병원은 그의 집에서 얼마 떨어지지 않는 곳에 있었다. 병원에 들어서면 소독약 냄새가 코를 자극했지만 드문드문 아기 분 냄새와 향긋한 비누 냄새도 느껴졌다. 병원을 떠올리면 환자들의 고통스런 신음소리가 먼저 연상되었는데, 산모들과 신생아를 돌보는 외숙모의 병원은 달랐다. 활기차고 밝았다.

산부인과 의사였던 외숙모는 새 생명을 받아 내는 기쁨이 의사로서 보람 있고 행복하다고 말했다. 흰 가운을 입고 그렇게 말하는 외숙모가 참으로 멋지게 보였다.

외숙모네 집에만 갔다 오면 그는 풀이 죽었다. 풍족한 환경 속에 크는 외사촌들과 자신의 처지가 많이 달라 보였기 때문이었다. 의사인 외숙모 덕이라는 생각이 들었다. 평생 교직에 몸담고 있던 그의 아버지가 흉내 낼 수 없는 살림살이였다. 그런 아버지의 삶이 부끄럽지는 않았지만, 외사촌들의 넉넉한 생활은 부러웠다.

“뭐라고, 의대를 가겠다고?”

입학 원서를 쓰는 담임선생님의 얼굴이 걱정으로 일그러졌다.

“좀 위험해. 차라리 서울대 공대를 가라.”

안전하게 진학하자는 담임선생님의 말이 귀에 들어오지 않았다. 까만 교복을 입고 자신의 계획을 말하는 그의 얼굴은 신념으로 확고했다. 하지만 결국 담임선생님을 설득하지 못하고 집으로 돌아서는 그의 발걸음은 무겁기만 했다. 법대는 이미 포기했다. 재고의 여지는 없었다. 시간이 흐를수록 의대를 가겠다는 자신의 의지를 더 이상 포기하고 싶지 않았다. 아버지를 설득해 보기로 마음먹었다.

“한 번만 아버지가 가셔서 담임선생님을 설득해 줘요.”

그의 간곡한 말에 아버지는 아무 대답이 없었다. 그는 완전히 낙심했다.

그런데, 다음 날 생각지도 않게 그의 아버지가 담임선생님을 설득하기 위해 학교로 찾아왔다.

"떨어져도 좋으니 의대로 원서를 써 주세요."

아버지의 단호한 목소리는 막내아들에 대한 확고한 믿음이 담겨 있었다. 담임선생님도 더 이상 고집하지 않았다. 그러나 결과는 낙방이었다. 처음으로 맛본 절망감이었다. 공대를 가라던 담임선생님의 말을 따를 걸. 처음으로 후회가 밀려왔지만, 그 길은 자신의 길이 아니라는 생각에 금방 후회를 접었다.

평소에 자신보다 성적이 나빴던 친구가 의대에 합격했다는 소식을 들었을 때 그는 오기가 생겼다. 기필코 다시 한 번 도전해 보고 싶었다.

"내 박봉에 네 과외 공부 한 번 못 시키고……."

그의 아버지는 의대 낙방 소식을 듣고 자신의 탓인 것처럼 말했다.

그는 불합격의 실망보다 아버지에 대한 미안함으로 고개를 들 수가 없었다. 이미 재수를 하기로 마음속으로 결정하고 있었다. 그리고 1년 뒤, 원하던 서울의대에 합격했다.

꼭 산부인과를 택해야겠다는 생각은 없었다. 학생 때 실습을 나갔던 내과 병동의 환자들을 보니 저절로 한숨이 나왔다. 아무리 치료해도 아픈 환자들만 늘어나는 것 같았기 때문이다. 환자들에게 기쁨을 주고 생명에 대한 환희를 느끼고 싶었다. 외숙모의 병원에서 보았던 평화스러운 산모들의 얼굴이 어제 일처럼 스쳐 갔다. 자연스레 산부인과로 진로를 결정했다. 그리고 그는 부인종양을 다루는 부인암 전문의가 되었다. 그러나 결코 짧은 여정은 아니었다.

김승철 교수는 일주일에 사흘은 반나절씩 외래 진료를 보고, 이틀은 수술을 집도한다. 나머지 시간에는 연구 및 교육, 행정과 관련된 일을 하고 있다.

그는 일주일에 대략 6건 정도의 수술을 집도하는데, 그것은 전신 마취를 하는 큰 수술만 따진 숫자이다. 전문의가 된 지 20년이 흘렀으니 약 6,000건의 수술을 한 셈이다. 그는 난이도 높은 내시경 수술 등, 고통을 줄여 주고 절개로 인해 생기는 상처와 흉터를 최소화할 수 있는 시술을 지향하고 있다. 모두 부인종양과 관련된 것이다.

그는 가끔 선배 의사가 했던 말을 가슴에 새긴다. 수술실이 예술 작품을 만드는 작업실이라고 말해 주던 선배였다. 최고의 테크닉을 구사해 좋은 수술 결과를 환자에게 선물하라는 그 말은 생각할수록 의미 있는 말이었다.

종양을 최대한 작게 줄이고 전이된 곳을 깔끔하게 제거하는 것이 수술에 있어 가장 중요한 일이다. 한 점 한 점 떼어 내는 암세포는 바로 환자의 목숨과 직결된다. 암 덩어리가 제거되고 다시 건강하게 일상으로 돌아가는 환자들을 볼 때 의사로서 가장 뿌듯하다. 그들의 모습을 보며 새로운 환자들을 치료할 수 있는 힘과 용기를 얻는다.

부인암 수술의 경우 부인종양 전문가와 비전문가의 수술 결과는 큰 차이를 보인다고 그는 생각한다. 이미 외국에서도 여러 연구 결과, 그 차이를 극명하게 밝히고 있다.

여성과 남성은 신체 구조뿐만 아니라 유전자도 다르다. 약물에 대한 반응 또한 여성과 남성은 차이를 보인다. 약물의 대사에 차이가 있으므로 당연히 여성암과 남성암은 접근 방법부터 다르다. 따라서 그는 이러한 점에 초점을 맞추어 여성암 환자를 치료할 때 약물이나 치료 방법에 차별을 두어야 한다고 강조한다.

여성암 환자는 늘어나는데 국내에 여성암 전문 센터가 없다는 것이 그는 늘 안타깝기만 했다. 이대목동병원에 근무하면서 자연스레 여성암 환자들을 위한 '원스톱' 병원을 구상했다.

미비한 의료 시설과 복잡한 의료 절차는 자칫 암 환자들과 가족들에게 희망보다는 절망을, 삶보다는 죽음을 떠올리게 한다. 이런 생각을 할 때면 그는 충북대학교 전문의 시절에 만났던 그 여자 환자가 떠올랐다. 이 병원에서 저 병원으로 옮겨 다니며 난소암 말기에 이를 때까지 발병 사실조차 모르고 있었다. 조기에 암을 발견하고 적절한 시기에 수술을 했더라면 암을 극복할 수 있었을 텐데, 생각할수록 안타까운 일이었다.

여성암센터가 필요한 이유는 여러 가지다. 우선 한 곳에서 신속하고 체계적인 진료 및 시술을 할 수 있다. 암 진단 후 치료까지 대기하는 시간을 극소화함으로써 암 환자들에게 심리적인 안정감을 제공하는 것은 물론이고 의사와 환자 간의 관계에 있어서 믿음과 신뢰를 높이게 해 준다. 당연히 환자의 치료 결과도 더욱 만족스럽고 향상되는 시너지 효과가 있다.

부인종양 환자들은 육체적 고통은 물론이거니와 정신적 고통까지 겪게 된다. 특히나 유방과 자궁을 적출한 후에 오는 상실감은 암 못지않게 환자를 힘들게 한다. 이렇듯 이중 고통을 받는 여성암 환자들을 위해 진료에서 추후 관리까지 전문적이고 체계적인 방법으로 환자를 돌볼 수 있는 의료 환경이 참으로 절실하다. 항암화학요법을 받게 되면 구토 등의 비교적 가벼운 부작용부터 출혈이나 감염 같은 심각한 독성이 나타날 수 있으므로 응급 상황에 대처할 시설 및 전문 인력도 한곳에 갖추어야 한다. 모든 것을 신속하게 처리할 수 있는 부인종양센터는 의료진이나 환자들을 위해 꼭 필요한 것이다. 그렇게 생각하고 추진한 것이 국내 최초 여성암 전문 병원이다. 여성만을 위한 병동을 만들고자 했던 그의 오랜 바람이었다.

이대목동병원에 국내 최초 여성암전문병원을 설립한 지 3년이 흐르고 나서 김승철 원장은 또 한 번 일을 저질렀다. 국내 최초로 대학병원에서 부인암 환우회 모임인 '난초회'를 결성한 것이다.

'난초회'는 이대여성암전문병원 부인종양센터에서 치료를 받았거나, 아직도 치료 단계에 있는 30명의 자궁암, 난소암 환우들이

▶디스트레스(Distress)

우리가 흔히 말하는 스트레스로, 특히 암 환자들에게 있어 가슴의 통증이나 편두통 등 육체적 피로와 분노감, 울화, 공포 등 감정적인 변화를 초래하여 치료에 부정적인 영향을 미친다. 항암 치료에 있어 이와 같은 심리적 치료는 물리적 치료와 함께 필히 병행해야 하는데, 대부분은 암 환자들은 병을 인지한 후 심각한 충격과 우울증을 경험하기 때문이다. 디스트레스를 관리하지 않은 암 환자의 경우 암 투병 과정과 치료 예후에 있어 부정적인 영향을 받게 되며, 반대의 경우는 생존기간이 증가되며 사망률이 감소된다.

중심이 되어 결성된 모임이다. 사실 부인암 환자들은 자신들의 병력을 남에게 드러내는 것을 그리 좋아하지 않는 경향이 있다. 유방암 환자들과는 좀 다른 측면이다.

유방암 환자들은 오래전부터 자신들의 고통과 아픔을 같이하면서 이를 극복하고자 하는 환우회 활동이 많이 활성화되어 있었다. 그러나 부인암의 경우는 도움을 받을 수 있는 환우회가 없었던 것이다.

이런 상황에서 '난초회'는 환자들이 서로의 고통과 아픔을 같이하며 서로 위로하고 이끌어 주는 삶의 견인차 역할을 할 수 있을 것이라고 그는 확신했다. 그가 무엇보다 모임의 필요성을 강조하는 이유는 환우회 활동을 통하여 환자들이 디스트레스를 해소할 수 있는 출구를 마련할 수 있게 된다는 것이다. 디스트레스는 암 환자에게는 면역력을 떨어뜨려 암이 재발되기 쉽게 하는 좋지 않은 요인이다. 또한 동병상련의 투병 환우들을 위한 봉사 활동을 통하여 환우들은 삶의 보람과 기쁨을 느끼게 되고 스스로 안정을 되찾게 된다.

'난초회' 발족식이 있던 날, 그는 아침부터 마음이 설렜다. 모임에 참석하는 환우들의 얼굴이 하나둘씩 떠올랐기 때문이다. 치료하면서 이미 가까워진 그들의 얼굴이 낯설지 않았다. 모두가 피붙이 같고 이웃 같았다. 생과 사의 문턱을 넘나들며 희망과 고통의 시간을 함께 뚫고 지나 온 사람들이었다.

'난초회' 발족식에 참가하는 환우들이 하나둘 모여들었다. 아직 완쾌되지 않은 환우들부터 수술받은 지 얼마 되지 않은 환우들까지 30명 가까이 되었다. 죽음이라는, 생애 끝자락을 한 번쯤 움켜쥐어 본 사람들이었지만 그들의 모습에서 두려움은 찾아보기 힘들었다. 오히려 생에 대한 결연한 의지로 가득한 얼굴들이 모임을 빛냈다.

'난초회' 회장을 맡은 환우가 단상에 올랐다. 항암 치료로 빠졌던 머리가 이제 제법 자란 모습이었다. 인터넷카페를 조직하고, 격월로 정기 모임을 갖고, 매주 화요일 환우들을 방문하며, 10월에는 야유회도 열겠다는 인사말에 큰 박수가 나왔다. 그도 힘차게 박수를 쳤다. 환자들의 환한 웃음을 보는 것, 그게 의사로서 가장 보람 있는 일이라는 것을 새삼 다시 깨달았다.

발족식 축사를 해 달라는 부탁으로 단상에 오른 김승철 원장은 평소에 느꼈던 것을 이렇게 말했다.

"여성암 환우들은 대부분 누군가에게는 아내이고 엄마입니다. 그들의 육체적 고통은 물론이고, 이면에 숨어 있는 정신적 어려움까지 가족들이 헤아려 주기를 부탁드립니다. 여성의 일상이 더 풍요롭고 건강하며, 또한 아름다워지기를 진심으로 기원합니다."

환자와 공감하고 배려하는 마음과 사회적 정의감, 그리고 정직, 성실, 공정해야 의사로서 소명을 다할 수 있다고 그는 생각한다. 그래야만 궁극적으로 '좋은 의사'가 될 수 있다는 것이다.

이병두 인제대학교 백병원 내분비내과 교수 | 서울대학교 의과대학 및 대학원 졸업 | 한국의학교육평가원 기본의학교육평가단 단장, 식품의약안전청 중앙약사심의위원회 위원, 보건복지가족부 신의료기술평가위원 역임 | 인제대학교 의무부총장 및 의과대학 학장, 한국의과대학의학전문대학원장협회 이사 | 대한당뇨병학회 학술상, 대한내과학회 우수논문상, 부총리 겸 교육인적자원부 장관 표창 등 수상

취재 및 집필 **최미연**

당뇨병 치료, 새 해법을 찾다

인제대학교 상계 백병원. 2층 내분비대사내과 당뇨병센터 앞은 북새통을 이루고 있었다. 당뇨병 분야에서는 이미 잘 알려진 이병두 교수의 무료 당뇨 강연을 듣기 위해 모인 사람들 때문이었다. 그가 강단에 서자 질문이 쏟아진다.

"당뇨병에 걸렸는지 알 수 있는 가장 빠른 방법은 뭔가요?"

"그럼, 당뇨병에 걸렸을 때 어떤 증상이 있나요?"

"선생님! 당뇨병에 걸리면 뭘 조심해야 하는 거죠?"

"당뇨병을 예방할 수 있는 방법은 없나요?"

국내의 당뇨병 환자는 총 500만 명 정도로 전체 인구 중 10퍼센트에 이른다. 이는 OECD 회원국 중 가장 높은 수치다. 당뇨병의 유병률이 이처럼 높지만 당뇨병에 대한 국민들의 인식은 너무나 낮다. 이병두 교수가 상계 백병원에서 매주 내분비대사내과 당뇨병센터 전문 교수진들과 함께 당뇨병 무료 교육을 하고 있는 이유도 여기에 있다. 당뇨병에 관심을 가지고 찾아온 사람들이 던지는 초보적인 질문에 대해 이병두 교수는 수백 수천 번도 더 반복한 말을 오늘도 되풀이한다.

"당뇨병 예방은 3단계가 있어요. 첫째는 병이 아예 안 생기도록 근원적으로 예방하는 것이죠. 식사요법과 규칙적인 운동으로 체중을 조절하고, 건강한 생활 습관을 유지해야 합니다. 2차 예방은 병을 조기에 발견해 혈당, 혈압, 혈청 지질 등을 정상으로 유지하여 합병증이 안 생기도록 하는 것이고, 3차 예방은 합병증이 악화되지 않도록 관리하는 것이죠."

당뇨병의 기본 상식에서 출발한 그의 강의는 곧바로 임상 사례로 이어진다. 어려운 전문용어를 열거하며 병증을 설명하는 것은 일반인들에게 아무런 도움이 되지 않는다는 것을 그는 이미 알고 있다.

"20여 년 전 당뇨병을 진단받고 인슐린으로 혈당을 조절하고 있는 환자분이 계세요. 한쪽 다리가 불편하고 한쪽 눈도 실명 상태여서 자식들이 도와주지 않으면 혼자 병원에 오기조차 어려운 상태죠. 그 환자분은 특별한 증상이 없어서 당뇨병 관리를 소홀히 해 오다가 5년 전 갑자기 한쪽 눈 시력이 회복하기 힘든 지경에까지 이르렀죠. 설상가상으로 최근에는 왼쪽 발에 생긴 상처가 낫지 않고 자꾸 상태가 심해져서 다리를 무릎 아래에서 절단할 수밖에 없어서 일상생활이 불편해졌어요. 그 환자분은 이렇게까지 된 이

유가 당뇨병 관리를 소홀히 했기 때문이라고 생각해서 후회하신다고 해요.”

임상 사례를 경청하는 사람들의 표정이 심각하게 굳어 갔다. 사실 이런 사례는 우리 주변에서 드물지 않게 볼 수 있다. 당뇨병은 아직까지 발병 원인이 뚜렷하게 밝혀진 것도 아니고 예방법이 있는 것이 아니다. 발병 사실을 알게 된 후의 관리가 무엇보다 중요하다. 관리를 소홀히 하면 여러 합병증으로 인해 일상생활을 하는데 지장을 받게 되고, 심각한 경우엔 생명을 위협받게 된다.

당뇨병의 원인을 밝히고 완치할 수 있는 방법을 연구하는 것은 우리나라뿐만 아니라 국제적으로도 의학의 최대 과제 중 하나이다. 그러나 아직까지 아무도 여기에 대한 해답을 찾아내지 못했다. 아직도 많은 연구가 필요하지만 핀란드의 경우, 모유 수유가 제1형 당뇨병 예방에 효과가 크다는 연구 발표가 있었다.

이병두 교수가 일반인을 상대로 당뇨병에 대한 특강을 시작한 이유는 당뇨병이 아주 빈번하게 발생하고, 완치가 어려운 중요한 질환임에도 무지로 인해 병을 키우는 안타까운 사례를 너무 많이 보아 왔기 때문이다. 특히 당뇨병은 전문가의 도움과 함께 스스로의 관리가 무엇보다 가장 중요한 질환이다. 그는 사소한 질문 하나하나에도 성실하게 답변해 주었다. 당뇨병에 대한 확실한 예방법이 없는 지금, 사람들에게는 그의 한마디, 한마디가 모두 당뇨병 관리의 지침으로 받아들여진다는 사실을 그도 모르지 않는다.

이병두 교수가 의학계에 발을 디딘 지도 30년이 더 되었다. 나이

만큼이나 깊어진 그의 당뇨병에 대한 치료법이나 교수법은 명성을 더해 가고 있다. 이 교수가 의사가 되기로 마음먹은 것은 고등학교 시절 의학 드라마를 보고 큰 감동을 받고 난 후였다. 일반의들의 이야기를 다룬 드라마였는데 환자와 의사의 관계가 수직 관계가 아닌 수평적 관계로 소통하는 모습을 보며 따뜻한 의사가 되겠다고 꿈을 키웠다. 원래 그는 물리학을 공부하고 싶은 평범한 고등학생이었다. 그러나 물리학은 개인적인 학문 목적을 달성할 수는 있지만 충분한 만족감을 주지는 못한다는 생각을 떨치기 어려웠다. 의사가 되어 병으로 고통받는 사람들을 위해 자신의 학문을 활용하는 쪽으로 점점 마음이 기울었다. 의대에 진학한 후에는 기초의학과 임상의학을 공부하며 생명 현상을 과학적으로 규명하고, 체계적이고 과학적인 진단을 통해 다른 이들에게 도움이 되는 길을 찾으려고 노력했다. 그 결과가 내분비대사내과였다.

이병두 교수가 서울의 상계 백병원에서 진료를 하는 날에는 환자들이 많아진다. 그러나 정작 이 교수는 진료하지 않는 날이 더 바쁘다. 매주 부산과 김해에서 인제대학교 의무부총장, 의대학장으로서 학생들의 교육과 교수들의 연구를 지원하는 업무를 같이 수행하고 있기 때문이다. 이밖에도 상계 백병원의 당뇨병센터와 함께 인제대 의과대학의 약물유전체 연구센터, 심혈관대사질환센터 등의 운영에도 많은 도움을 주고 있기 때문이다. 상계 백병원 당뇨병센터는 보건복지부가 지정한 '당뇨병 및 내분비질환유전체 연구센터'로 이병두 교수를 비롯한 국내 당뇨병 분야의 전문의들이 당뇨병을 조기 진단하고 합병증 발병 예측 가능 유전적 표지자 검출 방법을 찾기 위한 연구에 몰두하고 있다. 당뇨병의 맞춤 치료 방법도 연구센터의 주요 과제다.

이병두 교수가 참여하는 인제대 의과대학의 약물유전체 연구센터는 국내 의대에서 처음으로 당뇨병 관련 약물유전체 연구도 시행하고 있다.

10여 년 전부터 극히 일부의 연구자들이 약물유전체학에 대해 연구를 시작하긴 했지만 약물유전체 연구가 본격화된 것은 불과 몇 년이 되지 않는다. 약물유전체 연구센터에서 이 교수가 주력하고 있는 연구는 효율적인 당뇨병의 유전자 분석과 유전체 기능 분석이다. 아직 성에 차진 않지만 부분적인 성과를 거두어 가고 있다. 대한당뇨병학회 학술상을 비롯해 대한내과학회 우수논문상, 한국의학교육학회 한국의학교육학술상, 부총리 겸 교육인적자원부 장관 표창, 인제의대 졸업생이 선정한 '올해의 교수' 등은 그가 그동안 거둔 성과에 대한 평가이자 앞으로 진행할 연구에 대한 기대라고 할 수 있다.

▶약물유전체학 (Pharmacogenomics)

인간은 개개인의 유전적 요인에 따라 같은 병에 같은 약물을 동일한 요법으로 투여하여도 치료에 성공하는 환자, 독성 반응이 나타나는 환자, 치료 효과를 얻지 못하는 환자가 발생한다. 고혈압과 당뇨와 같은 유전성 질환을 다루는 의학 분야에 있어 이는 오랜 고민거리였다. 이와 같이 유전적 요인이 개인의 약물 반응에 어떻게 영향을 미치는가를 연구하는 분야가 약물유전학이다. 약물유전학이 약물 반응의 차이를 유발하는 유전적 변이에 관심이 있는 반면, 약물 반응을 결정하는 유전자에 관한 연구를 전체 유전체 수준에서 다루는 학문인 약물유전체학은 앞서 말한 약물 반응은 물론 질병 발생에 관여하는 유전자에 관한 연구와 나아가서는 유전자 발현 조절 및 발현 양상에 대한 연구를 포함하는 학문 분야이다. 약물유전체학의 궁극적인 목표는 각 개인의 유전적 프로필에 기초해 가장 효과적이며 안전한 약물 치료를 통해 병을 치료하고 예방하는 것이다.

그러나 그가 선택한 길이 순탄한 것만은 아니었다. 당뇨병 환자는 확실한 치료 방법이 없기 때문에 관리가 소홀해지면 합병증이 발생한다. 합병증으로 죽어 가는 환자를 무력하게 지켜봐야 할 때처럼 의사로서 힘든 시간은 없다. 500여 명에 가까운 환자들이 합병증으로 목숨을 잃는 것을 그는 곁에서 지켜보았다. 그때마다 흔들리던 자신의 마음을 바로잡아야 했다. 당뇨병은 의사의 진료만으로 결코 해결할 수 없는 질병인 만큼 환자가 자신의 질병을 제대로 이해하고 정확하게 대처하는 것이 중요하다. '30분 대기 5분 진료'가 일반화된 우리나라의 의료 상황 아래서 당뇨병 진료는 원천적인 부실 진료가 될 수밖에 없다. 그는 어떻게 해서라도 환자, 보호자와의 소통을 통해 환자 한 명 한 명의 상태를 꼼꼼하게 분석하고 그들의 식사 습관과 생활 습관 들을 바로잡아 주려고 애써 왔지만 한계가 있었다. 가까이 지냈던 환자들이 세상을 떠나면 그들의 얼굴을 마음에서 지우기가 여간 힘이 든 게 아니었다. 그들에게 좀 더 많은 관심과 시간을 쏟았더라면, 하는 안타까움이 들었다. 그러나 모든 환자들에게 한두 시간씩 당뇨병 상식에 대한 같은 말을 되풀이하고 있을 수는 없었다. 그래서 시작한 것이 당뇨병 교육이었다. 돈 내고 진료받지 않아도 좋다. 최소한 기본 상식은 알고 자기 목숨을 지켰으면 하는 간절한 바람이 그를 연단에 서게 했다.

진료실 앞에는 여느 날과 마찬가지로 환자들이 기다리고 있었다. 이번에 진료실 문을 열고 들어오는 환자는 30대 초반의 여성이었다. 걱정이 이만저만이 아닌 얼굴이었다.

"오랜만이에요. 몸은 좀 어때요?"

오래 알아 온 환자였다. 결혼 전에 이병두 교수를 찾아와 진료를 받고 치료받은 환자였는데 당뇨병을 감추고 결혼한 것이 화근이 됐다. 당뇨병은 평생 가는 병인 데다 유전적인 소인이 있기 때문에 결혼할 상대가 알게 되면 파혼을 당할까 봐 두려워서 선뜻 자신의 병을 밝히지 못했던 것이다.

"다른 건 괜찮은데, 임신 중이라 더 신경이 쓰여요. 전보다 더 조심하고 있기는 한데 자꾸 피곤하고 졸리고, 특별한 증상은 없는데 아무래도 걱정이 돼서요."

"임신 중일 때는 더 조심해야 돼요. 임신 중에는 산모나 태아에게 합병증이 올 확률이 더 높거든요. 시댁 식구들도 이젠 알죠?"

"아뇨. 말 못 했죠. 어떻게 말해요. 시집 올 때도 말 못 하고 왔는데, 이제 와서 임신까지 해 놓고 어떻게 말을 해요."

"우선 혈당과 당화혈색소 검사부터 해봅시다."

이 교수가 간호사를 불렀다. 환자의 검사가 시작됐다. 임신 중 당뇨병은 태아의 선천성 기형, 거대아 임신, 양수과다증, 자궁 내 태아 사망 등의 위험성이 있다. 또한 임신 중 혈당 조절이 잘되지 않았을 경우 태어난 아기가 어른이 되면서 당뇨병이 발생할 가능성이 더 높다는 연구 결과도 보고되어 있다.

검사를 하는 동안 환자는 이 교수에게 속내를 털어놓기 시작했다.

“남편한테도 말할 수 없었어요. 처음 결혼했을 때에도 당뇨병이 있다는 말은 안 했는데 이제 와서 당뇨병이라고 시댁에 알려지면 이혼당할지도 몰라요. 어떡해요, 선생님.”

환자가 소리 내어 울기 시작했다. 그간 혼자 고민하며 참아 왔던 눈물을 하염없이 흘렸다.

“울지 마세요. 운다고 해결될 건 없어요. 이제 가족한테 알려서 앞으로 도움도 받고 최대한 합병증 없이 생활을 유지하고 건강한 아이를 출산하는 게 제일 중요해요.”

“애기는 어떻게 해요? 애기한테는 큰 문제 없을까요?”

“임신 중에는 혈당을 더욱 철저하게 정상으로 유지하는 데 그만큼 각별하게 더 신경 써야 해요. 위험한 경우 사산할 수 있고 양수과다증이나 합병증이 올 확률이 높아지니까요.”

검사 결과를 보고 이 교수가 입을 열었다.

“공복 혈당이 148mg/dL, 당화혈색소가 7.9%이네요. 임신 중에는 식전 혈당을 100mg/dL 미만으로, 식후 최고혈당은 130mg/dL 미만으로, 당화혈색소는 6.0% 미만으로 조절해야 합니다. 혈당 조절을 잘 하기 위해서 집에서 자가 혈당 측정을 하고 인슐린 치료 방법도 재조정하도록 해야 해요. 또 건강한 아이를 낳기 위해서는 주기적으로 산전 진찰과 태아의 건강도 체크하도록 하세요. 본인에게 도움을 줄 산부인과 교수님을 소개해 드리겠습니다.”

부모처럼 걱정하는 마음이 담긴 이 교수의 말과 눈빛 앞에서 환자의 눈가에는 다시 물기가 번졌다.

일이 터진 건 며칠 뒤였다. 시댁 식구들에게 알리는 문제를 고민하겠다는 바로 그 여자 환자가 응급실로 실려 왔다. 밖에서는 앰뷸런스가 시끄럽게 울어대고 환자의 보호자들은 모두 당황스러워하며 어찌할 바를 몰랐다. 당뇨병성 케톤산증으로 인한 탈수 증세를 보이고 있는 환자는 깊고 빠른 쿠스마울 호흡을 했지만 의식이 혼미한 상태였다.

"아니, 얘가 왜 이런 거예요?"

"언제부터 이런 증상이 있었던 거죠?"

"처음이에요. 갑자기 구토하기 시작하더니 숨 쉬는 것도 빨리 쉬고 쓰러졌어요."

"간호사, 빨리 채혈하시고, 생리식염수를 투여하면서 우선 속효성 인슐린 10단위를 정맥 내로 투여하세요."

간호사가 주사를 놓는 동안 보호자들의 얼굴은 사색이 되어 있었다. 이병두 교수는 차분히 말했다.

"보호자분 너무 걱정하지 마세요. 수액과 인슐린을 투여하고 대강 8시간 정도 지나면 환자 상태는 회복될 것입니다."

"그런데, 얘가 왜 이러는 거예요?"

"관계가 어떻게 되시는데요? 혹시 평소 환자의 건강 상태에 대해서는 알고 계시나요?"

"내 며느리예요, 얘가 왜, 뭐가 어떻다는 건데요?"

"아……."

뜸을 들이는 이병두 교수의 얼굴을 보자 심각성을 느낀 듯 환자의 시어머니가 다시 대답을 재촉하는 눈빛을 보냈다.

"혈당이 갑자기 올라가서 생기는 당뇨병의 급성 합병증입니다. 임신 중에는 더욱 철저한 혈당 관리가 필요한데, 아마도 최근에 인슐린 주사를 제대로 맞지 않은 것 같습니다. 임신 중에는 산모와 태아의 건강을 위해 더욱 철저한 관리가 필요합니다. 이를 위해서는 가족들도 많은 도움을 주셔야 합니다."

"그럴 리가요. 결혼 전에도 아무 말 없었는데. 얘, 임신한 지도 얼마 안 됐는데. 당뇨병이 있으리라곤 생각도 못 했는데. 젊은 애가 무슨 당뇨병이에요. 애는 문제없는 거예요?"

"당뇨병에 대한 식사요법, 운동요법과 인슐린 치료를 받으면 건강한 아이를 출산할 수 있습니다. 지난번에 외래에 왔을 때 며느리분이 걱정 많이 했는데, 앞으로는 시어머님도 잘 보살펴 주셔야 합니다."

당황한 보호자가 환자 상태에 대해 이해할 수 있고 받아들일 수 있도록 차분히 설명하고 이 교수는 다시 연구실로 돌아왔다. 수액과 인슐린 치료를 받으면서 환자는 의식을 회복하였고, 좋아진 환자를 보며 보호자는 긴 한숨을 내쉬었다. 연구실로 돌아와서도 그는 환자가 걱정되었다. 이혼당할까 봐 걱정하며 배를 잡고 울던 환자의 모습이 어른거렸다. 그날도 이 교수는 연구실에서 밤을 지새웠다.

당뇨병과 관련한 임상과 연구 분야에서 두루 명성을 얻은 이병두 교수가 최근에 각별한 정성을 기울이고 있는 것은 후진 양성이다. 그가 의대생들에게 가장 강조하는 것은 소통을 위한 노력이다. 환자를 잘 치료하는 비법은 환자와 소통하는 능력에 달려 있다. 병의 증상을 정확하게 파악하는 것과 더불어 환자의 상태를 제대로 이해해야 의사로서 환자에게 가장 최선의 도움을 줄 수 있기 때문이다.

그래서 이병두 교수의 강의는 전문성과 함께 독특한 발표와 토론식 교수법으로 정평이 나 있다. 그의 수업은 학생의 프레젠테이션으로 시작된다. 그의 수업에 참여하는 학생은 단순히 이해하고 암기하는 것이 아니라 그 내용을 소화해서 자기식으로 설명해야 한다. 학생의 발표 내용에 대해 피드백을 하면서 이 교수는 아는 것, 아는 것을 실제 증례에 활용하는 것, 이러한 과정에 대한 자기 스스로의 성찰 활동을 강조한다.

그는 학생들에게 끊임없이 주문했다. 수업을 마무리하면서 요점을 정리하고 다른 증례를 가진 환자의 경우 어떻게 진단을 내리고 어떤 치료 방법을 선택하고 어떤 약물을 얼마큼 투여할 것인지에 대해서도 소그룹별로 연구해 올 것을 과제로 냈다.

그의 수업은 소그룹 중심으로 이뤄지며, 논의 후에도 결론 도출이 어려울 때는 그가 직접 도와주기도 한다. 그러나 무엇보다 학생 스스로 현재 알고 있는 것과 알아야 할 것과의 간극을 메울 수 있도록 반드시 예습 복습을 하도록 강조했다. 그런 만큼 이 교수는 학생들 사이에 깐깐하기로 유명하다. 수업은 원리나 개념이 아닌 사례를 중심으로 시작하여, 학생들의 토론과 강의를 통해 학습 방향을 정하고 더 연구해 볼 것들에 대해서는 과제물을 내는 식이다. 학생들이 능동적으로 사고할 수 있게 하며 경험을 통해 몸으로 익히는 것만이 진정한 교육이라고 그는 믿는다. 또한 교육은 이런 모든 과정이 끝나면 피드백을 해 주고 부족한 점을 채워 주는 사후 관리로 완성되는 것이라고 고집한다. 학생들은 단순히 당뇨병 분야의 권위자여서가 아니라 풍부한 임상 경험을 토대로 하나라도 더 정확하게 가르쳐 주려고 하는 그를 스승으로 존경하고 따른다.

이병두 교수가 제자들에게 가장 중요한 덕목으로 강조하는 것은 지적 능력보다 '이타성'이다. 환자와 공감하고 배려하는 마음과 사회적 정의감, 그리고 정직, 성실, 공정해야 의사로서 소명을 다할 수 있다고 그는 생각한다. 그래야만 궁극적으로 '좋은 의사'가 될 수 있다는 것이다.

"의사의 길을 걷는 것에 후회는 없어요"라고 말하는 이병두 교수의 눈빛에서 언제나 확신에 차 있으면서도 따뜻한 마음을 엿볼 수 있다. 임상의사로서 환자를 진료하고, 전공 분야 연구와 논문 발표, 학교 업무, 학회 활동 등 최선을 다하는 그는 당뇨병 분야에 유능한 후배들이 활약할 수 있는 환경이 조성되었으면 하는 바람이 간절하다. 사회의 기대와 요구에 부응하는 연구 성과를 거두기 위해서는 의학 연구 시스템이 체계화되어야 하고, 그것을 뒷받침하는 사회적 관심과 지원이 병행되어야 한다는 것을 누구보다 절감해 왔기 때문이다.

'손으로 일하는 자는 노동자요, 손과 머리로 일하는 자는 장인이고 손과 머리와 가슴으로 일하는 자는 예술가이다'라는 말이 있다. 의학 자체는 과학적일지 모르지만 환자를 돌보는 진료, 임상의학은 단순한 과학이 아니라 예술이라 할 수 있다. 복합적인 사고가 필요하며 그에 따른 감성도 수반돼야 한다. 교과서에 나와 있지 않은 다양한 환자들을 만나고 그 환자의 문제점을 파악하고 여러 번의 시도와 노력 끝에 해결 과정을 탐색하고 투약과 처치 방법을 결정하는 모든 과정을 짧은 시간 내에 결과물로 나타내야 하는 완벽한 예술가, 그것이 바로 이병두 교수가 지향하는 의사의 모습이다.

부검은 마치 죽은 자의 자서전을 읽는 것과 같다. 몸은 그 주인이 평생에 걸쳐 행한 모든 일들을 고스란히 담아내고 있다. 흡연, 음주, 약물 복용, 스트레스, 운동 습관, 성적 취향까지 많을 것들을 알아낼 수 있다. 지금 이 순간, 하 법의관은 또 하나의 인생 이야기와 마주하고 있는 것이다.

하홍일 국립과학수사연구원 법의관 | 울산대학교 의과대학, 서울대학교 의과대학원 졸업 | 서울아산병원 병리과 전문의, 국군수도병원 병리과장, 삼성서울병원 임상강사 역임

취재 및 집필 **구현숙**

죽은 자를 지키는 의학

2010년 겨울 어느 월요일 아침, 국립과학수사연구원 앞.

두꺼운 외투에 배낭을 둘러메고 하얀 입김을 불며 살얼음 낀 오르막길을 지나 법의학과동을 향해 서둘러 걸어가는 뒷모습의 주인공은 하홍일 법의관이다.

그는 국내에서 가장 많은 부검이 행해진다는 국과수에서 법의관으로 일한 지 올해로 4년차로, 하 법의관의 손을 거쳐 간 시신만도 1,000여 구에 가깝다. 용산참사의 희생자를 비롯해 다양한 대형 사건의 부검을 맡았고, 강호순 사건을 담당했을 때는 연휴 중에도 급박하게 부검을 해야만 했다. 죽은 지 얼마 안 된 시신부터 부패한 시신, 인골만 남은 시신까지 그동안 다양한 종류의 주검을 보았다. 처음 이 일을 시작했을 때는 약간의 두려움도 있었지만 이제는 대상을 객관화하게 돼 비교적 임상적인 냉정함을 유지할 수 있게 됐다.

사무실에 도착해서 부검 스케줄을 살펴보니 오늘 처리해야 할 시체가 네 구나 된다. 오늘 같은 월요일 아침엔 주말에 밀린 사건이 한꺼번에 몰려들어 분주하다. 며칠 후 개최될 학술 세미나에 발표할 논문을 쓰느라 밤을 꼬박 새운 그는 눈꺼풀에 매달린 졸음을 떨쳐 버리기 위해 에스프레소 커피를 진하게 만들어 내리는데, 일선 경찰서 형사과 수사관 두 명이 인터뷰를 하기 위해서 들어온다.

따뜻한 커피를 즐길 여유도 없이 서둘러 책상 앞에 앉은 그에게 형사들은 첫 번째 부검의 사건 브리핑을 시작한다.

"변사자는 생후 3개월 22일 된 여자얼랍니더. 평소에도 즈그 부모가 변사자만 혼자 방에 내삐리 두고 PC방서 게임을 하곤 했답니더. 그날도 부부가 PC방에서 밤을 새고 아침 7시 반쯤에 집에 돌아와 보니까네 얼라가 숨을 쉬지 않는다 아입니꺼, 그래가 변사자 아부지가 경찰서에 신고를 했답니더."

옆에 앉은 또 다른 형사가 말을 잇는다.

"근데요, 법의관님 애가 너무 말랐어요, 사진에서 보시다시피 갈비뼈가 앙상하고 아무리 태어난 지 얼마 안 된 애라고 해도 몸에 살이라곤 붙어 있지 않으니 뭔가 이상합니다."

사건 일지와 현장 사진을 살펴본 하 법의관은 서둘러 부검실로 향한다. 부검실로 들어서면 언제나처럼 부패한 시체 냄새가 초록색 수술복으로 갈아입은 그를 먼저 맞아 준다. 부검실을 방문한 형사나 검사 중에는 이 냄새가 역겨워서 두 손으로 코를 틀어막으며 괴로워하는 이도 있지만 하홍일 법의관에게 부검실 특유의 냄새는 묘한 안정감과 편안함을 준다.

스테인리스 베드 여섯 개가 일자로 놓여 있고, 베드 끝 싱크대엔 도마까지 놓여 있는 부검실 내부는 마치 커다란 식당의 주방을 연상케 한다. 싱크대 위엔 매스와 톱날 칼, 절개용 가위, 뼈톱, 혈자 등 부검 도구들이 가지런히 놓여 있고, 무엇보다 중요한 자와 저울이 베드 옆에 갖춰져 있다. 천장에 설치된 CCTV 카메라는 부검 장면을 참관실 모니터로 전달해 준다. 30여 명 정도가 들어갈 만한 크기로 인체 해부도와 모니터가 장착된 참관실은 주로 법의학을 공부하는 학생들이 모니터를 통해 부검하는 모습을 지켜보는 곳이다.

의과대학 재학 시절, 환자에게 병력을 묻는 방법을 배웠다. "어디가 아프십니까?", "이전에도 이렇게 아픈 적이 있었습니까?", "담배를 피우십니까?", "음주는 하십니까?", "수술받으신 적이 있으십니까?" 하지만 시체와 맞닥뜨렸을 때는 그런 질문을 할 수가 없다. 죽은 자는 말하지 않으며 어떤 표정도 짓지 않는다. 단지 검시대 위에 누워 있는 시체의 상태를 보고 상황 정보를 수집하고 해석해야만 하는 것이다.

부검을 돕는 법의조사관 세 명이 부검할 시체 네 구를 베드에 나란히 눕히고 사진 촬영을 하는 중이고, 하 법의관은 첫 번째로 부검할 시신 앞으로 다가간다. 얼굴은 백짓장처럼 하얗게 변하고 온 몸은 보라색 시반으로 얼룩져 침대에 누운 생후 3개월 된 여자 아이의 모습은 마치 한 마리 병든 작은 새 같다.

도대체 이 어린 생명에게 무슨 일이 있었던 걸까? 가슴 속에서 뜨거운 것이 울컥 치밀어 오르는 걸 애써 삼키고, 최대한 객관적인 시선을 유지하기 위해 그는 심호흡을 크게 한 뒤 죽은 자와 대화를 시작한다. 대화는 말로서가 아니라 손끝으로 느끼고, 눈으로 보며, 코로 냄새를 맡고, 저울로 무게를 달며, 자로 재면서, 온 신경을 집중해서 망자의 숨겨진 이야기들을 하나도 놓치지 않고 꼼꼼히 듣고자 최선을 다한다. 왜냐하면 이 순간이 지나면 망자와의 대화는 더 이상 불가능하고, 자신의 손에 죽음에 대한 비밀을 여는 열쇠가 쥐어져 있다고 생각하면 마음이 무거울 정도로 가라앉는다.

부검은 마치 죽은 자의 자서전을 읽는 것과 같다. 몸은 그 주인이 평생에 걸쳐 행한 모든 일들을 고스란히 담아내고 있다. 흡연, 음주, 약물 복용, 스트레스, 운동 습관, 성적 취향까지 많을 것들을 알아낼 수 있다. 지금 이 순간, 하 법의관은 또 하나의 인생 이야기와 마주하고 있는 것이다.

우선 몸무게와 키를 측정하고, 누워 있는 상태에서 머리부터 발끝까지 아래위로 전반적인 상태를 관찰한 후 몇 부분으로 나누어 시체 앞쪽 부분을 살핀다. 다음으로는 시체를 좌측으로 90도 세워 역시 한 번 관찰하고 뒷부분도 마찬가지 순서로 반복한다. 이때 시반의 정도와 색깔, 그리고 전반적인 이상을 관찰하고 녹음기에 소견을 녹음한다. 전반적인 검사가 끝나면 시체를 다시 바로 눕히고 메스를 들어 절개하고, 피부를 접어 젖히고 기관을 하나하나 조사하고, 무게를 측정하고 길이를 재고, 의심이 가는 장기가 있으면 조직검사를 한다. 메스는 무척이나 날카롭지만 뼈나 연골, 조직 등을 잘라 내면 금세 무디어진다. 검시를 끝내기까지 날을 서너 번 바꾸어야만 한다.

법의관 중 어떤 이들은 부검 도중 메스에 손을 베이기도 하고, 부패한 시체의 물을 뒤집어쓰기도 한다. 실제로 초창기에는 많은 법의학자들이 이로 인해 결핵이나 간염을 얻는 케이스가 많았다고 한다.

사방에 온통 적막함이 감도는 부검실에는 날카로운 메스 소리만이 가라앉은 공기를 진동시킨다. 온 신경을 곤두세우고 오감을 동원해서 시체와 대화를 하는 하 법의관의 손길은 정확하면서도 부드럽고, 부드러우면서도 절도 있다.

대학에서 법의학 강의를 하는 그는 수업 중에 의대생들에게 이런 말을 한 적이 있다. "법의관은 백정이며, 장례업자이고, 수사관이며, 외과의사이고, 죽은 영혼을 천상으로 인도하는 편도 기차의 기관사이며, 죽은 자와 대화를 하는 마법사다."

그렇다. 억울하게 죽은 자들을 완전한 죽음의 세계로 보내 주기 위해서 그는 다양한 역할을 기꺼이 수행하고 있다. 왜냐하면 세상에는 살아 있는 자를 위한 의사는 많지만 죽은 자를 위한 의사가 되길 자청하는 사람은 별로 없으니까! 거창하게 사명감이라기보다는 굳이 따지자면 책임감이라고나 할까? 그 책임감은 언제부터라고 꼭 집어서 말할 수는 없지만 인턴, 레지던트 생활을 하면서, 아니 그 이전에 의대를 꿈꾸던 중고등학교 시절부터 막연하게 갖고 있던 생각이었다. 병든 사람들을 돌봐 주는 의사도 물론 가치 있지만 그보다는 좀 더 적극적으로 사회에 도움이 되고 의학 발달에 일조하는 의사가 되고 싶었다.

부검 결과, 변사자는 3~4개월 된 여아의 평균 발육 표준치보다 심하게 성장이 지체되었으며, 눈알 꺼짐, 갈비뼈의 두드러짐, 보트 모양의 배, 큰그물막과 창자 사이 지방 조직의 위축 등을 볼 때 부모의 지속적인 방치에 의해서 기아사 또는 영양 결핍에 의한 2차적인 합병증감염, 대사 이상, 수분 및 전해질 이상 등에 의해 사망한 것으로 결론이 내려졌다. 아무리 험하고 거친 세상이라지만 게임에 중독되어 자기 자식을 굶겨 죽이다니. 그 아이가 사망하기까지 느꼈을 배고픔과 고통이 그대로 전해지는 것 같아 하 법의관은 가슴이 아프고 착잡해진다.

부검을 끝낸 그는 절개한 가슴과 배 그리고 머리의 피부를 꿰매고 다시 봉합된 시체를 물로 깨끗이 닦는다. 부검이 끝난 사체는 부검 전보다 한결 편안해 보인다. 죽음의 실마리를 찾아낸 하 법의관은 부검 기록지 작성을 마친다. 비로소 망자를 완전한 죽음의 세계로 보내기 위한 준비를 끝낸 것이다.

다른 세 건의 부검도 마저 끝낸 뒤, 부검실을 나온 하 법의관은 한꺼번에 긴장이 풀리고 피곤이 몰려와 온 몸이 젖은 솜처럼 무겁고 피곤하다. 딱딱하게 굳은 시체를 절개하고, 무게를 달고, 검사하고, 시체를 돌려 눕히고 검시하는 일련의 과정은 어떤 육체노동과 비교해도 뒤지지 않는다.

부검실을 나와 샤워를 하기 위해 시체 안치소와 특수 부검실 앞을 지나는 하 법의관을 보고 다른 팀의 법의조사관이 반갑게 뛰어온다.

"법의관님 오늘 조간신문 못 보셨죠?"

"네, 아직요."

"저번 주에 법의관님이 부검하셨던 백골화된 여자 변사체 기억나세요?"

"그럼요, 기억하죠."

"범인이 잡혔답니다. 오늘 조간신문에 대서특필 됐어요."

법의조사관에게 신문을 건네받아 펼쳐 보니 '5년 반 동안 살인범을 가리킨 한 맺힌 여인의 손'이라는 자극적인 헤드라인으로 저번 주 그가 부검했던 변사체의 사연이 사회면에 톱기사로 실렸다.

일주일 전, 부패가 고도로 진행된 여자의 시체가 국과수 부검실로 들어왔고, 하 법의관이 부검을 맡았다. 시체는 야산에서 산책로 공사를 하던 포클레인 기사에 의해 발견되었는데, 시신은 오리털 이불과 비닐로 겹겹이 꽁꽁 싸매져 있었다. 매장한 지 오랜 시간이 흘러서 머리, 가슴, 오른팔 전체를 포함해서 시체는 이미 백골화됐으며, 부패로 인해서 뇌 조직까지 액화된 상태였고, 가슴과 배 안의 장기는 대부분 소실된 상태였다. 그런데 다행히도 왼손은 비교적 부패가 심하지 않아 지방 조직까지 일부 남아 있는 상태였다. 일반적으로 시간이 지나면 시체는 분해돼서 뼈만 남게 되는데 이 경우에는 수분이 있는 상태에서 밀폐되었고, 공기가 차단되면서 다행히 분해되지 않고 남아 있을 수 있었던 것이다. 서둘러 지문을 채취했고, 지문의 주인은 5년 전 가출 신고된 김모 여성이라는 것이 밝혀졌다. 그 후 경찰은 수사망을 좁혀 남편 심모 씨로부터 5년 전 지하 셋방 보증금을 도박비로 탕진해 아내가 나무라자 홧김에 아내를 목 졸라 살해하고, 암매장했다는 자백을 받아낸 것이다.

자신이 집도한 부검이 범인을 체포하는 데 단서를 제공하고 망자의 죽음에 대한 비밀을 밝히는 데 일조한다면, 의학이 죽음의 비밀을 밝히는 열쇠가 된다면, 하 법의관으로서는 그 이상 보람된 일이 없다. 조금 전까지만 해도 무겁게 밀려 왔던 피로가 한꺼번에 풀리는 듯하다.

샤워를 마치고 사무실로 돌아와 서류를 정리하고 늦은 점심식사를 하기 위해 구내식당으로 향하려는데 성마른 전화벨 소리가 그를 멈춰 세운다. 서울의 모 경찰서 수사과 박 수사관의 전화다.

지난 달 건설공사 현장에서 리프트에 깔려 사망한 50대 남자의 시신을 부검했었다. 시체의 등 위에 선명하게 찍힌 리프트 바닥의 모양과 일치하는 정형손상을 감안하면, 리프트에 눌려서 압착성 질식으로 사망한 듯했다. 그러나 부검을 해보니 그는 오랫동안 심한 고혈압과 심근경색을 앓아 오고 있었다. 리프트의 속도가 매우 느린 것을 감안하면 심장병으로 인해 쓰러져 리프트에 눌렸을 수도 있고, 혹은 그 밑에서 작업을 하던 도중 다른 이유로 리프트가 갑작스럽게 오작동을 해서 눌리게 될 수도 있다. 그러나 그 당시 주변에는 아무도 없었기 때문에 그 누구도 이 상황을 구분해 줄 수 없었다.

부검을 의뢰받고 감정서 발급까지는 통상 3~4주가 걸리는데 위의 사건처럼 복잡한 사건은 방대한 기록을 검토하고 까다로운 검증을 해야 하기 때문에 시간이 더 오래 걸린다. 이번 사건의 경우는 부검으로만 끝날 수 있는 문제가 아니기 때문에 하 법의관은 현장에 나가 보겠다고 했고, 박 수사관이 현장 검증에 동행했다.

모든 변사 현장에 법의관이나 검시관이 나가는 미국과는 달리 우리나라에서는 법의관이 현장에 직접 방문하는 경우가 드물다. 제도적인 문제와 함께 법의학을 전문으로 하는 의사가 많지 않아 모든 변사 현장에 나갈 수 없어서이다. 하지만 오늘처럼 면밀한 현장 관찰이 필요할 때면 법의관이 직접 현장에 나가고 있다. 며칠 전 먹다가 남긴 딱딱하게 굳어 버린 도넛과 차갑게 식은 에스프레소 커피로 시장기를 겨우 달랜 그는 서둘러 현장으로 향한다.

현장에 도착한 하 법의관이 사고 지점으로 가 보니 실제 상황은 부검 시 제출된 사진과 많이 달랐다. 리프트가 바닥을 향해 내려올 때 바닥에는 높이가 50센티미터 정도 되는 넓은 공간이 있었다. 즉 리프트가 오작동을 했다 하더라도 변사자는 충분히 몸을 피할 수 있는 상황이었다. 또한 그의 양쪽 무릎과 발등에 있던 피부 벗겨짐을 감안하면 사망 당시 무릎을 꿇고 엎드리는 자세를 취했던 것으로 판단된다. 그러므로 변사자가 심장질환 때문에 자구력을 잃고 쓰러진 순간에 리프트가 내려온 것이고, 결국 자세를 바꾸지 못해 리프트에 깔린 것이었다. 사인이 압착성 질식이긴 하지만, 변사자가 사망에 이르게 된 이유는 심근경색 등의 심장 질환이었던 것이다. 부검만으로는 애매한 사건이었지만 이렇게 사건 현장에 직접 방문해 현장 검증을 하고 보니 사건이 발생한 당시의 상황이 명확하고 확실해졌다.

오후 3시, 현장 검증을 마친 하 법의관은 서울고등법원으로 향한다. 법원에 출석해 참고인 진술을 하기로 약속됐기 때문이다. 간혹 검사나 형사들은 법의관들이 심정적으로 자기 팀의 일원이기를 바란다. 예를 들어 가끔 "법의관님, 이 사건의 사망 시간을 오전 3시로 잡아 주시면 유력한 살인 용의자의 알리바이가 성립됩니다. 그놈은 강간과 폭행, 절도를 일삼는 전과 10범이 넘는 악마 같은 놈이에요!"라고 말하며 은근히 심리적인 압력을 가한다. 그러나 법의관은 객관적이고 과학적으로 검증할 수 있는 사실만을 말해야 하며, 법의학적 판단에서 벗어나는 부분은 수사 기관의 몫에 넘겨야 한다.

오늘 판사 앞에서 참고인 진술을 해야 하는 사건도 마찬가지다. 얼마 전 유흥업에 종사하던 20대 여자가 죽었는데 동거남이 유력한 용의자다. 동거남은 강간과 폭행, 살인미수로 전과 8범이나 되는 요주의 인물이며, 평소에도 습관적으로 동거녀를 구타했다고 한다. 그 때문에 여자는 수차례 응급실에 실려 가고, 자신의 처지를 비관해 약물을 복용하고, 자해를 시도한 적이 여러 번 있다고 했다.

동거남의 주장에 의하면 사건 당일 남자와 여자는 평소처럼 말다툼을 했고, 말다툼은 남자의 폭력으로 이어졌다. 화가 난 여자는 식탁 위에 놓여 있던 과도를 집어 들고 남자가 보는 앞에서 죽어 버리겠다며 협박을 하다 자해를 시도했고, 다행히 상처는 깊지 않아서 남자는 무시하고 집을 나와 버렸는데, 30분 후에 귀가해 보니 여자는 이미 싸늘한 시체가 되어 있었다는 주장이다. 그러나 경찰과 검사는 여러 정황으로 봐서 동거남이 살인자일 거라고 주장하며 공방을 벌였고, 법원에서 하 법의관에게 법정에 출석해서 의학적인 진술을 해 달라는 것이었다.

부검 당시 하 법의관은 그 어떤 선입견도 갖지 않고 과학적이고 체계적으로 시체와 대화를 시작했다. 부검 결과 직접적인 사인은 대동맥 자창에 의한 과다출혈이었고, 배에 난 자창 외에 다른 손상이 없었으며, 주저흔이나 방어흔도 없었다. 자창은 칼날이 왼쪽을 향한 수평 형태로 되어 있었으며, 폭은 1.5센티미터에 지나지 않았다. 칼은 자창 형태를 손상시키지 않고 그대로 나온 것으로 보인다. 내부 장기의 형태를 볼 때, 대동맥에서 찔린 위치와 작은 창자의 장간막에서 찔린 위치는 동일한 형태로 한 번 찔렸을 때

관통한 것으로 판단되나, 부검 당시 대동맥 부분보다 장간막 부분이 훨씬 높은 위치에서 찔린 형태를 보였는데, 이는 부검할 때 누운 자세였기 때문이고 만약 선 자세라면 창자가 중력에 의해 밑으로 내려오기 때문에 칼을 아래에서 위로 약간 들어서 스스로 배를 찔렀다는 남편의 주장과 일치된다. 대동맥이 찔리긴 하였으나 겉에서 드러난 상처의 크기가 미미하며, 실제로 이로 인해 의식을 잃거나 사망에 이르는 시간이 아주 짧지는 않았을 것으로 판단되고, 찌르고 나서 피도 나지 않았고, 아무런 증상이 없었다는 남편의 주장과 부합한다. 결국 이를 자해로 단정할 수는 없으나 자해의 가능성을 배제할 수 없다.

아이러닉하게도 죽음의 객관적 진실은 때로는 사회 정의나 인권을 넘어선다. 정서적으로나 사회 통념상, 혹은 사회정의 차원에서 보면 남자는 마땅히 중한 벌을 받아야 하지만 죽음의 객관적 진실은 그에게 면죄부를 주고 만 것이다. 사회정의를 부르짖던 검사는 하 법의관이 마땅히 남자에게 불리한 진술을 해 주기를 원하지만 판사 앞에서 하 법의관은 과학적 진실만을 가지고 담담하게 망자의 죽음에 대한 진술을 끝낸다. 나머지 판단은 법에 근거해서 판사가 정의롭게 내리기를 바란다.

법원을 나온 하 법의관은 갑자기 시장기가 느껴졌다. 오후 6시가 다 돼 가는데 아직 첫 끼니도 먹지 못했다. 법원 앞에 있는 국밥집으로 어가 국밥을 한 그릇 시킨다. 뜨끈하고 얼큰한 국밥은 허기뿐만 아니라 뼛속까지 파고드는 추위까지 달랜다. 허겁지겁 밥을 먹고 한숨 돌리니, 식당 안 TV에서 유명 연예인의 자살 뉴스가 속보로 흘러나온다.

평소 우울증을 앓던 한류스타가 돌연 자신의 집에서 목을 매서 목숨을 끊었다는 것이다. 이어서 검찰은 한류스타의 부검을 최종 결정했지만 유가족들은 부검을 강하게 반대하고 있어, 결국 경찰에 압수 수색 영장을 신청했다는 뉴스가 긴박하게 흘러나온다.

우리나라 사람들 중 대부분은 부검을 하는 게 망자에게 욕을 보인다는 선입견을 가지고 있다. 외국의 경우, 고인의 사인을 철저하게 규명해야 한다는 생각에 자연사가 아닌 경우에는 50퍼센트 가까운 부검률을 보이고 있는데 비해 우리나라의 부검률은 턱없이 낮다. 부검은 망자에게 예를 접어 버리고 유가족을 괴롭히는 일이 아니라 망자를 죽음의 세계로 편안하고 완전하게 보내는 일이라는 걸 언제쯤이면 이해해 줄까? 국밥으로 뱃속의 허기는 채웠지만 가슴 저 밑바닥에서 한기와 함께 허함이 밀려온다.

왠지 모를 쓸쓸함에 자리를 일어나기가 쉽지 않은데 휴대폰에서 문자 알림음이 들린다. 확인해 보니 며칠 전, 법의관이 되겠다며 상담 요청을 했던 후배 녀석이었다. 최근 법의학을 지원하는 후배가 많이 늘었다. 얼마 전까지만 해도 국과수 법의관은 몇 년째 지원자가 없어 법의학은 심각한 존폐 위기에 놓여 있었다. 그러나 〈CSI 과학수사대〉와 같은 TV 시리즈와 소설의 영향으로 사람들은 서스펜스 영화를 보는 것처럼 법의학에 지나친 기대와 환상을 가지게 됐다. 법의학은 법과 의학을 잇는 과학의 다리이고, 죽은 자들은 아무에게나 말하지 않는다. 오로지 들을 줄 아는 사람에게만 말하며 과학적 증거로써만 말한다. 단순한 호기심이나 치기 어린 자만심으로 할 만한 학문이 결코 아닌 것이다. 어떤 측면에서 보면 지원자가 전혀 없던 과거보다 더 나쁜 현상이 아닌가 걱정이 된다. CF 같은 드라마의 매력에 빠져 지원했던 그들이 현실에서 법의학을 대면하면 얼마 안 가 기대감이 무너질 것은 뻔하기 때문이다.

법의학자 또는 법의병리 의사 한 명이 만들어지는 시간은 15년에 가깝고, 그 과정은 멀고도 험하다. 일단 의대를 졸업하고, 5년 동안의 인턴, 레지던트 생활을 포함해서 병리과 전문의가 된 후에 남자의 경우는 3년 동안 군복무를 마치고, 다양한 형태의 법의학 수련을 거쳐야만 한다. 미국의 경우 법의관 사무소에서 1년 이상의 펠로우쉽을 해야 하고, 국내에서는 보통 1~2년 정도 실제 부검을 실습하면서 경험을 쌓아야 한다. 현재 우리나라에는 20명 안팎의 법의관이 활동한다. 오랜 세월 연구와 수련을 통해서 태어나는 법의관은 결코 판타지 소설의 꽃미남 마법사이나 슈퍼맨이 아니다.

국과수 역할이 지금보다 본궤도에 오르려면 24시간 가동 시스템이 구축되어서 범인이 자는 동안에도 과학수사는 멈추지 않아야 한다. 이를 위해서는 당연히 인력과 장비에 대한 더 많은 투자가 필요하다. 또한 우리나라에는 검시법조차 존재하지 않는다. 미국의 경우 시체에 대한 부검 여부는 법으로 명시되어 있지만 우리나라의 경우 법으로 명문화되지 않았다. '과학수사'라는 말은 많이 하지만 아직까지 과학적 수사를 위한 뒷받침은 열악하기 짝이 없어, 사회적 지원이 절실하다.

▶검시법

미국에서는 현재 2,000여 명의 법의관이 활동하고 있다고 한다. 그들은 사건 현장에 출동하여 현장 검시를 통해 사건 해결에 열쇠가 되는 단서들을 빈틈없이 조사한다. 하지만 우리나라에는 미국 드라마에 등장하는 현장 부검반이 없다. 대부분의 부검은 시신을 국과수로 옮겨 실행하고 있다. 사건 현장은 경찰이 먼저 조사하고 검사가 부검 여부를 결정해야만 비로소 법의관이 부검을 할 수 있는 제도 때문이다. 대부분의 선진국은 검시법을 가지고 있지만 우리나라에는 아직 검시법이 없다. 최근 발생한 아동 성폭행 사건이나 천안함 사건 등과 같이 민감한 시국 사건에 있어 검시법은 사건 후 바로 출동하여 증거가 훼손되기 전에 수사할 수 있도록 한다.

이런저런 생각을 하다 보니 벌써 사방에 어둠이 깔렸다. 서둘러 밥값을 계산하고 식당 문을 나서는데 어느새 하늘에서 탐스러운 눈송이가 꽤나 푸짐하게 내린다. "아~ 그렇지, 일기예보에서 첫눈이 온다고 했던가?" 오늘은 모처럼 일찍 퇴근해서 아내랑 아들 녀석과 함께 눈사람이라도 만들고 싶은데 학술 세미나에서 발표할 논문도 다듬고, 내일 경찰학교에서 강의할 내용도 정리해야 하며, 다음 달에 크랭크인할 법의관을 소재로 한 영화의 대본도 오늘 저녁 작가와 감독을 만나 감수해 주기로 했다.

차디찬 입김을 불며 쓸쓸한 발걸음을 옮기려는데 "첫눈 기념으로 꽃씨를 나눠 드려요!"라는 소리가 들린다. 뒤돌아보니 크리스마스트리를 환하게 밝힌 케이크 가게 앞에서 산타 복장을 한 아르바이트생이 나와 첫눈이 온 기념 이벤트로 꽃씨를 나눠 준단다. 꽃씨 봉투를 건네받으며 “무슨 꽃이에요?”라고 물으니 “Heavenly Blue라는 나팔꽃 꽃씨예요. 잘 보관하셨다가 여름에 꽃씨를 뿌리면 가을에 푸른색 꽃이 필 거예요.”라며 산타 아가씨가 활짝 웃는다.

‘Heavenly Blue. 천상의 푸른빛! 오늘 내가 부검한 그들이 지금쯤 도착해 있는 천상의 세계도 이 꽃씨가 품고 있는 빛처럼 푸르른 곳일까? 아침에 부검했던 3개월 된 그 여자아이는 이 나팔꽃씨처럼 또 다른 생명의 꽃씨가 돼서 이 땅에 다시 태어날 수 있을까?’

첫눈 오는 겨울 밤, 조금은 감상적인 생각을 한 그는 픽 웃고는 국과수를 향해 서둘러 발길을 옮긴다.

올 댓 닥터 : 나는 의사다

초판 1쇄 인쇄 | 2011년 2월 15일
초판 1쇄 발행 | 2011년 2월 25일

지은이 | 스토리텔링콘텐츠연구소
펴낸이 | 방재석
편집 | 정수인, 임홍열, 박신영
디자인 | 이춘희
감수 | 김정숙, 최수전

펴낸곳 | 도서출판 아시아
출판등록 | 2006년 1월 31일 제319-2006-4호
주소 | 서울특별시 동작구 흑석동 100-16
전화 | (02)821-5055
팩스 | (02)821-5057
홈페이지 | www.bookasia.org

ISBN 978-89-94006-13-0 04800

값은 표지 뒷면에 있습니다.
잘못된 책은 바꾸어 드립니다.